O FANTASMA DE STÁLIN

Martin Cruz Smith

O FANTASMA DE STÁLIN

Tradução de
MARIA JOSÉ SILVEIRA

EDITORA RECORD
RIO DE JANEIRO • SÃO PAULO
2010

CIP-BRASIL. CATALOGAÇÃO-NA-FONTE
SINDICATO NACIONAL DOS EDITORES DE LIVROS, RJ

Smith, Martin Cruz, 1942-
S634f   O fantasma de Stálin / Martin Cruz Smith; tradução
Maria José Rios Peixoto da Silveira Lindoso. –
Rio de Janeiro: Record, 2010.

    Tradução de: Stalin's ghost
    ISBN 978-85-01-08414-9

    1. Romance americano. I. Lindoso, Maria José Rios
Peixoto da Silveira. II. Título.

                          CDD: 813
10-1190   CDU: 821.111(73)-3

TÍTULO ORIGINAL EM INGLÊS:
Stalin's ghost

Copyright © Martin Cruz Smith, 2007

Texto revisado segundo o novo Acordo Ortográfico da Língua Portuguesa.

Todos os direitos reservados. Proibida a reprodução, no todo ou em parte, através de quaisquer meios.

Direitos exclusivos de publicação em língua portuguesa somente para o Brasil adquiridos pela
EDITORA RECORD LTDA.
Rua Argentina, 171 – Rio de Janeiro, RJ – 20921-380 – Tel.: 2585-2000, que se reserva a propriedade literária desta tradução.

Impresso no Brasil

ISBN 978-85-01-08414-9

Seja um leitor preferencial Record.
Cadastre-se e receba informações sobre
nossos lançamentos e nossas promoções.

EDITORA AFILIADA

Atendimento e venda direta ao leitor:
mdireto@record.com.br ou (21) 2585-2002.

Para Knox e Kitty

PRÓLOGO

Os moscovitas viviam para o inverno. Inverno com neve até os joelhos que suavizava a cidade, deslizava de domo dourado em domo dourado, reesculpia estátuas e transformava os caminhos dos parques em trilhas de esqui. Neve que às vezes caía como uma névoa rendada, às vezes pesada. Neve que fazia os carros dos ricos e poderosos rastejarem atrás de limpa-neves. Neve que ofuscava e se abria, iludindo os olhares com vislumbres de um globo iluminado acima do escritório central da empresa de telégrafos, da Carruagem de Apolo deixando o Bolshoi, de um esturjão delineado em neon em um armazém de alimentos. As mulheres faziam compras em meio às rajadas, deslizando com compridos casacos de pele. Crianças arrastavam trenós e pranchas de snowboard, enquanto Lênin descansava em seu mausoléu, surdo a tudo, envolvido na neve.

E, segundo a experiência de Arkady, quando a neve derretesse, corpos seriam descobertos. Na Moscou da primavera.

1

Eram 2 da manhã, hora ao mesmo tempo cedo e tarde. Duas da madrugada era um mundo em si mesmo. Zoya Filotova usava os cabelos austeramente aparados como se, desafiadora, exibisse o hematoma abaixo do olho. Tinha uns 40 anos, pensou Arkady, elegante e musculosa em um terninho de couro vermelho e com uma cruz dourada puramente ornamental. Ela sentou-se a um lado da mesa, Arkady e Victor no outro, e embora Zoya tivesse pedido um conhaque ainda não o havia tocado. Tinha longas unhas vermelhas e, enquanto ela girava um maço de cigarros de um lado para o outro, Arkady imaginava um caranguejo inspecionando o jantar. O café era uma estrutura cromada em cima de um lava-rápido no anel rodoviário. Naquela noite não havia lavagem de carros, não com a neve caindo, e os poucos veículos que chegavam até ali eram utilitários com tração nas quatro rodas. As exceções eram o Zhiguli de Arkady e o Lada de Victor, parados em um canto do estacionamento.

Victor tomava um Chivas, só para constar. As bebidas eram caras e Victor tinha a paciência de um camelo: Arkady bebia um modesto copo d'água; era um tipo pálido com cabelos escuros e a calma de um observador profissional. Trinta e seis horas sem dormir o tornavam mais quieto que o normal.

Zoya disse:

— Meu coração dói mais que meu rosto.

— Coração partido? — Victor sugeriu, como se fosse sua especialidade.

— Meu rosto está arruinado.

— Não, você ainda é uma mulher bonita. Mostre para o meu amigo o que mais seu marido fez.

Os motoristas e guarda-costas que ocupavam os bancos ao longo do bar estavam contemplativos, embalando suas bebidas, fumando seus cigarros, mantendo o equilíbrio. Um par de chefes comparava seus bronzeados e suas fotos da Bela Adormecida, adquiridos na Flórida. Zoya afastou o crucifixo para que pudesse abrir o zíper do casaco e mostrar a Arkady um hematoma que parecia uma mancha de vinho na superfície macia de seus seios.

— Seu marido fez isso? — perguntou Arkady.

Ela puxou o zíper e fez que sim com a cabeça.

— Logo você estará segura — assegurou-lhe Victor. — Animais como esse não deveriam andar pelas ruas.

— Antes de nos casarmos ele era maravilhoso. Ainda hoje tenho que dizer que Alexander era um amante maravilhoso.

— É natural — disse Victor. — Sempre nos lembramos dos bons momentos. Há quanto tempo você está casada?

— Três meses.

Será que a neve jamais terminaria?, perguntou-se Arkady. Um Pathfinder encostou junto a uma bomba de gasolina. A máfia estava ficando conservadora; já que havia conquistado e estabelecido seus territórios, virara defensora do status quo. Seus filhos seriam banqueiros e os filhos *deles* seriam poetas ou coisa assim. Podia-se contar, dali a cinquenta anos, com uma idade de ouro para a poesia.

Arkady voltou para a conversa.

— Tem certeza de que quer isso? As pessoas mudam de ideia.

— Eu não.

— Talvez seu marido mude de comportamento.

— Não ele. — Ela forçou um sorriso. — É um bruto. Agora não ouso ir até meu próprio apartamento, é perigoso demais.

— Você veio ao lugar certo — disse Victor, e tornou o momento solene com um gole. Carros passavam rugindo, cada um em um tom.

Arkady disse:

— Bem, precisaremos de números de telefone, endereços, chaves. A rotina dele, os hábitos, os lugares que frequenta. Consta que vocês têm um negócio perto da Arbat.

— Na Arbat. Na verdade, a empresa é minha.

— Que tipo?

— Agência de casamentos. Agência internacional de casamentos.

— E qual é o nome da companhia?

— Cupido.

— É mesmo? — Isso era interessante, pensou Arkady. Uma briguinha na alcova de Cupido? — Há quanto tempo tem esse negócio?

— Dez anos.

A língua dela pousou um instante sobre os dentes como se fosse dizer algo mais e mudasse de ideia.

— Você e seu marido trabalham lá?

— Ele só fica por lá fumando e bebendo com os amigos. Eu faço todo o trabalho, ele fica com o dinheiro, e, quando tento impedir, ele me bate. Avisei a ele que era a última vez.

Victor disse:

— Então agora você quer ele...

— Morto e enterrado.

— Morto e enterrado? — Victor sorriu com gosto. Apreciava mulheres decididas.

— Sem nunca ser descoberto.

Arkady disse:

— O que preciso saber é como você pensou em ir até a polícia para mandar matar seu marido.

— Não é assim que se faz?

Arkady concordou.

— Mas quem lhe disse? Quem lhe deu o telefone? Ficamos preocupados quando um cidadão inocente, como você, sabe como nos encontrar. Pegou nosso número com algum amigo ou um avião escreveu Assassinos de Aluguel com fumaça nos céus?

Zoya encolheu os ombros.

— Um homem deixou uma mensagem no meu telefone dizendo que se tivesse algum problema ligasse para esse número. Liguei e seu amigo atendeu.

— Reconheceu a voz na mensagem?

— Não. Acho que foi uma alma bondosa que teve pena de mim.

— E como essa boa alma conseguiu o *seu* telefone? — perguntou Victor.

— Nós anunciamos. Publicamos nosso número.

— Você gravou a mensagem?

— Não, por que eu iria querer uma coisa dessas na minha secretária? De qualquer maneira, que importa? Posso dar 200 dólares para cada um.

— E como sabemos que não é uma armadilha? — perguntou Arkady. — Essa coisa do telefone me incomoda. Pode ser uma cilada.

Zoya tinha um riso rouco de fumante.

— E como vou saber se vocês não vão simplesmente ficar com o dinheiro? Ou pior, contar para o meu marido?

Victor disse:

— Qualquer empreendimento exige certo grau de confiança de ambas as partes. Para começo de conversa, o preço é 5 mil dólares, metade antes, metade depois.

— Por 50 consigo alguém na rua para fazer o serviço.

— Você recebe pelo que paga — disse Victor. — Conosco o desaparecimento de seu marido é garantido e nós mesmos conduziremos a investigação.

— É com você — enfatizou Arkady. — Sua decisão.

— Como vocês vão fazer a coisa?

Victor respondeu:

— Quanto menos você souber, melhor.

Arkady sentiu como se estivesse na primeira fila da neve, do jeito como ela rolava em ondas espumantes sobre os carros estacionados. Se Zoya Filotova tinha dinheiro para um utilitário, podia pagar 5 mil dólares para eliminar o marido.

— Ele é muito forte — ela disse.

— Não, é só pesado — assegurou-lhe Victor.

Zoya contou um maço de notas americanas bem gastas, ao qual acrescentou a foto de um homem de roupão na praia. Alexander Filotov era assustadoramente grande, cabelos compridos e molhados, e mostrava para a câmera uma lata de cerveja que aparentemente tinha esmagado com uma das mãos.

— Como vou saber que ele está mesmo morto? — perguntou Zoya.

Victor disse:

— Nós daremos uma prova. Tiraremos uma foto.

— Já li sobre isso. Às vezes os chamados assassinos usam maquiagem e ketchup e fingem que a "vítima" está morta. Quero algo mais sólido.

Houve uma pausa.

— Mais sólido? — perguntou Victor.

— Uma coisa pessoal — disse Zoya.

Arkady e Victor se olharam. Isso não estava no roteiro.

— Um relógio? — sugeriu Arkady.

— Mais pessoal.

— Assim como...? — Ele não gostava do modo como as coisas caminhavam.

Zoya finalmente pegou o conhaque e bebericou.

— Os sequestradores às vezes não mandam um dedo ou uma orelha?

Houve outro momento de silêncio na mesa, até que Arkady disse:

— Isso acontece em sequestros.

— De qualquer forma, isso não ia funcionar — ela concordou. — Eu poderia não reconhecer a orelha ou o dedo dele. Todos são muito parecidos. Não, algo mais particular.

— No que você está pensando?

Ela girou o copo.

— Ele tem um nariz bastante grande.

Victor disse:

— Eu não vou cortar o nariz de ninguém.

— E se ele já estiver morto? É como trinchar uma galinha.

— Não importa.

— Então tenho outra ideia.

Victor levantou a mão.

— Não.

— Espere.

Zoya desdobrou um papel com a foto do desenho de um tigre lutando com uma alcateia de lobos. A foto estava borrada, tirada com pouca luz, e o próprio desenho não era de qualidade.

— Pensei nisso.

— Ele tem uma foto?

— Ele tem uma tatuagem — disse Arkady.

— Exatamente. — Zoya Filotova estava satisfeita. — Fotografei a tatuagem há algumas noites, quando ele estava caindo de bêbado. O desenho é dele mesmo.

Uma folha cobria um canto da tatuagem, mas o que Arkady podia ver já era bem impressionante. O tigre levantava-se majestoso nas patas traseiras, uma pata balançando no ar enquanto os lobos rosnavam e se encolhiam. Uma floresta de pinheiros e um regato de montanha enquadravam o combate. No galho branco de uma bétula liam-se as letras T, V, E, R.

Victor perguntou.

— O que significa isso?

— Ele é de Tver — respondeu Zoya.

— Não existem tigres em Tver — disse Victor. — Nem montanhas. É uma porcaria plana às margens do Volga.

Arkady achou aquilo um pouco duro, mas as pessoas que iam para Moscou vindo de lugares como Tver geralmente abandonavam o mais rápido possível a identidade do lugar de onde vinham. Não costumavam gravá-las na pele para sempre.

— Está bem — Victor disse. — Agora podemos identificá-lo com certeza. Como você sugere que a gente traga a prova para você? Não acha que vamos arrastar um cadáver por aí, acha?

Zoya terminou o conhaque e disse:

— Só preciso da tatuagem.

Arkady detestava o Lada de Victor. As janelas não fechavam totalmente e o para-choque traseiro estava amarrado com uma corda. A neve entrava pelos buracos no chão e agitava o odorizador de pinho pendurado no espelho retrovisor.

— Fria — disse Victor.

— Você podia ter deixado o carro esquentar. — Arkady desabotoou a camisa.

— Vai esquentar daqui a pouco. Não, estou falando dela. Senti meus testículos congelarem e caírem, um a um.

— Ela quer uma prova, assim como nós.

Arkady arrancou a fita adesiva do estômago para soltar o microfone e o minigravador. Apertou o botão para rebobinar e tocar, escutou uma amostra, desligou o gravador, tirou a fita e colocou dentro de um envelope, no qual escreveu: "Investigado Z. K. Filotova, Investigador Sênior A. K. Renko, Detetive V. D. Orlov", data e lugar.

Victor perguntou:

— Então, o que temos?

— Não muito. Você atendeu o telefone na escrivaninha de outro policial e uma mulher queria saber como liquidar o marido. Ela supôs que você fosse o detetive Urman. Você entrou no jogo e marcou um encontro. Poderíamos prendê-la agora por conspiração, mas não teríamos nada sobre o detetive e nenhuma ideia sobre quem deu o número de telefone a ela. Ela está se guardando. Poderíamos pressioná-la mais, se ela pagar pelo que pensa ter sido um assassinato, então poderíamos acusá-la de tentativa de assassinato e talvez ela estivesse disposta a falar. Conte-me sobre o detetive Urman. Foi o telefone dele que você atendeu?

— Sim. Marat Urman. Trinta e cinco anos, solteiro. Esteve na Chechênia com seu colega Isakov. Nikolai Isakov, o herói de guerra.

— *Detetive* Isakov? — perguntou Arkady.

Victor esperou um tempo.

— Achei que gostaria disso. O arquivo está aí atrás.

Arkady escondeu sua confusão pescando um arquivo amarrado com uma fita do meio de roupas sujas e garrafas vazias no assento traseiro.

— Isto aqui é um carro ou um cesto de roupa suja?

— Você devia ler os artigos dos jornais. Urman e Isakov faziam parte dos Boinas Negras, mataram muitos chechenos. Só fizemos merda na primeira guerra da Chechênia. Da segunda vez, mandamos o pessoal com as habilidades necessárias, como eles dizem. Leia os jornais.

— Será que Isakov sabia o que Urman estava fazendo?

— Sei lá. — Victor fechou a cara, pensativo. — Os Boinas Negras fazem suas próprias regras. — Manteve os olhos em Arkady enquanto acendia um cigarro. — Você já esteve com Isakov?

— Não cara a cara.

— Só estava pensando. — Victor cheirou o fósforo entre dois dedos.

— Por que atendeu o telefone de Urman?

— Estava esperando um informante ligar. Ele tinha errado e ligado para o número de Urman antes; é apenas um dígito diferente. No inverno, esses caras da rua bebem anticongelante. Você tem que pegá-los quando ainda estão conseguindo falar. Seja como for, pode ter sido um erro bom, você não acha?

Arkady observou um grupo sair do café e se dirigir a um utilitário. Eram atarracados, estavam silenciosos até que um deles começou a correr e deslizou no gelo que cobria o estacionamento. Abriu os braços e se moveu como se seus sapatos fossem patins. Um segundo homem foi atrás dele e então todos os outros também, equilibrando-se em uma perna, executando piruetas. O estacionamento ecoou com as risadas, com a proeza improvisada, até que um deles caiu. Em silêncio de novo, os outros caminharam desajeitados até ele, ajudaram-no a ir até o carro e foram embora.

Victor disse:

— Eu não sou santo.

— Nunca achei que fosse.

— Somos mal pagos e ninguém sabe melhor do que eu o que uma pessoa tem que fazer para sobreviver. Há um arrombamento, e o detetive rouba o que o ladrão deixou. O guarda de trânsito extorque os motoristas. Mas assassinato ultrapassa todos os limites. — Victor parou para refletir. — Shostakovich era como nós.

— De que maneira exatamente?

— Shostakovich, quando era jovem e duro, tocava piano para filmes mudos. Igual a nós dois. Duas grandes cabeças desperdiçadas com merda. Eu desperdicei minha vida. Sem mulher, sem filhos, sem dinheiro. Nada além de um fígado que se você espremer sai vodca. É deprimente. Eu invejo você. Tem alguma coisa pela qual lutar, uma família.

Arkady respirou fundo.

— Mais ou menos.

— Você acha que devíamos avisar o marido, o cara da tatuagem?

— Ainda não. A menos que ele seja um bom ator, ela acabaria sabendo. — Arkady saiu do carro e imediatamente começou a bater os pés para afastar o frio. Pela porta aberta, perguntou: — Você falou sobre isso com mais alguém? O comandante? Corregedoria?

— E pintar um alvo na minha testa? Só falei com você.

— Então agora nós dois somos alvos.

Victor encolheu os ombros.

— A desgraça gosta de companhia.

Os faróis de Arkady se concentraram numa faixa hipnótica de rastros de pneus na neve. Ele estava tão exausto que apenas dirigia, sem rumo. Não se importava; poderia circular por Moscou para sempre, como um cosmonauta.

Pensou nas conversas que os homens no espaço tinham com seus entes queridos em casa e ligou para seu apartamento pelo celular.

— Zhenya? Zhenya, você está aí? Se estiver, atenda.

O que era inútil. Zhenya tinha 12 anos mas possuía as habilidades de um fugitivo veterano e podia ficar fora durante dias. Tampouco havia mensagens, exceto a voz irritada e deturpada do promotor.

Então Arkady ligou para Eva na clínica.

— Sim?

— Zhenya ainda não voltou. Pelo menos não atendeu ao telefone nem deixou mensagem.

— Algumas pessoas odeiam telefone — ela disse. Parecia igualmente exausta, com quatro horas restantes de um turno de 16 horas. — Trabalhar em uma clínica de pronto-socorro me fez acreditar firmemente que nenhuma notícia é uma boa notícia.

— Já faz quatro dias. Ele levou o jogo de xadrez. Pensei que tivesse ido para uma partida. Ele nunca ficou fora tanto tempo assim.

— Isso é verdade, e cada minuto representa possibilidades infinitas. Você não pode controlar todas, Arkasha. Zhenya gosta de correr riscos. Gosta de ficar com os meninos de rua da praça das Três Estações. Você não é responsável. Às vezes acho que essa sua necessidade de fazer o bem é uma forma de narcisismo.

— Uma acusação estranha vinda de uma médica.

Ele a imaginou com seu avental branco sentada no escuro do escritório de uma clínica, os pés descansando sobre a mesinha de centro, observando a neve. No apartamento, ela ficava sentada durante horas, uma esfinge com cigarros. Ou saía caminhando com um pequeno gravador e um punhado de fitas cassetes e entrevistava pessoas invisíveis, como ela as chamava, pessoas que só saem à noite. Ela não assistia à televisão.

— Zurin ligou — ela disse. — Ele quer falar com você. Não faça isso.

— Por que não?

— Porque ele te odeia. Só ligaria se pudesse fazer algum mal a você.

— Zurin é o promotor. Eu sou o investigador dele. Não posso ignorá-lo completamente.

— Pode sim.

Essa era uma discussão que eles já tinham tido antes. Arkady conhecia suas falas de cor, e repeti-las pelo telefone pareceu-lhe um tormento desnecessário. Além disso, ela estava certa. Ele podia abandonar o escritório do promotor e entrar para uma firma de segurança privada. Ou — afinal, ele tinha um diploma de direito da Universidade de Moscou — tornar-se um advogado com uma pasta de couro e um cartão de visitas. Ou usar um chapéu de papel e servir hambúrgueres no McDonald's. Não havia muitas outras carreiras abertas para um investigador sênior, embora todas fossem melhores do que ser um investigador morto, Arkady supunha. Ele não acreditava que Zurin lhe desse uma facada pelas costas, embora o promotor pudesse mostrar a outra pessoa onde ficava a gaveta das facas. Seja como for, a conversa não tinha saído como planejado.

Arkady escutou um farfalhar, como se ela estivesse se levantando da cadeira. Disse:

— Talvez ele tenha ficado preso em algum lugar até o metrô começar a funcionar. Vou tentar o clube de xadrez e a praça das Três Estações.

— Talvez eu tenha ficado presa em algum lugar. Arkady, por que eu vim para Moscou?

— Porque eu te pedi.

— Ah. Estou perdendo a memória. A neve levou muita coisa. É como amnésia. Talvez Moscou fique completamente enterrada.

— Como Atlântida?

— Exatamente como Atlântida. E as pessoas não conseguirão acreditar que um lugar assim existiu.

Houve uma longa pausa. A ligação chiou.

Arkady disse:

— Zhenya estava com meninos de rua? Ele pareceu agitado? Com medo?

— Arkady, talvez você não tenha notado. Todos nós estamos com medo.

— De quê?

Talvez aquele fosse um bom momento para falar de Isakov, ele pensou. Com a distância de um fio telefônico. Não queria parecer um acusador, só precisava saber. Ele nem precisava saber, contanto que tivesse acabado.

Houve um silêncio. Não, não um silêncio. Ela tinha desligado.

Quando a M-1 se transformava na Prospect Lênin, entrava em um reino de shopping centers vazios e mal-iluminados, showrooms de carros e esplendor sulfuroso dos cassinos abertos a noite inteira: Paraíso do Esportista, Khan Dourado, Simbá. Arkady brincou com o nome Cupido, que nos lábios de Zoya tinha soado mais pesado do que querubínico. O tempo todo ele olhava à direita e à esquerda, diminuindo para observar cada figura sombria que caminhava pela rua.

O celular tocou, mas não era Eva. Era Zurin.

— Renko, por onde diabos você andava?

— Dando uma volta.

— Que tipo de idiota sai em uma noite como esta?

— Pelo visto, nós dois, Leonid Petrovich.

— Você não recebeu minha mensagem?

— Como assim?

— Você não... Não importa. Onde você está agora?

— Indo para casa. Não estou de plantão.

Zurin disse:

— Um investigador está sempre de plantão. Onde você está?

— Na M-1.

Na verdade, àquela altura, Arkady já estava bem perto do centro.

— Estou na estação de metrô Chistye Prudy. Venha o mais rápido que puder.

— Stálin outra vez?

— Venha logo.

Mesmo que Arkady quisesse ir correndo até Zurin, não conseguiria, uma vez que o tráfego tinha sido estreitado para uma única pista em frente à Suprema Corte. Caminhões e geradores portáteis estavam encostados em desordem no meio-fio e na rua. Quatro tendas brancas brilhavam na calçada. Construções ininterruptas não eram incomuns na ambiciosa nova Moscou; no entanto, aquela obra parecia especialmente fortuita. Os guardas de trânsito acenavam vigorosamente para os carros passarem, mas Arkady enfiou seu carro entre os caminhões. Um coronel da milícia uniformizada parecia beligerantemente no comando. Ele despachou um oficial para enxotar Arkady dali, mas o homem era um sargento veterano chamado Gleb que Arkady conhecia.

— O que está acontecendo?

— Não podemos falar sobre isso.

— Parece interessante — disse Arkady. Ele gostava de Gleb

porque o sargento assobiava como um rouxinol e tinha os dentes separados de um homem honesto.

— Bom, considerando que você é um investigador...

— Considerando isso... — concordou Arkady.

— Está bem. — Gleb abaixou a voz. — Eles estavam fazendo reformas para ampliar a lanchonete do subsolo. Um bando de trabalhadores turcos estava cavando. Tiveram uma pequena surpresa.

O trabalho de escavação tinha destruído parte da calçada. Arkady se juntou aos espectadores na beirada precária, onde refletores dirigiam uma luz incandescente para uma pá mecânica em um buraco com dois andares de profundidade e cerca de 20 metros quadrados. Além da milícia, a multidão na calçada incluía bombeiros e policiais, funcionários da prefeitura e agentes de segurança do Estado que pareciam ter acabado de ser arrancados da cama.

No buraco, um grupo organizado de homens de macacão e capacete trabalhava no fundo e nos andaimes com picaretas e colheres de pedreiro, sacos de plástico, máscaras cirúrgicas e luvas de borracha. Um homem retirou o que parecia uma bola marrom, que colocou em uma caçamba de lona que ele desceu por meio de cordas até o fundo. Voltou para sua pá e cuidadosamente liberou os ossos de uma caixa torácica com braços. Quando os olhos de Arkady se ajustaram, ele viu que um lado inteiro da escavação tinha camadas de restos humanos delineados pela neve, um corte transversal de terra com caveiras em vez de pedras e fêmures em vez de gravetos. Alguns estavam vestidos, outros não. O cheiro era de adubo doce.

A caçamba de lona foi transportada ao estilo da brigada de incêndio através do poço e puxada por uma corda até uma tenda onde outros corpos sombrios estavam dispostos sobre mesas. O coronel ia de tenda em tenda e gritava com os homens que separavam os ossos para que trabalhassem mais rápido. Entre as ordens, ele mantinha os olhos em Arkady.

O sargento Gleb disse:

— Eles querem tirar todos os corpos até o amanhecer. Não querem que as pessoas vejam.

— Quantos são até agora?

— É uma vala comum, quem vai saber?

— De quando?

— Pelas roupas, acham que de quarenta ou cinquenta. Buracos na nuca. E no subsolo da Suprema Corte. Faziam você marchar direto lá para baixo e *bang*! Era como faziam. Isso é que era corte.

O coronel aproximou-se deles. Vestia um uniforme completo de inverno com chapéu de pele azul. Arkady se perguntou, não pela primeira vez, que animal tinha pele azul.

O coronel disse em voz alta:

— Haverá uma investigação sobre esses corpos para ver se alguma acusação criminal deve ser feita.

Cabeças se viraram entre a multidão, muitas achando engraçado.

— Como assim? — Arkady perguntou ao coronel.

— O que eu disse foi que posso garantir a todos que haverá uma investigação sobre os mortos para ver se alguma acusação criminal deve ser feita.

— Parabéns. — Arkady passou o braço sobre os ombros do coronel e sussurrou: — Essa foi a melhor piada que escutei hoje.

O rosto do coronel ficou todo pintado de vermelho e ele deu um jeito de sair de sob o braço de Arkady. Ah, bom, mais um inimigo, Arkady pensou.

Gleb perguntou:

— E se a sepultura passar por debaixo de toda a corte?

— É sempre esse o problema, não é? Depois que se começa a cavar, quando parar?

2

rkady não se apressou. Sua relação com Zurin tinha se deteriorado para um jogo como o badminton, no qual cada jogador fazia grandes movimentos que debilmente propeliam a aversão de um para o outro. Então, em vez de correr para a estação de metrô Chistye Prudy, Arkady parou em uma rua de prédios de tijolos com galhardetes pendurados que inflavam e desinflavam com o vento. Arkady não conseguiu ver todos os galhardetes, mas viu o suficiente para saber que "Apartamentos de um quarto — Serviços de *concierge* — Serviços a cabo" logo seriam erguidos no local. "Interessados devem se inscrever agora".

Ele abriu caminho pela neve escada abaixo e bateu em uma porta do subsolo. Não houve resposta, mas a porta estava destrancada e ele a empurrou e entrou em um espaço escuro com nada mais que um feixe de luz da rua na parte superior das janelas, tão hospitaleiro quanto uma caverna da Idade do Gelo. Encontrou o interruptor de luz, e uma lâmpada fluorescente bruxuleou e acendeu.

O grande mestre Ilya Platonov estava sentado, debruçado sobre a mesa, adormecido entre tabuleiros de xadrez. Arkady pensou que o fato de Platonov ter encontrado espaço era admirável já que tabuleiros e cronômetros cobriam toda a superfície: tabuleiros antigos, marchetados e computadorizados, peças alinhadas como exércitos convocados e esquecidos. Livros e revistas sobre xadrez abarrotavam as estantes. Fotografias dos grandes russos — Alekhine, Kasparov, Karpov, Tal — estavam penduradas nas paredes junto com cartazes que diziam: "Pede-se aos membros que não levem tabuleiros para o W.C." e "Nada de videogames!". O ar recendia a cigarros, genialidade e roupas mofadas.

Arkady bateu os pés para tirar a neve, ao que o braço de Platonov fez um movimento brusco e compulsivamente bateu no cronômetro.

— Dormindo. É impressionante — disse Arkady.

Platonov abriu os olhos enquanto se levantava. Arkady supôs que ele teria em torno de 80 anos. Ainda tinha um nariz autoritário e um olhar belicoso enquanto esfregava os olhos.

— Mesmo dormindo, eu ainda derrotaria você. — Platonov apalpou os bolsos procurando um cigarro para despertar. Arkady lhe deu um. — Se você jogasse sua melhor partida, talvez um empate.

— Sinto muito incomodar, mas estou procurando Zhenya.

— Zhenya, aquele merdinha. Digo isso muito afetuosamente. Um garoto frustrante. — Platonov cambaleou até uma escrivaninha e começou a procurar entre papéis soltos. — Quero lhe mostrar os resultados do último torneio júnior, no qual ele foi de uma completa mediocridade. Depois, no mesmo dia, derrotou o campeão dos adultos, mas por dinheiro. Por dinheiro seu pequeno Zhenya é um jogador completamente diferente. Este é um clube para pessoas que amam o xadrez, não um cassino.

— Entendo. — Arkady notou uma jarra de "contribuições" cheia de moedas até a metade.

Platonov desistiu de sua busca.

— O principal é: Zhenya está arruinando seu jogo. Não tem paciência. Ele surpreende os adversários porque é apenas um menino e então ataca para matar. Quando ele enfrentar o próximo nível de jogadores, eles acabarão com ele.

— Você viu Zhenya nas últimas 24 horas?

— Não. Anteontem, sim. Eu o botei para fora por ter feito apostas mais uma vez. Ele é bem-vindo se for para jogar e aprender. Você já jogou com ele?

— Não tem sentido. Não sou páreo para ele.

Platonov coçou o queixo.

— Você trabalha para a promotoria, não é? Bem, inteligência não é tudo.

— Graças a Deus — disse Arkady.

— O xadrez exige disciplina e capacidade de análise para chegar ao topo. E no xadrez, se você não está no topo, onde está? — Platonov abriu os braços. — Ensinando as aberturas básicas para os idiotas. Esquerda, direita, esquerda, direita! É por isso que Zhenya é esse desperdício todo.

Em sua paixão, o grande mestre esbarrou na parede e derrubou no chão uma fotografia emoldurada. Arkady pegou a fotografia. Embora o vidro fosse um redemoinho de fragmentos, ele pôde ver um Platonov jovem com uma grande cabeleira aceitando um buquê e congratulações de um homem redondo com um terno malfeito. Khrushchev, o Secretário do Partido anos antes. Atrás dos dois homens, havia crianças de pé fantasiadas como peças de xadrez: cavalos, torres, reis e rainhas. Os olhos de Khrushchev afundavam no seu sorriso largo. Platonov gentilmente pegou a foto de volta.

— História antiga. Leningrado, 1962. Eu ganhei todas. Isso foi quando o xadrez mundial era o xadrez soviético e este clube, esse navio naufragado no fundo do mar, era o centro do xadrez mundial.

— Logo será um prédio de apartamentos.

— Ah, então você viu os galhardetes lá fora? Apartamentos com todas as conveniências modernas. Seremos demolidos e substituídos por um palácio de mármore para ladrões e prostitutas, os parasitas sociais que antes botávamos na cadeia. E o Estado se importa? — Platonov pendurou a foto de novo no lugar, cacos e tudo. — Antes o Estado acreditava na cultura, não em bens imobiliários. O Estado...

— Você ainda é membro do Partido?

— Sou comunista e me orgulho disso. Eu me lembro de quando os milionários eram fuzilados por princípios. Talvez um milionário seja um homem honesto, talvez porcos saibam assobiar. Se não fosse por mim, eles já teriam construído o prédio de apartamentos, mas eu apresentei uma petição à prefeitura, ao senado e ao próprio presidente para dar um fim nessa obscenidade arquitetônica. Estou custando milhões de dólares a eles. É por isso que me querem fora do caminho.

— O que quer dizer?

— Querem me matar. — Platonov sorriu. — Porque sou mais esperto do que eles. Fiquei aqui. Nunca teria chegado em casa a salvo.

— Você foi mais esperto do que quem?

— *Eles*.

Arkady se deu conta de que a conversa estava tomando um rumo estranho. Viu um samovar elétrico em uma mesa lateral.

— Você quer um pouco de chá?

— Quer dizer então que o velho andou bebendo? Precisa ficar sóbrio? Está louco? Não. — Platonov dispensou a xícara. — Estou dez jogadas à sua frente, dez jogadas.

— Deixando a porta da frente aberta e pegando no sono? Platonov se perdoou com um encolher de ombros.

— Então você concorda que eu devia tomar precauções? Arkady olhou seu relógio. Zurin telefonara para ele meia hora antes.

— Para começar, você informou à milícia que acha que sua vida está em perigo?

— Centenas de vezes. Eles mandam um idiota, ele rouba o que pode e depois vai embora.

— Você já foi atacado? Foi ameaçado por cartas ou pelo telefone?

— Não. É isso que todos os idiotas perguntam. Arkady tomou isso como uma deixa.

— Eu tenho que ir.

— Espere. — Para a idade, Platonov se movia entre as mesas de jogo com uma velocidade surpreendente. — Tem alguma outra sugestão?

— Um conselho profissional?

— Sim.

— Se milionários querem derrubar este prédio e construir um palácio para marginais e prostitutas, faça o que eles mandam. Pegue o dinheiro deles e dê o fora.

Platonov inflou o tórax.

— Quando eu era garoto, lutei na frente de batalha Kalinin. Eu não bato em retirada.

— Um sentimento maravilhoso para um cabeça-dura.

— Saia! Fora! Fora! — Platonov abriu a porta e empurrou Arkady. — Chega de derrotismo! Toda a sua geração. Não admira que este país esteja na lama.

Arkady subiu as escadas até o carro. Embora não acreditasse que Platonov corresse perigo real, dirigiu apenas por um quarteirão e voltou a pé. Mantendo-se fora do alcance dos postes de luz, esgueirou-se de porta em porta até se certificar de que só havia sombras e então ficou ali mais um minuto, só para ter certeza, talvez porque o vento tivesse diminuído e ele gostava de como a neve ficara sem peso, flutuando como luz na água.

Nenhum miliciano estava de guarda na estação de metrô Chistye Prudy. Arkady bateu na porta e foi atendido por uma faxineira que o conduziu por um saguão de granito sombrio mal iluminado, passando pelas catracas até um conjunto de três escadas rolantes antigas que rangiam enquanto desciam. Talvez não fossem tão velhas, só gastas; o metrô de Moscou era o mais usado do mundo, e ser praticamente o único ali o fez perceber como a estação era grande e quão profundo era o buraco.

Seu pensamento voltou para a escavação do lado de fora da Suprema Corte. Lá estavam eles, juízes eminentes com a modesta ambição de melhorar a lanchonete do subsolo, acrescentando talvez um bar de café expresso e, em vez disso, desenterraram o horror do passado. Enfie sua pá no solo de Moscou e corra os riscos.

— As pessoas no trem devem estar loucas. Ele está morto há cinquenta anos. É uma desgraça — a faxineira disse com a firmeza de um guarda do palácio. Ela vestia uma blusa laranja que alisava e esticava. O mundo do lado de fora podia estar cheio de pichações e cheiro de mijo, mas era consenso que o último bastião da decência em Moscou era o metrô, descontando os tarados, bêbados e ladrões entre os passageiros. — Mais de cinquenta anos.

— Você não viu nada esta noite?

— Bom, eu vi aquele soldado.

— Quem?

— Não me lembro do nome dele, mas já o vi na televisão. Vou lembrar.

— Você viu um soldado, mas não Stálin.

— Na televisão. Por que eles não podem deixar o pobre Stálin em paz? É uma desgraça.

— Qual parte?

— Tudo.

— Acho que você está certa. Acho que vai ter desgraça suficiente para todo mundo.

— Você demorou.

Zurin estava esperando no fundo, casaco de caxemira usado ao estilo empresário nos ombros e uma espuma de ansiedade nos cantos da boca.

— Outra visão? — perguntou Arkady.

— O que mais?

— Você poderia ter começado sem mim. Não precisava esperar.

— Mas esperamos. Esta é uma situação delicada.

Zurin disse que a visão tinha aparecido, como antes, no último vagão do último trem da noite; no mesmo minuto —

1h32 —, testemunha da pontualidade do metrô. Desta vez, dois policiais à paisana tinham ficado no vagão em questão. Assim que notaram sinais de distúrbio se comunicaram pelo rádio com o condutor para que não deixasse a plataforma até que todos os 33 passageiros do último vagão saíssem. Os detetives tinham tomado os depoimentos preliminares. Zurin passou para Arkady uma caderneta espiralada aberta em uma lista de nomes, endereços, números de telefones.

I. Rozanov, 34, homem, encanador, "não viu nada".

A. Anilov, 18, homem, soldado, "talvez tenha visto algo".

M. Bourdenova, 17, mulher, estudante, "reconheceu-o de uma aula de história".

R. Golushkovich, 19, homem, soldado, "estava dormindo".

V. Golushkovich, 20, homem, soldado, "estava bêbado".

A. Antipenko, 74, homem, aposentado, "viu o camarada Stálin na plataforma".

F. Mendeleyev, 83, homem, aposentado, "viu o camarada Stálin acenar da plataforma".

M. Peshkova, 33, mulher, professora, "não viu nada".

P. Peneyev, 40, homem, professor, "não viu nada".

V. Zelensky, 32, homem, cineasta, "testemunhou Stálin na frente da bandeira soviética".

E assim por diante. Dos 33 passageiros, oito viram Stálin. Esses oito foram detidos e os demais, liberados. A chefe da plataforma, uma tal de G. Petrova, não viu nada fora do comum e também foi liberada. As anotações eram assinadas pelos detetives Isakov e Urman.

— Isakov, o herói?

— Isso mesmo — disse Zurin. — Ele e Urman foram chamados para outro caso. Não podemos ter homens bons perdendo tempo aqui.

— Claro que não. Onde é esse outro caso?

— Uma briga doméstica a alguns quarteirões daqui.

O relógio da plataforma marcava 16h18, o mesmo que o relógio de Arkady. O tempo até o trem seguinte continuava marcando 00, porque o sistema só começaria a funcionar outra vez em uma hora. Sem o ruído dos trens ao fundo, a plataforma era uma galeria de ecos, a voz de Zurin ressoando aqui e ali.

— Então, o que quer que eu faça? — Arkady perguntou.

— Resolva o caso.

— Resolver o quê? Alguém no metrô põe uma máscara de Stálin e você tira as pessoas do trem?

— Queremos manter o controle.

— De uma brincadeira?

— Não sabemos.

— Você está achando que é uma alucinação em massa? Isso é caso para exorcistas ou psiquiatras.

— Apenas faça algumas perguntas. Eles são velhos, já passou da hora de irem para a cama.

— Não só eles. — Arkady fez um sinal com a cabeça em direção a um homem magro como uma vareta que conversava com a estudante. Ela estava visivelmente com problemas para resistir à paquera.

— Zelensky é o provocador, tenho certeza. Você quer começar com ele?

— Acho que vou terminar com ele.

Primeiro, Arkady caminhou até onde o último vagão havia parado. Havia uma grade e uma porta de serviço no final da plataforma. Ele subiu na grade e nada viu além de cabos elétricos do outro lado. A porta estava trancada. A chefe da plataforma devia ter a chave e alguma ideia de quem estava esperando pelo trem, mas, graças a Isakov e Urman, ela tinha ido embora.

— Alguma coisa errada? — o promotor perguntou.

— Não podia estar melhor. Essas foram as duas únicas visões, a da noite passada e a desta noite? Nada antes?

— Só as duas.

Arkady interrogou as testemunhas uma a uma, fazendo com que cada uma marcasse em um desenho do vagão do metrô em que lugar estava sentado. O aposentado Antipenko admitiu que estava lendo um livro e que não teve tempo de trocar os óculos antes de o trem entrar na estação. Mendeleyev, o amigo idoso de Antipenko, estava dormindo no trem, embora tenha afirmado que acordou quando entraram na estação. Nenhum deles se sentiu ameaçado pelo Stálin na plataforma. Na verdade, duas velhas *babuchkas* disseram que reconheceram Stálin pelo seu sorriso afável, embora nenhuma das duas enxergasse o suficiente para ler as horas no relógio da plataforma quando Arkady pediu. Outra aposentada usava óculos de grau tão arranhados que o mundo era um borrão, e a última testemunha idosa não tinha certeza se vira Stálin ou o Papai Geleira.*

Arkady lhe disse:

— Você ficou acordado a noite inteira. Deve estar cansado.

— Eles nos fizeram ficar aqui.

— Lamento por isso.

— Sei que minha neta está preocupada.

---

*Papai Geleira. Personagem do folclore russo, que é gentil e dá presentes a quem o trata bem e congela quem o trata mal. (*N. da T.*)

— Os detetives não ligaram para ela avisando que você iria se atrasar?

— Não consegui me lembrar do número.

— Talvez se você me mostrar seus documentos?

— Eu perdi.

— Tenho certeza de que deve ter alguma coisa guardada com você. — Arkady examinou o paletó do velho e encontrou, presa na lapela, uma etiqueta com um nome, um endereço e um número de telefone. Também fitas manchadas e medalhas de Herói Estrela de Ouro, Ordem de Lênin, Estrela Vermelha e de herói da Guerra Patriótica, tantas medalhas de campanha que elas estavam costuradas uma por cima da outra em fileiras no peito do paletó. Aquele velho senil um dia fora um jovem soldado lutando contra a Wehrmacht nos escombros de Stalingrado.

— Não se preocupe. O promotor ligará para sua neta e logo os trens voltarão a circular.

A estudante, Marfa Bourdenova, mudou de ideia porque não tinha certeza de quem era Stálin. Além disso, havia passado muito de sua hora de voltar para casa e não lhe deram permissão para ligar para casa pelo celular. Embora fosse um pouco roliça, estava claro que logo seria uma beldade, de rosto oval, nariz e queixo finos, olhos enormes e cabelo castanho-claro que ela tirava do rosto com exasperação.

— O sinal aqui é uma merda.

Do banco ao lado, o cineasta Zelensky cochichou:

— Sua ligação está uma merda porque você está em um buraco, meu bem, está em um maldito buraco. — Ele se inclinou para a frente, vestindo um casaco de couro puído, e disse para Arkady: — Você pode confundir a cabeça deles quanto quiser, mas eu sei o que vi. Eu vi Jossíf Stálin de pé nesta plataforma esta noite. Bigode, uniforme, braço direito curto. Inconfundível.

— De que cor eram os olhos dele?

— Amarelados, olhos de lobo.

— Vladimir Zelensky? — Arkady perguntou para ter certeza. Ele sentiu que Zurin se movia furtivamente para o outro lado da coluna.

— Me chame de Vlad, por favor. — Como se fosse um pedido.

Zelensky estava no limbo da fama. Dez anos antes ele era um jovem diretor de filmes policiais populares, até cheirar cocaína e executar a mágica de desaparecer para dentro do próprio nariz. Seu sorriso dizia que o garoto estava de volta e o frizz de seu cabelo sugeria ideias fervilhando.

— Então, Vlad, o que você disse quando o viu?

Zelensky riu.

— Algo do tipo "Puta que pariu!". O que qualquer um diria.

Pelo que Arkady se lembrava, Zelensky ganhava a vida com pornografia, labutando com filmes que exigiam nada além de dois corpos e uma cama. Filmes nos quais todos, inclusive o diretor, usavam pseudônimos.

— Stálin disse alguma coisa?

— Não.

— Quanto tempo ele ficou visível?

— Dois segundos, talvez três.

— Podia ser alguém usando uma máscara?

— Não.

— Você é cineasta?

— Cineasta independente.

— Alguém poderia ter armado um filme ou um videoteipe?

— Montar a cena e desmontar? Não tão rápido.

Zelensky piscou na direção da garota.

— Onde ele estava?

No desenho, Zelensky marcou a plataforma diretamente oposta ao último vagão.

— Depois?

— Ele foi embora andando. Desapareceu.

— Foi andando ou desapareceu?

— Desapareceu.

— O que ele fez com a bandeira?

— Que bandeira?

— Você disse aos detetives que Stálin estava com uma bandeira.

— Deve ter desaparecido também. — Zelensky levantou a cabeça. — Mas eu vi Stálin.

— E disse: "Puta que pariu!" Por que na estação Chistye Prudy? Com todas as estações para aparecer, porque Stálin apareceria aqui?

— É óbvio. Você frequentou a universidade?

— Sim.

— Parece que sim. Bom, vou lhe contar algo que aposto que você não sabe. Quando os alemães bombardearam Moscou, quando esta estação se chamava Kirov, foi para cá que Stálin veio, bem fundo no subsolo. Ele dormia em um catre na plataforma e o chefe do estado-maior dormia nos vagões. Eles não tinham um alojamento de guerra elegante, como Churchill ou Roosevelt. Usavam compensado como parede e toda vez que um trem passava, mapas e documentos voavam, mas eles elaboraram uma estratégia que salvou Moscou. Este lugar deveria ser como Lurdes, com as pessoas de joelhos, Stálins de gesso à venda, muletas nas paredes. Consegue imaginar?

— Não sou artista como você. Eu me lembro de *One plus one*. Era um filme interessante.

— O assassino em série. Isso foi há muito tempo.

— Que filmes eu perdi?

— Filmes de manuais.

— De marcenaria? De hidráulica?

— De como foder.

Arkady ouviu o gemido de Zurin. A estudante Marfa Bourdenova enrubesceu, mas não saiu do lugar.

— Você tem um cartão?

Zelensky lhe deu um no qual se lia Cine Zelensky, em papel grosso novo, recém-cortado, adequado para um retorno. O endereço era na elegante Tverskaya, mas o prefixo do telefone era de um bairro menos elegante, no sul de Moscou.

O relógio sobre o túnel marcava 16h50. Arkady se levantou e agradeceu a todas as testemunhas, avisando-as de que estava nevando do lado de fora.

— Vocês todos estão livres para ir embora ou esperar pelo próximo trem.

Zelensky não esperou. Ficou em pé num pulo, abriu os braços como o vencedor de uma partida e gritou "Ele voltou! Ele voltou!" por todo o caminho até a escada rolante. Batia palmas enquanto subia, seguido pela garota Bourdenova, que já estava fuçando na bolsa à procura do celular.

Zurin disse:

— Por que não avisou a eles para não comentar com ninguém fora da estação?

— Alguns passageiros não tinham celulares?

— Alguns.

— Você os recolheu?

— Não.

— Eles não tiveram mais nada para fazer exceto espalhar a notícia.

Arkady quase sentiu pena de Zurin. Apesar dos golpes e contragolpes, do governo do Partido e da breve democracia, da queda do rublo e da ascensão de milionários, o promotor sempre tinha se mantido à tona. E ali estava ele nos subterrâneos do metrô, cuspindo saliva de confusão e raiva.

— Ou é uma brincadeira ou nada aconteceu. Mas por que alguém faria uma brincadeira dessas? E por que os malditos fariam isso na minha jurisdição? Como podem esperar que eu impeça alguém de se fazer passar por Stálin? Esperam que eu feche o metrô enquanto os policiais rastejam à procura de pegadas de um fantasma? Vou fazer um papel ridículo. Podem ser os chechenos.

Isso era desespero, pensou Arkady. Ele olhou em direção ao túnel. O relógio marcava 16h56.

— Você não precisa de mim para isso.

O promotor se aproximou.

— Por mais estranho que pareça, preciso. Zelensky se comporta como se isso fosse um milagre. Eu digo a você que milagres só acontecem com ordens lá de cima. Pergunte a si mesmo, onde estão os agentes da segurança do Estado em tudo isso? Onde está o KGB?

— FSB agora.

— A mesma lata de vermes. Em geral, eles estão por toda parte. De repente, não estão. Não estou sendo crítico, nem um pouco, mas sei quando alguém abaixa minhas calças e tenta me foder por trás.

— Usar uma máscara no metrô não é crime, e sem crime não há investigação.

— É aí que você entra.

— Não tenho tempo para isso. — Arkady queria estar na praça Komsomol quando o metrô começasse a circular.

— A maior parte das nossas testemunhas é idosa. Devem ser tratadas com sensibilidade. Não é isso que você é, nosso investigador sensível?

— Não houve crime, e eles não servem como testemunhas.

Antipenko e Mendeleyev estavam sentados lado a lado, como pedras em um muro em ruínas.

— Quem sabe? Eles podem se abrir. Um pouco de simpatia é capaz de grandes coisas com pessoas dessa idade. Também tem o seu nome.

— Meu nome?

— O nome do seu pai. Ele conheceu Stálin. Era um de seus favoritos. Pouca gente pode dizer isso.

E por que não?, pensou Arkady. O general Kyril Renko fora um carniceiro talentoso, não uma alma sensível, nem de longe. Mesmo considerando que todos os líderes bem-sucedidos eram carniceiros — "Ninguém mais ardentemente amado pelas tropas do que Napoleão", como o General costumava dizer —, mesmo considerando o padrão sangrento, Kyril Renko se sobressaía. Um carro, um comprido Packard com soldados no estribo, vinha pegar o General para levá-lo ao Kremlin. Para o Kremlin ou para a Lubyanka, não ficava claro até o carro virar à esquerda ou à direita no Bolshoi, esquerda para uma cela na Lubyanka ou direita para o Portão Spassky do Kremlin. Outros generais se borravam de medo no caminho. O general Renko aceitava as escolhas do destino como fatos da vida. Ele lembrava a Arkady que sua rápida ascensão se tornara possível com a execução de milhares de oficiais russos por Stálin na véspera da guerra. Como Stálin não apreciaria um general assim?

Arkady perguntou:

— E os detetives que estiveram na cena?

— Urman e Isakov? Você mesmo disse que não se trata de uma questão criminal. Esse é um assunto que talvez nem queiramos que conste dos registros. O mais apropriado é uma investigação humana, informal, feita por um veterano como você.

— Você quer que eu encontre o fantasma de Stálin?

— Basicamente, sim.

3

Um homem troncudo em roupas de baixo estava sentado à mesa da cozinha, a cabeça descansando no antebraço, um cutelo de açougueiro enfiado na nuca. Um perito criminal filmava a cena enquanto outro soltava o copo que a mão do homem morto segurava. Ainda havia vodca no copo, Isakov disse a Arkady. Um técnico despejou metade do conteúdo do copo em um frasco para testar se era veneno de rato, o que denotaria premeditação. Pratos quebrados, vidros de picles e garrafas vazias de vodca estavam empilhados em um canto para dar espaço no escorredor para pacotes abertos de açúcar e fermento e, na pia, para uma panela de pressão, mangueira de borracha e tubos de plástico. O álcool se formava na ponta de um tubo e pingava dentro de uma jarra. Fora isso, a cozinha estava decorada com uma armação de cabeça de lobo e um rabo peludo, uma tapeçaria com motivo de caça e uma fotografia do homem morto e de uma mulher, como pessoas mais jovens e felizes. A geladeira zumbia, salpicada de sangue. A neve batia em uma vidraça solta. No momento, ninguém fumava, apesar do fedor flatulento de morte. Segundo o relógio cuco eram 16h55.

Arkady esperou na porta com Nikolai Isakov e Marat Urman. Arkady imaginara Isakov tantas vezes que o homem real era menor do que esperava. Não era particularmente bonito, mas seus olhos azuis sugeriam frieza sob fogo e sua testa tinha cicatrizes interessantes. Sua jaqueta de couro estava desgastada pelo uso e sua voz era quase um sussurro. O pai de Arkady sempre dissera que a habilidade de comando era inata; ou os homens seguiriam você ou não. Fosse qual fosse a qualidade, Isakov a tinha. Seu parceiro, Urman, era um tártaro redondo e forte, com o sorriso largo de saqueador bem-sucedido. Uma jaqueta de couro vermelho framboesa e um dente de ouro revelavam seu gosto pelo vistoso.

— Parece ser um caso de síndrome do confinamento — disse Isakov. — A esposa diz que eles não saíram da casa desde que começou a nevar.

— Começou como uma lua de mel — Urman riu.

Isakov disse:

— Parece que eles bebiam vodca mais rápido do que a produziam.

— No final, estavam brigando pela última gota de álcool na casa. Os dois tão bêbados que mal se aguentavam em pé. Ele começou a bater nela...

— Aparentemente uma coisa levou à outra.

— Ela o esfaqueia entre a sexta e a sétima vértebras e a faca atravessa a medula espinhal. Instantâneo!

O cutelo estava coberto de um pó cinzento, e a marca fantasmagórica de uma palma e dedos aparecia em volta do cabo.

— Ele tem nome? — perguntou Arkady.

— Kuznetsov — respondeu Isakov. Adotando um tom profissional, ele se solidarizou com Arkady. — Então você ficou com o fantasma de Stálin.

— Receio que sim.

— Caçar um fantasma no metrô? Urman e eu preferimos casos comuns com corpos reais.

— Bom, invejo vocês. — O que dificilmente contava a história toda, mas Arkady achou que estava controlando seu amargor muito bem. Deu uma olhada no relógio da parede: 16h56. Seu relógio de pulso marcava 17h05.

— Tenho uma pergunta sobre o fantasma, como você colocou. Estava querendo saber se algum de vocês vasculhou a plataforma do metrô?

— Não.

— Abriram alguma porta ou portão de manutenção?

— Não.

— Por que deixaram a chefe da plataforma ir embora? — Soou mais brusco do que Arkady pretendia.

— Isso é mais do que uma pergunta. Porque ela não viu nada. — Isakov estava paciente. — As pessoas que não eram malucas, deixamos ir embora.

— Que maluquice, além de ver Stálin, eles disseram ou fizeram?

Urman respondeu:

— Ver Stálin é maluquice suficiente.

— Vocês pegaram o número do vagão?

— Número?

— Todo vagão do metrô tem um número de quatro dígitos. Eu gostaria de examiná-lo. Vocês pegaram o nome do condutor do trem?

Isakov foi categórico.

— Fomos orientados a pegar o último vagão, não importa qual fosse seu número, e observar. Não nos disseram o que devíamos procurar, ou em que estação, nem nos disseram para pegar o nome do condutor. Quando saltamos na estação Chistye Prudy, não vimos nem escutamos nada anormal até que as pessoas começaram a gritar. Não sei quem gritou primeiro. Como fomos instruídos, separamos as testemunhas positivas do restante dos passageiros e as detivemos até sermos chamados para este caso.

A equipe de peritos anunciou que tinha terminado com a cozinha e ia para o banheiro, onde superfícies reluzentes acenavam.

Arkady esperou que os técnicos passassem antes de dizer:

— O relatório de vocês foi um pouco superficial.

— O promotor não queria um relatório oficial — disse Isakov.

Urman estava confuso.

— Por que todas essas merdas de perguntas? Estamos do mesmo lado, não estamos?

Não complique as coisas, Arkady disse a si mesmo. Esse não era o caso dele. Caia fora do apartamento.

Um choro veio do outro quarto.

— Quem é?

— A esposa.

— Ela está aqui?

— No quarto. Dê uma olhada, mas olhe por onde pisa.

Arkady passou por um corredor cheio de jornais, caixas de pizza e embalagens de frango frito até um quarto onde a imundície era tão grande que parecia flutuar. Uma mulher ruiva, com um vestido caseiro, estava algemada à cama. Despertara de um estupor alcoólico, pernas e braços abertos, as mãos em sacos plásticos. Uma série de manchas de sangue cobria a frente do vestido. Arkady levantou as mangas dela. Sua carne era frouxa, mas, comparando os antebraços, ela era destra.

— Como você está?

— Eles levaram o dragão.

— Levaram o quê?

— O nosso dragão.

— Vocês têm um dragão?

O esforço mental era demasiado e ela mergulhou novamente na incoerência.

Ele retornou à cozinha.

— Alguém levou o dragão dela.

— Achei que eram elefantes — disse Urman.

— Por que ela ainda está aqui?

Isakov disse:

— Esperando a ambulância. Ela já confessou. Esperávamos que ela pudesse reconstituir o crime para a câmera de vídeo.

— Ela devia ser examinada por um médico, em uma cela. Guardem o vestido. Há quanto tempo vocês dois são detetives aqui em Moscou?

— Um ano. — Urman tinha perdido seu bom humor.

— Vocês passaram para o nível de detetives direto dos Boinas Negras? De Pelotão de Resgate para a Investigação Criminal?

— Talvez eles tenham mudado um pouco as regras pelo capitão Isakov — disse Urman. — Por que a preocupação? Temos uma assassina e uma confissão. São dois mais dois, certo?

— Com apenas um golpe. Ela deve ter uma mão firme — disse Arkady.

— Eu acho que ela teve sorte.

— Com licença. — Arkady deu um passo para trás do morto para ter uma perspectiva diferente. Um braço ainda se estendia em direção ao copo. Sem tocar, Arkady examinou o pulso dele procurando alguma marca que indicasse, digamos, que ele tivesse sido segurado por um homem mais forte enquanto o golpe era desferido.

Urman disse:

— Já ouvi falar de você, Renko. As pessoas dizem que gosta de meter a pica por todo canto. Não tínhamos tempo para pessoas como você nos Boinas Negras. Palpiteiros. O que você está procurando agora?

— Resistência.

— A quê? Você está vendo algum hematoma?

— Vocês tentaram um detector ultravioleta?

— Que merda é essa?

— Marat. — Isakov sacudiu a cabeça. — Marat, o investigador só está fazendo perguntas que são fruto de sua experiência. Não há motivo para levar a coisa pelo lado pessoal. Ele não está. — E perguntou, como se quisesse ter certeza: — Você não está levando isso para o lado pessoal, está, Renko?

— Não.

Isakov não sorriu, mas parecia se divertir.

— Agora, Renko, você terá de nos desculpar se trabalhamos nos nossos próprios casos à nossa maneira. Há alguma outra coisa que você queira saber?

— Por que vocês tinham tanta certeza de que o copo continha vodca? Vocês apenas supuseram?

Ainda havia líquido no copo. Urman mergulhou o indicador e o dedo do meio e os lambeu. Mergulhou os dedos pela segunda vez e os ofereceu a Arkady.

— Pode chupá-los se quiser.

Arkady ignorou Urman e perguntou a Isakov:

— Então você tem certeza de que o que tem aqui é um homicídio doméstico comum devido a vodca, neve e síndrome do confinamento?

— E amor — disse Isakov. — A mulher diz que o amava. As palavras mais perigosas do mundo.

— Então você acha que amor leva a assassinato — disse Arkady.

— Tomara que não.

A neve se acumulava no para-brisa. A cinco minutos da abertura do metrô, Arkady não tinha tempo de parar e tirar a neve dos limpadores, e decidiu que enquanto seguisse as luzes traseiras dos carros estaria do lado certo da estrada e seguiu em direção à Três Estações, como todos chamavam a praça Komsomol por causa das estações ferroviárias que se encontravam ali. Os sinais de trânsito oscilavam, as lentes sujas de neve vermelha e verde. A pompa italiana da estação Leningrado, a cúpula dourada da estação Yaroslavsky, o portão oriental da estação Kazan: os limpadores de para-brisa as transformavam em uma grande mancha.

Arkady deixou o carro em meio a um monte de neve na frente da estação Kazan. Alguns poucos passageiros já haviam saído à procura de táxis. A maioria dos que chegavam ia como uma torrente para a porta seguinte, em direção ao metrô: petroleiros dos Urais, comerciantes de Kazan, um grupo de balé voltando para casa, sacoleiros trazendo caviar para vender, famílias com crianças pequenas e malas enormes, trabalhadores que vinham de outras cidades e turistas de orçamento curto seguindo um caminho mal-iluminado por postes de ruas envoltos em névoa. Eles andavam apressados no vapor de sua respiração, chapéus puxados para baixo, bolsas e pacotes agarrados com força, talvez mais ansiosos para ir embora do que chegar a algum lugar. A neve havia afugentado os malandros usuais e os ciganos e as saudáveis mulheres do campo que vendiam suas infusões venenosas feitas em casa e bêbados que juntavam garrafas vazias de vodca para trocar por uma nova. Um negócio arriscado. No ano anterior, cinco catadores de garrafas vazias tiveram as gargantas cortadas dentro e nos arredores da Três Estações. Por garrafas. Até as portas do metrô abrirem, as pessoas se amontoavam em um canto no escuro. Havia oficiais milicianos cujos postos eram do lado de fora; eles estavam dentro das estações de trem, onde estava mais quente, verificando os bilhetes e enfrentando o terrorismo checheno.

Uma parte de Arkady estava de volta ao apartamento ensanguentado dos Kuznetsovs, onde ele e Isakov pareciam ter cumprido um acordo de cavalheiros de não mencionar Eva. Não, nenhum deles levava as coisas para o lado pessoal.

Arkady procurou entre os quiosques fechados e afugentou um par de bêbados tão instáveis que só conseguiam ficar de pé se encostados contra a parede.

— Fiquem juntos! — ele disse às pessoas. Apresentem uma formação sólida, até os iaques sabiam disso, ele pensou.

Mas era cada um por si. As pessoas mais próximas às portas do metrô aferravam-se a suas posições; os que estavam atrás pressionavam mais forte para a frente, enquanto a multidão mais no fundo começava a se dispersar. Era como observar lobos atacando um rebanho quando garotos brotavam da escuridão em bandos de cinco ou seis, usando sacos de lixo pretos e balaclavas que os tornavam quase invisíveis. Os velhos, eles roubavam onde estavam. Alvos maiores, eles se juntavam em volta; um monge foi arrastado no gelo pela batina e teve a cruz dourada arrancada. Em um momento, ele tinha agarrado dois garotos, no seguinte não tinha nada além de sacos de lixo.

Arkady foi cercado pelos garotos. O líder não tinha mais de 15 anos, sem medo de mostrar seu rosto de lua e o bigode ralo. Ele puxou seu saco para mostrar um revólver delgado que apontou para Arkady. Arkady não se espantou com o fato de um menino conseguir uma arma de fogo. A polícia ferroviária, o nível mais baixo dos agentes da lei, ainda carregava revólveres de 100 anos de idade. Será que Georgy encontrara um guarda bêbado dormindo em um vagão e roubara seu revólver? Na Três Estações, coisas ainda mais estranhas já tinham acontecido.

— Bang — disse o garoto.

Neve derretida escorria pelas costas de Arkady.

— Olá, Georgy — disse ele.

— Você gostaria de um buraco na cabeça? — Georgy perguntou.

— Não muito. Onde você achou isso?

— É minha.

— É uma verdadeira antiguidade. Durou mais que a União Soviética.

— Ainda funciona.

— Onde está Zhenya?

— Eu podia estourar seus miolos.

— Podia mesmo — disse o menor garoto do círculo. — Ele pratica com ratos.

— Não é isso que você é? — Georgy perguntou a Arkady. — Você não é um rato?

Depois de dois dias sem dormir, tudo era possível. O revólver era um Nagant, de dupla ação, e estava engatilhado. Por outro lado, o gatilho exigia um apertão forte; Georgy não dispararia por acidente. Arkady não conseguia ver quantas balas havia no tambor, mas não se pode ter tudo.

Ele virou o boné do garoto menor.

— Fedya, você levantou cedo hoje.

Georgy cutucou Arkady com a arma.

— Deixe ele em paz.

— Fedya, eu só quero falar com Zhenya.

— Você não está entendendo — disse Georgy.

— Ele joga xadrez — Arkady disse a Fedya. — Você devia pedir a ele para te ensinar a jogar xadrez.

— Cala a boca! — disse Georgy.

Fedya deu uma rápida olhada para a escuridão do vão de uma porta, onde um pé deu um passo atrás, para fora do alcance da luz. Ele sentiu o olhar de Zhenya e viu a cena do ponto de vista dele: o campo de batalha coberto de neve, as vítimas zelando por sua dignidade e os vencedores carregando pacotes como se fossem presentes de Natal.

Um coro de apitos policiais prometia a chegada da autoridade. A milícia tinha cassetetes, mas, na escuridão, quem conseguia distinguir em quem bater? Eles faziam o melhor que podiam. Enquanto isso, os meninos desapareciam, não exatamente retrocedendo, mas se dissolvendo nas sombras. Georgy se afastou, a arma ainda apontada para Arkady, que observou os garotos se juntarem e sumirem.

— Zhenya!

O grupo de Georgy escapou por entre latões de lixo, escalou uma cerca de arame, e em um momento tinha desaparecido na direção do terreno da ferrovia, uma confusão de trilhos e trens toda noite e agora um labirinto branco. Arkady seguiu as pegadas deles pela neve até que elas se separaram, indo em várias direções, e o deixaram dando voltas.

Arkady voltou para a estação. Cambaleou para a atmosfera tranquila do grande saguão da estação, a aura suspensa dos lustres, as fileiras de corpos parados. Como se o sono fosse o primeiro destino da estação, as partidas dos trens não estavam anunciadas. Leve-me para a romântica Kazan, pensou Arkady, para a terra dos pavões e da Horda Dourada. Ele tossiu tão violentamente que deixou o cigarro cair. Nauseado, amassou o pacote e jogou-o fora.

Quando saiu pela frente da estação, viu — brevemente, antes que a neve obscurecesse sua visão — Georgy e Fedya, com um garoto que podia ser Zhenya, atravessando a ilha de tráfego no meio da praça. Arkady desceu pulando os degraus e se espremeu entre os carros parados na rua. Embora piscando por causa da neve, as luzes da praça brilhavam. Os bondes ainda não tinham saído, mas já era possível escutar o zumbido dos cabos. Quando Arkady finalmente alcançou a ilha, os três garotos estavam a meio caminho da calçada oposta, mas ele tinha recuperado o fôlego e avançava a cada passo até que o barulho de uma buzina o fez parar bruscamente.

Os três se viraram com o som.

— Zhenya!

Arkady saiu do caminho de um limpa-neve. A máquina trabalhava em um nevoeiro de faróis e cristais, a pá cuspindo neve. Arkady não pôde mais correr porque uma segunda máquina a seguia fazendo uma curva, e uma terceira, movendo-se pesadamente e triturando, erguia um muro de neve na calçada.

4

Arkady e Eva estavam deitados sob uma luz cinza que se espalhava pelos quartos quase sem mobília. Arkady herdara o apartamento do pai; era enorme em comparação com seu antigo apartamento, que eles haviam deixado porque lá ela sentia a presença de Irina. "Não vou competir com um fantasma", ela disse. Uma mesa aqui e uma televisão portátil ali eram mais uma reivindicação de residência do que realidade. Arkady se desfizera de todos os pertences do pai, qualquer quinquilharia que o velho possuía, exceto os livros e quadros, que estavam encaixotados e lacrados no armário do escritório.

Do lado de fora, o prédio era um choque arquitetônico de contrafortes góticos e arcos mouriscos, mas, dentro, os apartamentos eram razoavelmente grandes, com tetos altos de antes da guerra e piso de parquete. O prédio de apartamentos fora construído para a elite militar e do Partido, que se orgulhavam do endereço, embora durante o tempo de Stálin fosse também o lugar de onde saía a maioria das pessoas levadas durante a noite, para só serem vistas outra vez anos depois, se o fossem. Os moradores tinham escutado com terror as batidas na porta ou mesmo o barulho do elevador subindo. Havia rumores de que passagens especiais haviam sido construídas nas paredes para acomodar os agentes do Estado. O que Arkady achava interessante era que, mesmo sabendo que o prédio era um açougue, ninguém ousava declinar a honra de se mudar para lá.

O caminhão com todos os pertences dos dois estava uma semana atrasado e eles estavam vivendo de maneira improvisada, dormindo num colchão que haviam colocado diretamente sobre o piso de parquete. Uma colcha de retalhos tinha caído da cama, mas Arkady e Eva estavam aquecidos porque o prédio era um prodígio de calefação. Eles tinham dormido o dia todo ao lado de uma bandeja cheia de pão, geleia de morango e chá. O vento tinha arrefecido e a neve caía em flocos grossos, frágeis, que flutuavam como sombras pelas cortinas.

O corpo dela podia ser o de uma menina, os seios pequenos e a pele tão pálida e lisa que ele esperava deixar nele sua marca. Com seu cabelo negro, ela era a perfeita criatura do anoitecer. À noite, quando não conseguia dormir, o que acontecia com frequência, ela caminhava pelo apartamento de roupão e pés descalços. Alguns cômodos, como o escritório, eles não usavam para nada, exceto para guardar as fotografias de seu pai e de Irina que ele trouxera de carro. À noite, o piso de parquete rangia; ela preferia dormir durante o dia, quando menos fantasmas rondavam.

Eva não precisava dos fantasmas dele, tinha os seus próprios. Fora estudante em Kiev e marchara na parada do 1º de Maio quatro dias após o desastre na estação do reator nuclear de Chernobyl, porque as autoridades asseguraram ao público que a situação estava sob controle. Cem mil crianças marcharam sob uma chuva radioativa e invisível de plutônio, potássio, estrôncio e césio-137. Ninguém na parada caiu e morreu na hora, mas ela foi considerada uma sobrevivente, e em geral se acreditava que os sobreviventes, especialmente as mulheres, eram estéreis e contagiosos.

Em Moscou, ela encontrou emprego em uma clínica médica. Eva era boa com os pacientes mais jovens, sobretudo os que não conseguiam dormir. Ela gravava o que diziam e enviava as fitas para os seus familiares. Seu retrato, Arkady muitas vezes pensava, podia ser pintado só em preto e branco, embora ultimamente mais e mais apenas em preto e com ângulos mais agudos.

Quanto mais eles se distanciavam, mais a cama se tornava seu abrigo seguro. As palavras eram suas inimigas, a expressão de esperanças fracassadas. Eles faziam sexo em silêncio e era difícil dizer quanto dessa relação era paixão e quanto era o esforço desesperado de um casal morto.

O telefone tocou. Nem Arkady nem Eva queriam se conectar com a realidade, então a pessoa ao telefone falou com a secretária eletrônica.

"Onde você está, Renko? Temos uma situação que tem de ser resolvida. Se uma pessoa qualquer aparecesse numa plataforma de metrô, podia ser uma brincadeira. Stálin é diferente. Usar uma semelhança com Stálin é uma clara provocação. Alguém está por trás disso. Por que você desligou o celular? Onde diabos você se meteu? Apareça!"

— Era o promotor Zurin. Do que ele estava falando? — Eva perguntou.

— Stálin foi visto algumas vezes tarde da noite numa estação de metrô.

— Stálin no metrô? Sério? E o que esse Stálin do metrô faz?

— Nada de mais. Fica parado na plataforma e acena para os passageiros.

— Não executa ninguém?

— Não, ninguém.

— O que Zurin vai fazer? — Em geral, Zurin entediava Eva, mas agora ela se apoiou nos cotovelos.

Arkady ficou animado. Essa era a conversa mais longa que eles tinham tido em uma semana.

— Bom, como o promotor diz, Stálin é diferente. Stálin é um campo minado onde é impossível se movimentar sem riscos. Se disser que alguma coisa sobre Stálin é um embuste, Zurin terá de se ver com os superpatriotas. Se não fizer nada e deixar o rumor se espalhar, ele terá um santuário nas mãos. Quando os ossos do tsar foram encontrados, apareceram peregrinos no dia seguinte. O metrô ficará tomado por uma multidão e Zurin se arruinará como o homem que levou o sistema metroviário de Moscou ao colapso. Ou, e esta é a terceira opção de Zurin, ele aceita a situação, anuncia que as visões são genuínas e será considerado um lunático delirante se elas não continuarem.

— E Zurin ligou para você. Então ele quer mandar você para o campo minado primeiro.

— É mais ou menos isso.

— Mas você vai ficar aqui? Eu não sabia que você ia ficar o dia todo aqui.

— Vou. Você tinha outros planos?

— Só que você está sempre pensando no trabalho, então não está realmente aqui quando está aqui.

— Não todo o tempo.

— Sim, todo o tempo. O que é bom, suponho, em um investigador. Eu sei quando um fantasma se junta a nós. Sinto sua presença. — Foi uma declaração carregada, porque havia fantasmas e *fantasmas*. — Acho que você não consegue não se envolver.

— Na verdade, é melhor não me envolver.

— Você consegue?

— Tenho de conseguir. Não posso passar minha vida ruminando sobre os mortos.

Ele fechou os olhos e viu o homem com o cutelo na nuca. A situação era astronomicamente contra uma mulher bêbada despachando o marido com um único e perfeito golpe de um cutelo entre as vértebras e através da medula, como Isakov e Urman querem fazer crer. Uma mulher tão bêbada que provavelmente não se lembraria de nada que dissera, muito menos de uma confissão. No entanto, o padrão da mancha de sangue nas paredes da cozinha parecia combinar com a manchas em seu vestido. O cabo do cutelo apontava para o ombro esquerdo da vítima, indicando um golpe desfechado com a mão direita; ela era destra. O fato de nenhum vizinho ter chamado a milícia com o barulho da briga sugeria que o casal já tinha brigado antes. Teriam eles discutido sobre quem levara o dragão? Bastante neve, bastante vodca, uma lâmina à mão? Com essa combinação não eram necessários assassinos profissionais.

Seja como for, Arkady estava aborrecido consigo mesmo por ter chamado a atenção de Isakov e Urman. Perguntas eram a última coisa que devia ter feito, embora fosse instrutivo observar o capitão e seu ansioso tenente.

— Você está fazendo isso agora — ela disse.

— Desculpe.

— Eu sei o seu segredo — ela disse.

— Qual é o meu segredo?

— Apesar de tudo, no fundo você é um otimista. — Ela corrigiu a frase: — Apesar de *mim*, você é um otimista.

— Nós temos nossos momentos.

— Tenho provas. Está tudo gravado.

Quando Eva e Arkady começaram a ficar juntos, ela costumava levar um gravador de bolso e fitas cassetes para gravar o que estivessem fazendo, fosse um dia esquiando ou uma simples caminhada, para ouvir mais tarde e dar gargalhadas. Quando havia sido a última vez que a ouvira dando gargalhadas?

Ele sentiu a pulsação dela em seu peito. Com Eva, ele sempre ficava meio excitado. Se isso não fosse motivo para otimismo, o que seria?

Do lado de fora, o dia ia morrendo, o sol uma fogueira na neve.

Na rua, uma equipe tentava consertar um buraco. Quatro mulheres robustas cavavam enquanto um homem supervisionava e ocasionalmente segurava uma lanterna. Todo dia, havia uma semana, eles despejavam asfalto fumegante dentro do buraco que se ampliava, numa demonstração diária de inutilidade.

O telefone tocou. Desta vez, um Zurin adulador falou com a secretária eletrônica, desculpando-se por perturbar Arkady em seu dia de folga e esperando que ele não estivesse usando a secretária para evitar as ligações.

— Você não seria tão baixo assim.

Sem problema, pensou Arkady. Ele tirou o fio da linha telefônica da tomada, depois se lembrou de Zhenya e reconectou.

Eva observou-o.

— Você ainda espera que Zhenya ligue?

— Talvez ele ligue.

— Ele está bem. É um peixe dentro d'água.

— Está frio lá fora.

— Então ele vai encontrar um lugar quente. Você tem certeza de que o viu?

— Não, mas tenho certeza de que ele estava lá. Ele disse alguma coisa para você?

— Três palavras: *Ele* está aqui. Depois saiu correndo pela porta.

Ninguém sabia quantos meninos de rua havia em Moscou. Estimativas variavam de 10 a 50 mil, com idades de 4 a 16 anos. Poucos eram órfãos; a maioria estava fugindo de famílias alcoólatras e violentas. As crianças comiam e vestiam o que conseguiam roubar ou mendigar. Dormiam sobre tubos de aquecimento ou em trens abandonados. Cheiravam cola, filavam cigarros, se prostituíam do lado de fora do Bolshoi, e o mais próximo de uma pousada estável que tinham era a Três Estações. Na semana anterior, a milícia prendera Zhenya, com seus amigos Georgy e Fedya. Zhenya fora liberado sob a custódia de Arkady, mas Georgy e Fedya tinham sido soltos simplesmente por falta de espaço no abrigo. O próprio presidente dizia que as crianças de rua eram uma ameaça à segurança nacional. Agora que Georgy tinha uma arma, talvez o presidente estivesse certo.

— Arkasha, abra os olhos. Seu pequeno Zhenya ganha mais dinheiro jogando xadrez do que você ganha arriscando sua vida. Você acha que ele é como você, uma alma doce e amável. Não é.

— Ele tem 12 anos.

— Ele está entre os 12 e os 100 anos. Você já o viu jogar xadrez?

— Centenas de vezes.

— Ele esmaga o oponente como um píton, come-o e o digere vivo.

— Ele é bom.

— E você não é responsável por ele.

Arkady tentara adotar Zhenya. No entanto, sem informação sobre seus pais, sem saber nem mesmo se estavam vivos ou mortos, a adoção legal estava fora de questão, e um arranjo tinha sido feito. Oficialmente, Zhenya estava nos registros do abrigo onde Arkady o encontrara. Na realidade, Zhenya dormia no sofá do apartamento, como se tivesse passado por ali e caído no sono. Zhenya era Plutão, um corpo enigmático detectável mais por seus efeitos nos planetas do que por observação direta.

— Considere-me um píton. — Arkady se enfiou na cama.

Eles comeram na cama. Pão preto, cogumelos, picles, salsicha e vodca.

Eva encheu o copo dele.

— Noite passada, na clínica, um dos outros médicos, uma mulher, me perguntou: "Sabe qual é a maldição dos homens russos? A vodca! Sabe qual é a maldição das mulheres russas? Os homens russos!"

— Saúde!

Eles brindaram e engoliram a vodca de um só gole.

— Talvez eu seja a sua maldição — disse Eva.

— É provável.

— Zhenya e eu complicamos a sua vida.

— Espero que sim. Que tipo de vida você acha que eu tinha?

— Não, você é um santo. Não nego isso.

Arkady sentiu uma mudança no humor de Eva e mudou de assunto.

— Zhenya disse: "Ele está aqui." Só isso?

— Disse enquanto saía pela porta.

— Não disse onde tinha estado ou aonde ia?

— Não.

— Ele pode ter visto alguém. Um jogador de xadrez famoso, seu jogador de futebol favorito. Talvez Stálin. Podemos falar sobre nós? — Eva se inclinou para a frente e deitou a cabeça no ombro de Arkady. — Arkasha, não posso competir com uma esposa que morreu jovem e linda e totalmente normal. Quem pode competir com isso?

— Ela não está aqui.

— Mas você gostaria que ela estivesse, é o que quero dizer. Sabe, você nunca me mostrou uma foto de Irina; eu tive de descobrir uma por conta própria. Irina era linda. Se pudesse, você não ia querer que ela voltasse?

— Não é uma competição.

— Ah, é sim.

Ele colocou a bandeja de lado e a puxou para perto. Seus seios estavam macios depois de ter feito amor mas se endureceram outra vez. Sua boca procurou a dele embora os lábios dos dois estivessem doloridos e levemente machucados. Dessa vez o ritmo foi lento. A cada carícia uma suave expulsão de ar escapava dos lábios dela, tão mais fácil do que palavras. Eles poderiam continuar assim para sempre, pensou Arkady, contanto que nunca saíssem da cama.

Mas eles estavam indo para outro lugar. A cama era o tapete mágico que dava um infeliz mergulho em um abismo quando ele disse:

— Não aja como se isso tivesse a ver com Irina. É uma mentira fingir que é apenas Irina. Um investigador altamente qualificado nota coisas como telefonemas estranhos e ausências misteriosas.

Bem, isso é excitante, pensou. Eles tinham alcançado o fundo do abismo, onde o ar era rarefeito e o coração batia contra as costelas.

— Não é o que você pensa — disse Eva.

— Estou fascinado. O que é?

— Um negócio não concluído.

— Não dá para concluí-lo?

— Não é tão simples.

— O que quer dizer com isso?

— Quando eu estava na Chechênia, Nikolai Isakov me salvou.

— Me explique outra vez por que você estava lá, se não é da Chechênia nem do Exército Russo.

— Alguém tinha que estar lá. Médicos tinham que estar lá. Havia organizações médicas internacionais.

— Mas você estava por conta própria.

— Não gosto de organizações. Além disso, na minha moto de confiança, eu era um alvo móvel.

— Você estava querendo morrer?

— Você se esquece de que sou uma sobrevivente. Além disso, Nikolai deixou bem claro que cortaria a garganta de qualquer um que me tocasse.

— Fico agradecido.

Ela o olhou esperando que ele recuasse.

— E expressei minha gratidão da maneira tradicional.

— Bem merecida, tenho certeza. Então, Isakov é um herói na cama e fora dela.

— Todo mundo tinha algum esquema. Os comandantes dos tanques vendiam combustível, os oficiais intendentes vendiam comida, os soldados trocavam munição por vodca e voltavam para casa em caixões recheados de drogas. Nikolai era diferente.

— Então por que está perdendo seu tempo comigo?

— Eu queria ficar com você.

— Está ficando um pouco cheio demais, você não acha? Dois é bom, etc. e tal. Mas eu agradeço a saudação de despedida. — Foi a coisa mais cruel que ele conseguiu pensar em dizer e teve a satisfação de ver nos olhos dela a ferroada.

O telefone tocou outra vez e uma voz — não a de Zurin — disse para a secretária eletrônica:

"Eva, atenda, é Nikolai."

Foi a vez de Arkady arder.

"Eva", o homem disse, "você pode falar? Você contou para ele?"

— É Isakov? — perguntou Arkady.

— Tenho de atender — disse Eva.

Ela se enrolou no lençol antes de pegar o telefone. O fio não se esticava muito e ela se virou para sussurrar. De repente, Arkady achou a nudez ridícula e o cheiro do sexo enjoativo.

Qual era a etiqueta do corno? Deveria dar a eles alguma privacidade, permitir a si mesmo ser acossado em seu próprio bivaque? Não era como se ele e Eva fossem casados. Estava claro que ela ainda podia agir fisicamente como se fossem amantes e, de tempos em tempos, brincar alegremente o bastante para alimentar suas esperanças, pelo menos até aquela noite, mas os desempenhos exigiam mais esforço a cada vez. Era raro que as folgas de trabalho coincidissem porque ela definia sua escala mais para evitar Arkady do que para vê-lo. A traição era exaustiva, medir cada palavra com duplo significado. Mesmo quando faziam amor ele passava o resto da noite analisando tudo o que Eva tinha dito ou feito, observando-a como se ela fosse fugir, e medindo cada palavra que ele próprio dizia para não abalar o castelo de cartas que eles construíram juntos. Agora ele havia desmoronado, claro.

O engraçado era que Arkady os reunira ao trazer Eva para Moscou, passeando com ela pelo lago do Patriarca em um dia de outono e não entendendo o choque dela quando Isakov chamou seu nome. "Continue andando", Eva tinha dito. Arkady disse: "Se é um amigo, posso esperar."

— Ainda não — Eva sussurrou ao telefone, enquanto seus olhos fitavam Arkady. — Vou contar, vou contar, prometo... Eu também — ela disse, e desligou.

Tudo menos um beijo, Arkady pensou.

Não tinha sido por acaso que Isakov ligara quando era provável que Arkady estivesse em casa. Isakov estava esfregando o fato em sua cara.

O telefone tocou outra vez, irritando-o. Arkady sentiu sua respiração se acelerar. Eva recuou.

"Sei que você está aí, Renko. Ligue a televisão. Parabéns, você está no noticiário", Zurin disse, e desligou.

Arkady ligou o aparelho. Havia apenas seis canais. O primeiro mostrava o presidente depositando uma coroa de flores, seus olhos virados para um lado, a boca para o outro. Futebol. Filmes patrióticos. Atrocidades na Chechênia. Finalmente, o promotor Leonid Zurin, o próprio, em uma esquina coberta de neve com uma repórter. O cabelo branco de Zurin agitava-se para a frente e para trás, e as maçãs do rosto estavam vermelhas como tomates. Ele sorria com indulgência, um ator nato. Depois de seus telefonemas desesperados para Arkady, Zurin parecia ter se recomposto.

"... um longo inverno, e às vezes o inverno é como as grandes calmarias de verão, quando todo tipo de histórias estranhas parece ser notícia, apenas para serem esquecidas uma semana depois."

"Então, os rumores de cidadãos de Moscou encontrando Stálin no metrô são invenções?"

Zurin refletiu por um momento. "Eu não diria 'invenções'. Houve um relato de um distúrbio em uma estação na noite passada. Enviei ao local um investigador experiente que está particularmente familiarizado com questões relativas a Stálin, e ele chegou à conclusão, depois de entrevistar todas as supostas testemunhas, de que nada do tipo havia acontecido de fato. O que aconteceu, de acordo com o investigador Renko, foi que alguns passageiros mais idosos saíram do trem mais cedo do que pretendiam e, consequentemente, ficaram presos, com uma nevasca acima e nenhum trem embaixo."

A repórter não desistiu.

"Em qual estação do metrô?"

"Isso é irrelevante."

"O senhor aprofundará a investigação, promotor Zurin?"

"Não para caçar fantasmas. Não enquanto houver criminosos de verdade nas ruas."

"Uma última pergunta: como começou esse rumor sobre Stálin? O senhor ou seu investigador pensam que pode ser uma brincadeira? Uma declaração política?"

Zurin se compôs.

"Achamos que não é necessário tirar conclusões. Stálin é uma figura de inegável importância histórica, que continua a gerar reações positivas e negativas, mas não há razão para torná-lo responsável por todos os erros que cometemos."

"Inclusive sair do trem na estação errada?"

"Exatamente."

Arkady continuou sentado, perplexo, semiconsciente de que a notícia seguinte era sobre o julgamento de um veterano de guerra que havia atirado e matado um entregador de pizza que parecia um checheno. Outros veteranos estavam dando apoio moral ao irmão de armas.

Eva desligou o aparelho.

— Você está "familiarizado com Stálin"? O que Zurin quis dizer com isso?

— É uma boa pergunta.

O telefone tocou e dessa vez Arkady atendeu.

— Ah — disse Zurin. — Nada mais de joguinhos. Agora você atende. Viu a notícia? Não foi interessante?

— Não deveria haver nenhuma publicidade.

— Concordo com você, mas, aparentemente, alguém falou com a imprensa. Tive que falar com os repórteres porque o investigador designado para o caso estava incomunicável. Renko, da próxima vez que eu lhe telefonar, seja no seu fim de semana ou em seu leito de morte, você vai correr para atender o telefone.

— Familiarizado com Stálin? — Eva repetiu. — Pergunte o que ele quis dizer.

Zurin disse:

— Explique para sua amiga que ela está em uma posição vulnerável. Hoje decidi reexaminar os documentos dela. A doutora Eva Kazka é uma ucraniana divorciada, com permissão de residir em Moscou baseada em seu emprego em uma policlínica da cidade. Emprego anterior, uma clínica médica na Zona de Exclusão de Chernobyl. Uma palavra negativa, um simples telefonema do meu escritório e ela perde o emprego e a permissão e volta a brincar de doutora com os bebês de duas cabeças na Ucrânia. Você entendeu? Apenas diga sim.

— Perfeitamente. — Arkady viu Eva apertar o lençol em volta de si mesma.

— E é por isso que você atenderá toda vez que eu telefonar e é por isso que conduzirá essa investigação exatamente como eu disser. Estamos entendidos?

Eva disse:

— Seja o que for, diga não.

Arkady disse:

— Que investigação? Você disse à repórter que não haveria nenhuma.

— O que mais eu poderia dizer? Que vamos conduzir uma caça a fantasmas no meio de Moscou? Haverá uma investigação, mas será confidencial.

— Você não acha que as pessoas vão querer saber por que estou fazendo perguntas se não estou trabalhando em um caso?

— Você terá um caso. Vai investigar as queixas de um cidadão que diz ter recebido ameaças de morte.

— Então ele precisa de um guarda-costas, não de mim.

Zurin disse:

— Não o levamos a sério. Ele tem relatado ameaças de morte há vinte anos. É paranoico. Acontece que também é um especialista em Stálin. Você fará uma investigação dentro de uma investigação. Na verdade, começará esta noite. O especialista concordou em se encontrar com você no metrô Park Kultury e tomar o último trem da noite para a estação Chistye Prudy. Vocês irão no último vagão, já que parece que é lá que se vê o fantasma.

— Quem é esse especialista? — Arkady perguntou, mas Zurin tinha desligado.

— Você não vai fazer isso — disse Eva.

Arkady encheu o copo dela e depois o dele.

— Bom, você mudou de ideia e agora eu mudei de ideia. Saúde.

Eva deixou o copo onde estava.

— Tenho de ir para o trabalho. A última coisa que preciso é atender crianças doentes com hálito de vodca. Você está "familiarizado com questões relativas a Stálin"? O que Zurin quis dizer com isso?

— Meu pai conheceu Stálin.

— Eles eram amigos?

— É difícil dizer. Stálin mandou matar a maioria de seus amigos. Eu levo você até a clínica.

— Não. Vou caminhando. Preciso de ar fresco. — Eva estava interessada em outra coisa. — Stálin alguma vez visitou este apartamento?

— Sim.

— Estou num lugar onde Stálin esteve? — Ela olhou para os próprios pés, descalços.

— Não aqui no quarto, mas no resto do apartamento, eu acho.

— Porque eu sempre gosto de absorver a atmosfera e agora sinto que realmente estou em Moscou.

— Isso é a historiadora que existe em você.

— Com certeza não é a romântica.

Ah, então era isso, pensou Arkady, a culpa era de Stálin.

Para os trabalhadores que ardiam de ambição, para os soldados desorientados pelo haxixe, para os velhos demais e pobres demais para fazer um carro parar, para os farristas que voltavam para casa com um lábio cortado e cacos de garrafa quebrada no cabelo, para os amantes que davam as mãos mesmo usando luvas e para as almas que simplesmente haviam perdido a noção do tempo, o M vermelho iluminado do metrô de Park Kultury era um farol na noite. Eles tropeçavam como sobreviventes, tirando a neve dos pés e afrouxando os cachecóis enquanto Arkady observava. Quinze minutos para o último trem da Linha Vermelha e ele não tinha visto ninguém que se parecesse com um sósia de Stálin.

Eva sabia que ele tinha sido muito pouco acessível sobre parte de sua conversa com Zurin. Agora ambos haviam mentido. O que ele deveria ter dito? Se ele tivesse contado que o promotor a estava usando para influenciá-lo, ela teria feito as malas e partido no mesmo dia. Mesmo que ela prometesse que não o faria, ele chegaria em casa e encontraria o apartamento vazio.

Algo se movia ao longo da neve amontoada na calçada. Avançava e então parava e descansava encostado no monte. Uma tênue precipitação de neve cintilava. A coisa que se aproximava revelou um sobretudo e um tipo de boina de tricô com borlas que talvez um lapão usasse para pastorear renas, e mais perto, uma proa de nariz, sobrancelhas espessas, e olhos vermelhos. Grande mestre Platonov.

— Investigador Renko! Olhe estas botas malditas. — E apontou para as botas de feltro que usava.

— Estão com os pés trocados.

— Eu sei disso. Não sou idiota. Não havia lugar para sentar e trocá-las.

— Você é meu especialista em Stálin?

— Você é quem vai me proteger? — Os olhos penetrantes de Platonov pregueraram-se, resignados. — Acho que estamos fodidos, os dois.

5

— O metrô de Moscou é o palácio subterrâneo do povo. — Platonov coxeava, calçando apenas um pé do par de botas, enquanto apontava para as paredes. — Calcário branco-leitoso da Crimeia. Agora que a gentalha se foi, você pode ver direito.

Com seus arcos e túneis, o saguão da estação Parque Kultury parecia mais um monastério do que um palácio. Uma faxineira secava uma parte molhada do piso mais ou menos na mesma velocidade que Platonov se movimentava.

Arkady perguntou:

— Tem certeza de que quer fazer isso?

— Encontrar um Stálin falso? Isso é uma brincadeira idiota. Você encontrou Zhenya?

— Não.

— Não o encontrará, não até ele estar pronto.

Platonov pisou na escada rolante, sentou-se para terminar de trocar as botas, levantou-se para colocar a boina em um dos bolsos e do outro tirou um lenço branco de seda que jogou em volta do pescoço. Emanações de uma colônia aplicada generosamente completavam a imagem de um *bon-vivant*.

À frente, um homem com um estojo de violino descia apressado. Atrás, um velho vestindo o que uma vez havia sido uma elegante boina de astracã, galantemente carregava a sacola para a esposa enquanto ela franzia os lábios e passava ruge nas maçãs do rosto.

— Nervoso? — perguntou Arkady.

— Não — Platonov respondeu, rápido demais, e repetiu: — Não. — Com seu enorme nariz adunco, ele podia ter sido um senador romano ou um rei Lear expulso por filhas ingratas para que elas pudessem jogar xadrez. — Por que eu ficaria nervoso? Pego esta linha de metrô todos os dias. Foi cavada por voluntários durante os tempos mais difíceis dos anos 1930 e da guerra. Você não pode imaginar agora, mas éramos idealistas naquela época. Todos, homens e mulheres, os quadros jovens do Partido, competiam para cavar o metrô.

— Sem falar nas brigadas de trabalho forçado.

— Alguns condenados se redimiam com o trabalho, é verdade.

— O que me faz lembrar: alguém notificou os comunistas de que Stálin voltou? Acho que o papa seria informado se São Pedro fosse visto nas ruas de Roma.

— Como cortesia, o promotor Zurin, sabendo do interesse e da preocupação do Partido, de fato nos informou. Fui designado para fazer um relatório.

— Então, além de ensinar e jogar xadrez, você também é um burocrata do Partido?

— Eu lhe disse, no clube de xadrez, que era bem relacionado.

— Sim, com certeza. — Qualquer homem sensato teria fugido da tarefa, Arkady pensou. — E você me escolheu?

— Pensei ter detectado um mínimo de inteligência. — Platonov suspirou. — Devo ter me enganado.

O trem recolhera os refugos da noite: um oficial embriagado da Guarda de Fronteira que olhava com malícia para quatro prostitutas tremendo em jaquetas minúsculas e botas de salto alto. Arkady e Platonov sentaram em um canto do banco, os aposentados Antipenko e Mendeleyev sentaram no outro. O violinista se jogou em uma cadeira da ponta, colocou o estojo do violino sobre os joelhos e abriu um livro. Tinha um rosto redondo e uma barba esfiapada à Che. Arkady não esperava muitos passageiros no último vagão; o metrô era famoso por sua segurança, porém quanto mais tarde fosse mais as pessoas gravitavam em direção aos primeiros vagões do trem.

Quando as portas se fechavam, Zelensky, o cineasta, entrou correndo e ocupou um assento perto do fundo, de onde emanava uma energia nervosa em um bizarro casaco de couro preto que enfatizava sua magreza. Seu cabelo revolto parecia especialmente eletrificado e fios de fones de iPod pendiam de suas orelhas. Quando o trem começou a se mover, ele empurrou uma mochila de equipamentos para baixo do banco. Se reparou em Arkady, não demonstrou.

A estação Parque Kultury ficou para trás; à frente, havia as estações Kropotkin, Biblioteca Lênin, Travessa Okhotny, Lubyanka e Chistye Prudy. Quase vazio, o trem voava pelo túnel com estímulo adicional. Os vidros das janelas viravam espelhos. Um homem pálido com olhos fundos estava sentado à frente de Arkady. Ninguém deveria ter que se confrontar consigo mesmo, ele pensou, não no último trem da noite.

Platonov tagarelava sobre as glórias do metrô, o mármore branco trazido dos Urais, o mármore negro da Geórgia, o mármore rosa da Sibéria. Na estação Kropotkin, ele apontou para os enormes lustres. A estação recebera o nome em homenagem ao príncipe Kropotkin, um anarquista, e Arkady suspeitava de que os lustres fariam a mão do príncipe se coçar por uma granada. Seis passageiros idosos entraram, incluindo os dois da noite anterior, Antipenko e Mendeleyev. Arkady pensou na chance de três passageiros tomarem o mesmo carro que na noite anterior. Por que não, se tivessem horários regulares?

Zelensky escutava música de olhos fechados, um balançar de cabeça ocasional denunciando o ritmo. Arkady tinha que lhe dar o crédito; iPods eram o item mais frequentemente furtado no metrô, mas o cineasta parecia alegremente indiferente. Mendeleyev e Antipenko lançaram olhares para Arkady, os olhos amargos e argutos. A juventude deles coincidira com o auge do poder e do prestígio soviéticos. Não surpreendia que fossem melancólicos e estivessem furiosos com o curso descendente que suas vidas tomaram.

Na estação Biblioteca Lênin, o oficial da Guarda de Fronteira desceu e vomitou na própria boina. A chefe da estação, uma mulher corpulenta vestindo o uniforme do metrô, certificou-se de que ele não deixara cair nem uma gota em sua plataforma. Oito passageiros embarcaram, intelectuais a julgar pela fragilidade dos agasalhos. Um se empenhou em ajeitar os parcos cabelos penteados de um lado para o outro e cumprimentou vagamente Platonov.

Platonov falou sobre o barulho do trem.

— Um suposto mestre do xadrez, mas na verdade apenas um empurrador de peças de madeira. Oslo, 1978, ele renunciou contra mim em 11 movimentos. Onze! Como se tivesse tido uma súbita indigestão em vez de um bispo enfiado goela abaixo e uma torre no cu.

— Você faz muitos inimigos?

— Xadrez é guerra. Zhenya entende isso. — Platonov ofegou um pouco. — Vou jogar com o vencedor de um torneio local na sexta-feira. Aquele impostor à nossa frente finge que vai aparecer. Não vai.

Na estação Travessa Okhotny as duas *babuchkas* da noite anterior entraram no vagão, trazendo com elas o cheiro de repolho cozido para disputar com a colônia de Platonov. As prostitutas flertaram brevemente com Arkady antes de concluir que ele era uma locomotiva fria. Três estavam nas garras mortais de minissaias italianas justíssimas. A que parecia a líder, uma ruiva com calças compridas de pele de cobra, parecia escutar uma música particular sem o auxílio de um iPod. As outras sufocavam gritinhos quando as lâmpadas do vagão tremeluziram e faíscas voaram entre o túnel e o trem. Aquela era a parte mais antiga de todo o sistema. Os trilhos estavam gastos. O isolamento desgastado. Faíscas azuis dançavam em torno dos interruptores.

Platonov perguntou:

— Sabe o que é mais triste?

— O quê?

— Stálin só ter desfrutado do metrô como passageiro uma única vez. Naquela época ele era tão amado pelo povo que foi cercado pela multidão e as forças de segurança nunca mais o deixaram fazer isso. E pensar que estamos passando por onde ele passou.

O trem aproximou-se da parada de Lubyanka, a lendária fábrica de infortúnios, onde os homens eram forjados como metal em formas mais úteis: colaboradores, delatores, vítimas ansiosas para se acusarem mutuamente. Eram trazidos de carro ou, nos dias de Stálin, no que parecia um inocente furgão de padeiro, mas nunca de metrô.

Próxima estação, Chistye Prudy. Apesar do ceticismo, Platonov tirou a boina e fez outros pequenos ajustes para ficar apresentável, e Arkady notou um alvoroço geral entre os passageiros: tosses, costas eretas, atenção dos sapatos. Subitamente, medalhas apareceram. Antipenko usava a estrela dourada de um Herói do Trabalho. As *babuchkas* eram Mães Heroínas. Zelensky deixou seus fones de ouvido caírem em volta do pescoço. O violinista marcou uma página e deslizou o livro para dentro do estojo do violino. A uma profundidade de 70 metros, o trem desceu ainda mais, e seu vapor ficou mais frio.

A porta do vagão seguinte se abriu e um homem de terno acolchoado entrou com um menino e uma menina vestindo parcas. O homem tinha ombros largos e sobrancelhas espessas, mas o que havia de ameaçador em seu físico era prejudicado por seus tropeços de barra em barra seguindo as crianças. Elas tinham cerca de 10 anos, olhos azuis e cabelos dourados que poderiam ter saído direto da bisnaga de tinta de um artista. A garota segurava rosas embrulhadas em celofane. Zelensky ajudou os dois e os levou pelo vagão em direção a Arkady.

— Que coincidência. Eu disse a mim mesmo que parecia o investigador Renko, e é mesmo. Duas noites seguidas, será coincidência ou destino? Qual dos dois?

— Até agora, só uma viagem de metrô.

— Vamos aparecer na televisão — disse a garota. Ela levantou as flores para Arkady. — Cheire.

— Muito bom. Para quem é o buquê?

— Você vai ver — disse Zelensky. — Okay, crianças, voltem para o Bora. O tio Vlad precisa ter uma conversa.

Zelensky cambaleou como um marinheiro com o movimento do trem enquanto o garoto e a garota voltavam.

— Bora também é cineasta? — perguntou Arkady.

— Bora é proteção.

— Você deve precisar muito de proteção.

— Não subestime Bora. Bora é um *pit bull*. Mas o que você está fazendo aqui? — Zelensky sorriu com espanto. — Segundo a televisão, você disse que não haveria investigação, que ninguém viu Stálin. Mudou de ideia?

— Pensei no assunto e concluí que talvez houvesse uma chance de Stálin ter hibernado durante cinquenta anos.

Zelensky reparou no interesse de Platonov pela conversa.

— Curioso?

— Não. — Platonov balançou vigorosamente a cabeça.

Arkady perguntou.

— Esta é a primeira vez que Bora anda de metrô? Ele parece um pouco perdido.

— Ele é novo em Moscou, mas vai se acostumar. É um homem útil para se ter por perto.

— Para palavras cruzadas?

— As coisas estão mudando. Tive meus maus momentos, mas estou dando a volta por cima. Admito que fiz alguns filmes adultos. Para você isso deve fazer de mim um pornógrafo.

— Pode ser.

— Isso é porque você está se concentrando em mim. O que é mais importante, a mensagem ou o mensageiro?

— Qual é a mensagem?

— Você não tem ideia de em que está se metendo.

— Vai ter efeitos especiais?

— Não precisamos de efeitos especiais. Temos o segredo.

— Partilhe comigo.

— Espere e verá.

Zelensky deixou um sorriso pairar no ar e retornou a seu lugar. Enquanto o trem diminuía a marcha, os passageiros sentados do lado esquerdo passaram para o direito. Em vez de demonstrarem o torpor usual dos metrôs, eles ficavam cada vez mais ansiosos, como se estivessem em um teatro e a cortina estivesse prestes a subir.

Platonov limpou a garganta.

— Renko, me desculpe por não ter apoiado você um minuto atrás.

— Não se preocupe. Você é um jogador de xadrez, não um policial.

O trem ficou escuro e depois amarelo.

— Stálin!

— É ele.

— Stálin!

As luzes voltaram quando as portas se abriram. Tudo o que Arkady viu foi uma plataforma vazia e colunas de mármore. Platonov levantou-se de seu assento, em direção à porta aberta. O violinista tinha trocado o livro por uma minicâmera de vídeo e estava filmando a cena. Arkady reconheceu a câmera porque no escritório do promotor havia uma parecida.

Arkady seguiu Platonov até a plataforma.

— Você viu alguma coisa?

— Eu... não sei — disse Platonov.

Todos saíram do vagão e o número de pessoas cresceu conforme a curiosidade atraía passageiros que desembarcavam dos carros da frente, alguns com passos relaxados pela vodca, garrafas enfiadas dentro dos casacos. Onde havia 11 pessoas, cinquenta se amontoaram. As portas se fecharam e o trem partiu. As pessoas mais baixas na plataforma estavam na ponta dos pés com a excitação. Arkady não viu ninguém carregando nada grande o suficiente para produzir efeitos especiais, como luz estroboscópica e bateria. Também não viu nenhum chefe de plataforma, embora eles geralmente não permitissem nenhuma demora depois do último trem. Toda estação de metrô tinha um posto de milícia ao nível da rua, mas Arkady não achava que teria tempo de subir a escada rolante, acordar o oficial de plantão e lhe dizer... o quê?

— O que você quer dizer com "não sei? — Arkady perguntou a Platonov.

— Eu... não sei.

Arkady se virou para uma *babuchka* que parecia tão doce quanto a mãe da Virgem e perguntou se ela vira algo.

— Vi Stálin tão claro como o dia. Ele me pediu para lhe dar uma tigela de sopa quente.

Dois homens com chapéus de pele e parcas estavam parados na plataforma. Eles não estavam no trem nem embarcaram. Não eram russos. No inverno, os russos em geral apenas acrescentavam outra camada de roupa, Arkady pensou. Eram americanos que usavam parcas tão redondas e chamativas quanto balões de ar.

— Amigos, companheiros russos, irmãos e irmãs — Zelensky disse. — Por favor, deem-nos espaço.

Ele indicou o espaço de que precisava na plataforma e onde seu operador de câmera devia ficar, atuando no papel de um diretor responsável por tudo, movendo-se devagar para intensificar o momento. De sua mochila ele tirou uma fotografia emoldurada de Stálin que colocou apoiada na base de uma das colunas da plataforma. Bora tirou as parcas das crianças para expor suas camisas bordadas de camponeses. Zelensky enfiou a mão na mochila mais uma vez e tirou uma longa vela votiva e um castiçal que colocou nas mãos do menino. Enquanto Bora acendia a vela, Zelensky olhava para os homens de parca. O mais baixo fez um gesto como se segurasse algo. Zelensky arrumou as flores nas mãos da menina. O operador da câmera começou a gravar. Dos negócios da carne para o fantasma de Stálin, tudo era a mesma coisa para Zelensky, pensou Arkady, mas ele não estava nem mesmo dirigindo, estava seguindo as orientações do americano. As crianças fizeram uma pequena procissão e colocaram a vela e as flores na frente da foto. Stálin estava de uniforme branco. Seu bigode e seu cabelo viçoso eram inconfundíveis, e o movimento da chama da vela dava vida a seus olhos.

Em salmodia, as crianças recitaram: "Querido Camarada Stálin, obrigado por fazer da União Soviética uma nação poderosa e respeitada pelo mundo. Obrigado por derrotar os invasores fascistas e a agressão imperialista. Obrigado por fazer o mundo seguro para suas crianças. Nunca esqueceremos."

O americano apontou e Zelensky acenou para a Senhora de Chapéu de Astracã se aproximar da foto. Ela enxugou as lágrimas com o xale.

— O que a senhora viu, vovó? — ele perguntou.

— Um milagre. Quando meu marido e eu entramos na estação, vimos nosso amado Stálin cercado por uma luz radiante.

Outras vozes responderam que eles, também, tinham visto Stálin. Era contagioso, apesar das versões diferentes.

— Ele estava escrevendo em uma escrivaninha!

— Estava estudando planos de guerra!

— Estava lendo Tolstói!

— Puchkin! — dizia outro.

— Marx!

O americano fez círculos com o dedo. Apresse-se.

Zelensky dirigiu-se à câmera. "Nós, patriotas, declaramos esta estação de metrô solo sagrado. Exigimos um memorial para o gênio militar que, deste exato local, defendeu vitoriosamente a mãe pátria. Como um governo russo pode nos negar isso? Onde está o orgulho russo?"

O americano levantou ambas as mãos.

Zelensky levantou uma camiseta branca estampada de vermelho na qual estava escrito: "Eu sou um patriota russo". Bora começou a circular pela multidão distribuindo camisetas similares. Um grupo interessante, pensou Arkady: idosos, pessoas ligeiramente curiosas, seriamente bêbadas, quatro prostitutas com frio e titereiros americanos.

— Eu sou um patriota russo — Zelensky leu em voz alta.

— Se você não é um patriota russo, o que você é?

Os aposentados Mendeleyev e Antipenko pegaram uma camiseta cada um. O americano acenou, e a câmera encontrou a fotogênica Marfa Bourdenova. Até então, a estudante tinha se escondido no grupo como uma pomba em um galho de árvore. Ela parecia, pelo jeito que escutava cada palavra de Zelensky, ter perdido a hora de voltar para casa outra vez.

Arkady sentiu um assomo de raiva do cineasta, dos crentes voluntários e do falso santuário, porque em Moscou isso era suficiente para trazer de volta o passado. O videoteipe poderia ser ainda mais eficaz por ter sido encenado de forma canhestra e pessimamente iluminado, o tipo de documentário que era matéria de rumores. E tudo dirigido por americanos. Arkady se perguntou o que Stálin faria.

Zelensky percebeu a aproximação de Arkady e começou a falar mais rápido.

"Os patriotas russos honram o passado. Nós retornaremos ao visionário e humanitário..."

Arkady passou por trás de Zelensky e chutou a vela e o castiçal nos trilhos. Deu um passo atrás e fez a mesma coisa com as flores.

— Você está louco? — disse Zelensky.

Arkady levantou sua identificação para que todos vissem e anunciou.

— Filmar no metrô é proibido. Esta aglomeração também está atrasando os horários de limpeza e manutenção do metrô, colocando a segurança do público em risco. Acabou. Todos para casa.

Zelensky disse:

— Não estou vendo nenhuma faxineira nem o pessoal da manutenção.

— Horário é horário. — Arkady pegou a foto de Stálin.

— Não! — várias vozes protestaram.

— Então, vamos negociar. — Arkady enfiou a fotografia na mão livre do cinegrafista e tirou a câmera da outra. Tirou um minicassete e enfiou-o no bolso do casaco.

— Isso é minha propriedade — disse Zelensky.

— Agora é uma prova — Arkady anunciou, e devolveu a câmera. Ele foi até o grupo para pegar Marfa Bourdenova pelo pulso e se dirigiu para a escada rolante. Ela gritou. Platonov caminhava ao lado. A incerteza fez todos ficarem imóveis, menos os dois americanos. Eles tinham desaparecido.

À frente, Bora colocou a mochila no chão. Fora do piso instável do vagão do metrô, ele parecia mais seguro de onde pisava. Arkady foi na direção dele.

Zelensky gritou atrás:

— Filmaremos outra vez amanhã. Não precisamos nem fazer isso na estação Chistye Prudy. Basta dizer que é na Chistye Prudy.

— Cada estação tem suas características — Platonov retrucou, gritando. — As pessoas vão perceber.

— Por favor, não ajude — disse Arkady.

Bora esperava um sinal de Zelensky.

— Me solte, seu canalha! — Marfa Bourdenova tentou acertar Arkady, mas ele a arrastava rápido demais para que ela conseguisse reagir com eficiência.

Relutante, Bora deixou que passassem. Já na escada rolante, Arkady continuou subindo.

Marfa gritou pedindo socorro.

Arkady disse:

— Vou soltá-la lá em cima. Sei que você vai correr de volta para ele, mas preste atenção, ele não vai esperar por você. Ele só quer a fita.

No alto da escada rolante, Arkady soltou o pulso dela e, como previra, a garota se atirou em direção à escada que descia. Bora e o cinegrafista já estavam subindo, dois degraus de cada vez.

A noite cintilava. Platonov queria procurar um táxi, mas Arkady caminhou em direção ao parque atrás da estação.

— Renko, não vamos encontrar um táxi por aí, é óbvio.

— Então também é óbvio para Zelensky. Ele vai procurar aqui por último.

— Não devíamos discutir isso? — disse Platonov.

— Não.

— Pensei que o seu trabalho era proteger a minha vida, não colocá-la em risco.

— Se não formos vistos, estaremos bem.

O parque era um espaço aberto do tamanho de um campo de futebol, levemente côncavo, um lençol branco de neve cercado por uma mancha de sicômoros e cercas de ferro batido. A neve refletia a luz das avenidas em ambos os lados, mas não havia trilhas nem iluminação dentro do parque e, mesmo lado a lado, os homens pareciam sombras um para o outro.

— Se importa se eu fumar? — perguntou Platonov.

— Sim.

— Considere-se despedido, dispensado.

O terreno era acidentado, uma superfície de neve fina sobre gelo escorregadio. Quando menino, Arkady tinha patinado e andado de trenó no parque centenas de vezes.

— Tenha cuidado.

— Não se preocupe com a minha saúde. Este é o homem que me perguntou se *eu* tinha inimigos.

— Se tiver que falar, sussurre.

— Não estou falando com você. Considere esta conversa encerrada. — Platonov deu uma ou duas passadas em silêncio. — Você ao menos tem ideia de quem são os Patriotas Russos?

— Eles se parecem muito com os comunistas.

— Eles se *parecem* conosco, essa é a ideia. O Kremlin trouxe americanos para cá. Os americanos fizeram uma pesquisa e perguntaram às pessoas que figura política elas admiravam mais. A resposta foi Stálin. Eles perguntaram por que, e a resposta foi que Stálin era um patriota russo. Então eles perguntaram às pessoas se elas votariam em um partido chamado Patriotas Russos, que ainda nem existia. Cinquenta por cento disseram que votariam. Então o Kremlin pôs os Patriotas Russos na eleição. Ganharão votos só pelo nome. É uma subversão do processo democrático.

— E se Stálin voltar dos mortos e fizer campanha para eles?

— Essa é a parte ultrajante. Stálin pertence a nós. Stálin pertence ao Partido.

— Talvez vocês consigam o copyright dele, como a Coca-Cola.

Platonov parou para recuperar o fôlego. Arkady ouviu gritos e viu duas figuras na neve 50 metros atrás. O feixe luminoso de uma lanterna girou de um lado a outro.

— São Bora e o cinegrafista — disse Arkady.

— Eu sabia que deveríamos ter procurado um táxi. Por que fui escutar você?

Platonov começou a caminhar de novo, mas com um passo mais lento, vacilante.

— Como vai seu coração? — Arkady perguntou.

— É um pouco tarde para se preocupar com a minha saúde. Você não tem uma arma?

— Não.

— Sabe qual é o seu problema, Renko? Você é um maricas. É mole demais para o serviço. Um investigador deveria ter uma arma.

Eles precisavam era de asas, pensou Arkady. Bora parecia voar sobre a neve, corrigindo a falsa primeira impressão de falta de jeito.

— Aonde estamos indo? — Platonov perguntou. Eles estavam se dirigindo para o meio do parque. Agora Arkady virara em direção à rua.

— Apenas fique perto de mim.

— Isso não faz nenhum sentido.

Bora já tinha reduzido a distância à metade e deixara o cinegrafista e o feixe de luz da lanterna muito para trás. Pela maneira como jogava os joelhos, poderia ter sido um atleta profissional, pensou Arkady. Admirava homens com aquele tipo de condicionamento físico; ele nunca conseguia encontrar tempo.

Platonov arfava. Arkady puxou-o pela manga de volta para a direção em que estavam antes; era como ajudar um camelo na neve. Os dois desvios tinham custado tempo e distância. Por fim, Platonov não conseguia mais ir em frente e se apoiou em um barril de gasolina no qual estavam depositadas algumas pás.

Bora se aproximava através dos flocos que caíam. Ago brilhante pendia de sua mão. Deixado bem para trás, o cinegrafista gritava para que ele parasse. Bora deu passadas mais rápidas e determinadas.

— Você riu — ele disse a Arkady.

— Quando?

— No metrô. Por isso, vou arrancar seus olhos e quebrar a sua cara.

Bora puxou o braço dele para trás. Estava a meio passo de Arkady quando mergulhou na neve e desapareceu. Flocos de neve oscilaram em seu lugar. Arkady afastou a neve e viu uma mão pressionada contra o lado de baixo do gelo.

O cinegrafista os alcançou, a barba congelada pela respiração. Era apenas um garoto, delicado e gordo, as bochechas como flanelas vermelhas.

— Tentei avisar a ele — o cinegrafista disse.

— O nome devia ser uma dica — disse Arkady.

A estação Kirov dos tempos de guerra tinha sido rebatizada de Chistye Prudy devido ao "lago limpo" que refrescava o parque no verão e virava pista de patinação no inverno. Pontos mais instáveis tinham placas com o aviso "Perigo — Gelo Fino!" que eram perfeitamente visíveis de dia. O lago era raso e o buraco onde Bora tinha caído estava fora do alcance, mas, por uma sorte caprichosa, ele estava de costas debaixo de gelo mais sólido e olhava na direção errada. Não conseguia colocar os pés embaixo e, sem um ponto de apoio, só podia usar os punhos, os joelhos e a cabeça. Arkady esperava apenas que Bora ficasse ensopado de água gelada. Aquilo era um bônus.

— Seu nome? — Arkady perguntou ao cinegrafista.

— Petrov. Você não acha que deveríamos...

— Sua lanterna e seus documentos, por favor.

— Mas...

— Lanterna e documentos.

Arkady comparou o cinegrafista com a foto na carteira de identidade de um Pyetr Semyonovich Petrov sem barba; idade: 22; residência: Vila Olímpica, Moscou; etnia: completamente russo. Petrov era um colecionador de baboseiras. Arkady enfiou a mão mais no fundo na bolsa e tirou um cartão de apresentação do cinema Zelensky, de filiação à Mensa, cartões de locadoras de vídeo, um segundo minicassete, uma caixa de fósforos de um "clube de cavalheiros" chamado Tahiti e uma camisinha. Um número de telefone estava escrito dentro da caixa de fósforos. Arkady enfiou-a no bolso junto com a fita e devolveu a identidade.

Bora espremeu seu rosto contra o gelo. Estava se movimentando menos.

Arkady pôs o braço em volta do cinegrafista.

— Pyetr, posso te chamar de Petya?

— Pode.

— Petya, vou lhe fazer uma pergunta e quero que você responda como se sua vida dependesse disso. Entendeu?

— Entendi.

— Seja sincero. Quando os passageiros no metrô pensam estar vendo Stálin, o que realmente estão vendo? Qual é o truque?

— Não tem truque.

— Nenhum efeito especial?

— Não.

— Então, como as pessoas o veem?

— Elas apenas veem.

— Você tem certeza?

— Tenho.

— OK.

Arkady pegou uma pá de neve do barril de gasolina, levantou-a bem alto, caminhou até o gelo e golpeou o gelo sobre a cabeça de Bora. A lâmina ricocheteou e cantou. Sem nenhum efeito. Petya direcionou a luz da lanterna para os olhos de Bora. Eles tinham o olhar inerte de um peixe no gelo. Um segundo golpe. Um terceiro. Bora não piscava. Arkady se perguntava se tinha esperado tempo demais. Platonov estava de boca aberta na beira do lago. Arkady deu outro golpe com a pá e as primeiras rachaduras apareceram como prismas sob o feixe de luz da lanterna. Golpeou outra vez e, quando o gelo se despedaçou, Arkady afundou até os joelhos na água —, não era pior do que enfiar os pés em um balde de cubos de gelo. Ele tateou da cabe-

90

ça para baixo até conseguir segurar os braços de Bora por baixo e puxá-lo para terra firme. Bora estava branco e emborrachado. Arkady virou-o de bruços, escarranchou suas pernas e empurrou suas costas. Com todo o seu peso, ele empurrava e relaxava enquanto seus próprios dentes batiam. Empurrava, relaxava e batia os dentes. Quando Arkady vinha ao Chistye Prudy quando garoto, era sempre observado pelo sargento Belov, que o ensinara a pegar neve com a língua. O sargento dizia a Arkady: "Esta delícia tem o seu nome gravado nela. Aqui está outra. E outra." Quando Arkady patinava, caçava flocos de neve com um apetite faminto.

Bora teve náuseas. Dobrou-se enquanto uma piscina de água jorrava de sua boca. Respirou profundamente, a boca cheia de saliva. Teve outra ânsia de vômito e se retorceu. Encharcado e gelado, ele tremia violentamente, como se estivesse nas garras de mãos invisíveis. Girou os olhos em direção a Arkady.

— É um milagre — disse Petya.

— De volta dos mortos — disse Platonov. Ele mexeu o corpo, bloqueando metade da luz.

Bora girou em torno de Arkady e pôs uma faca contra a garganta dele. Tinha voltado dos mortos com um trunfo na mão. A lâmina raspou um pelo que Arkady não tinha visto quando se barbeou.

— Obrigado... e agora... vá se foder — disse Bora.

Mas o frio o dominou. Seu tremor tornou-se incontrolável e forte o suficiente para quebrar seus ossos. Seus dentes batiam como uma máquina desembestada e seus braços se enrolaram apertados contra seu corpo, como uma camisa de força.

— Encontre a faca — Arkady disse para o rapaz com a lanterna.

— Que faca?

Arkady ficou de pé e pegou a lanterna.

— A de Bora.

— Não vi nenhuma faca — disse Platonov.

— Ele estava com uma faca — Arkady cutucou todo o corpo de Bora não com um chute, mas firmemente. Nenhuma faca. Arkady iluminou a água onde Bora tinha caído e o espaço em volta, o lugar de onde ele tirara Bora do gelo e finalmente, tentando reverter o tempo, os passos de Bora pela neve.

— Uma noite magnífica — declarou Platonov. — Uma noite assim você só encontra em Moscou. Há anos não me divirto tanto. E seu carro estacionado aqui perto do lago? Brilhante! Pensando duas jogadas à frente! — Ele deu um tapinha no painel do Zhiguli, satisfeito. As luzes do bulevar Ring passavam por eles; Platonov ainda não dissera para onde queria ir.

Arkady disse:

— Decida. Meus pés estão molhados e dormentes.

— Quer que eu dirija?

— Não, obrigado.

Ele tinha visto Platonov caminhar.

— Sabe quem eu vi esta noite? Vi seu pai, o General. Eu o vi em você. A maçã não cai muito distante da árvore. Embora eu lamente que você tenha deixado aquele desordeiro ir embora.

— Você não viu a faca dele.

— Nem o garoto com a lanterna. Mas confio na sua palavra.

— É isso que quero dizer. Tudo que você poderia dizer em seu testemunho era que Bora caiu através do gelo.

— Seja como for, você ensinou uma lição a ele. Ele vai ficar congelado por um ou dois dias.

— Ele vai voltar.

— E aí, você acaba com ele, tenho certeza. É uma pena em relação à faca. Você acha que ela vai aparecer no lago?

— Amanhã, na próxima semana.

— Talvez quando o gelo derreter. Você pode prender um homem até a neve derreter? Gosto dessa ideia.

— Tenho certeza de que você gosta.

Platonov disse:

— Sabe, eu conheci seu pai durante a guerra na frente de batalha Kalinin.

— Você jogava xadrez?

Platonov sorriu.

— Na verdade, eu estava jogando partidas simultâneas para entreter a tropa quando ele se sentou e pegou um tabuleiro. Ele era muito jovem para um general e estava tão coberto de lama que não pude ver seu posto. Foi extraordinário. A maioria dos amadores erra com os cavalos. Seu pai tinha uma compreensão intuitiva dos danos extraordinários que essa peça pode causar.

— Quem ganhou?

— Bem, eu ganhei. A questão é que ele jogou uma partida séria.

— Acho que meu pai nunca esteve na frente de batalha Kalinin.

— Foi lá que eu o vi. Ele foi enganado.

— Em relação a quê?

— Você sabe.

A neve tinha abafado a costumeira investida ininterrupta das equipes das construtoras pela cidade. Dirigir pelo bulevar

Ring, adornado pelas árvores brancas, parecia um passeio por uma cidade mais familiar.

— Houve atrocidades nos dois lados — Platonov continuou. — O mais importante é que seu pai foi um comandante bem-sucedido. Especialmente no começo da guerra, quando tudo parecia perdido, ele era super-humano. Se alguém merecia um bastão de marechal de campo era ele. Na minha opinião, ele foi difamado por hipócritas.

— Então, quem está tentando matar você? — Arkady mudou de assunto. Ele estava, afinal, supostamente tentando descobrir.

— Os novos russos, a máfia, os reacionários do Kremlin. Principalmente, os empreiteiros imobiliários.

— Meia Moscou. Houve telefonemas com ameaças, notas ameaçadoras, pedras jogadas pela janela?

— Já lhe contei antes.

— Conte outra vez.

— Eles ameaçam pelo telefone, eu desligo. Eles mandam uma carta com tinta envenenada, eu jogo fora. Pedras, ainda não.

— A próxima carta, não abra. Segure-a pelos cantos e me ligue. Você poder me dar algum nome?

— Ainda não, mas tudo que você tem que fazer é descobrir quem está tentando fechar o clube de xadrez. Eles provavelmente o transformarão em um spa ou pior. Precisamos dos nomes dos empreiteiros. Não os nomes públicos, mas os sócios silenciosos na prefeitura e no Kremlin. Não tenho condições de fazer isso. Você tem. Eu tive receio de que o procurador estivesse me empurrando algum incompetente, mas estou contente em dizer que depois desta noite tenho grande fé em você. Uma fé sem limites. Não que eu não tenha minhas próprias artimanhas. Logo teremos uma pequena exibição e conseguiremos alguma publicidade.

— No clube de xadrez?

— Naquela espelunca? Não. Na União dos Escritores. Na verdade, vamos nos encontrar com o patrocinador neste momento.

— A essa hora?

— Um partidário da causa.

O celular de Arkady tocou. Era Victor.

— Que diabos deu em você para puxar briga com Urman? Ele e Isakov investigam um homicídio doméstico e você passa a pica deles por um espremedor.

— Você está bem?

— Bom, estou no necrotério. Cheguei aqui sozinho, se isso for um bom sinal.

— Só não caia no sono. — Em um necrotério, Victor podia ser confundido com um cadáver. — Por que você está aí?

— Lembra de Zoya, a mulher que quer o marido morto? Que ligou para o telefone de Urman? Ela me telefona toda hora querendo saber como vão as coisas, então estou usando a imaginação.

— Me espere. Não faça nada até eu chegar aí.

Arkady desligou. Queria desesperadamente colocar sapatos e meias secos, mas a imaginação de Victor era alarmante.

— Stálin amava a neve — disse Platonov. Os dois homens refletiram sobre aquela informação enquanto os limpadores varriam os flocos no para-brisa. — No Kremlin eles faziam guerras de bolas de neve. Como garotos. Beria, Molotov e Mikoyan de um lado, Khrushchev, Bulganin, Malenkov do outro, e Stálin como juiz. Homens adultos de chapéu atirando bolas de neve. E Stálin encorajando.

— Estou tentando imaginar isso.

— Sei que alguns inocentes morreram por causa de Stálin, mas ele fez a União Soviética ser respeitada no mundo. A história russa se resume a Ivan, o Terrível; Pedro, o Grande; Stálin e, desde então, ninguém importante. Sei que você acha a mesma coisa porque vi você salvar Stálin daqueles supostos Patriotas Russos. Nesta esquina está bom.

Platonov saiu do carro com esforço sob um poste. Arkady se inclinou para dizer que Stálin matara não "alguns", o que pareceria acidental, mas, a sangue-frio, enviara milhões de russos para a morte. Mas Platonov foi abraçado por uma mulher ruiva vestindo um casaco de pele e saltos altos. Era uma sessentona ou setentona bem conservada, um turbilhão de ruge e batom. Uma garrafa de champanhe borbulhante balançava em sua mão.

— Magda, você vai acabar morrendo.

— Ilya, Ilyusha, meu Ilyushka. Eu estava esperando.

— Tive assuntos a resolver.

— Meu gênio, dance comigo.

— Lá em cima, dançaremos. — Para Arkady, Platonov disse: — Me apanhe ao meio-dia.

— Esta é a patrocinadora? — perguntou Arkady.

— Melhor às duas — disse Platonov.

Ela espiou dentro do carro.

— Você veio com um amigo?

— Um camarada — disse Platonov. — Um dos melhores.

Arkady pretendia esclarecer logo tudo. Em vez disso, dirigiu o mais rápido que pôde.

6

Quando Arkady chegou, Victor tinha aberto as gavetas do necrotério com um ciclista de cabelo comprido emaranhado, um velho verde como pepino e um jovem que acabara de sofrer uma lesão durante a ginástica.

— Fiquei aqui tempo demais. Eles estão começando a parecer da família.

Arkady acendeu um cigarro, mas o fedor da morte era esmagador. Pontas de cigarro cobriam o piso de concreto vermelho sob um cartaz que dizia "Proibido Fumar". As paredes eram de azulejos brancos, embora o corredor até a sala de autópsias fosse ascendente e escuro, esperando novas instalações elétricas. Do final do corredor veio o som de uma porta sendo aberta por uma maca e pés batendo para limpar a neve.

Victor examinou os três corpos.

— Isso faz você pensar.

— Sobre a mortalidade?

— Me faz pensar que eu deveria abrir uma floricultura. As pessoas estão sempre mortas ou morrendo. Precisam de flores. — Victor empurrou para dentro o ginasta, o homem verde e o ciclista, e puxou um corpo queimado em posição fetal.

Empurrou-o e puxou uma mulher com longos cabelos grisalhos. Colocou-a de volta e puxou um saco de pancadas humano cheio de cortes e contusões. Empurrou-o e puxou um suicida com o pescoço comprido como o de um ganso, empurrou-o e torceu o nariz para o cheiro de deterioração da gaveta seguinte. — Seja como for, me ocorreu que talvez estejamos agindo da forma errada. Nosso problema não é necessariamente a tatuagem, pois podemos facilmente encontrar algum artista que a copie. Nosso problema é a pele.

Victor puxou um corpo com um rosto sombrio e uma ferida profunda na nuca. Kuznetsov.

Arkady olhou seu relógio: 4 da manhã. Estava com frio, molhado e um pouco tonto. Talvez estivesse sonhando. Ele não notara no apartamento do homem morto que o joelho direito de Kuznetsov parecia ter sido esmagado e mal reconstruído.

— O que você está dizendo?

— Estou dizendo que precisamos ter uma abordagem mais proativa.

— Que dizer, você quer tirar a pele de um desses cadáveres?

— Eu conversei com um tatuador. Ele disse que só precisa da tela, por assim dizer, se mantivermos a pele hidratada.

— Molhada?

— Úmida.

— Você faria isso?

Era possível passar para horas negativas?, Arkady se perguntou. Um tempo extra completamente fora do relógio? Porque tirar a pele de um morto não era algo que podia ser feito em nenhuma das 24 horas normais.

Antes que Victor respondesse, Arkady disse:

— O que sabemos sobre o negócio de Zoya? O marido não era sócio? Por que não descobrimos mais sobre isso antes de vir atrás de pobres almas no necrotério? Já bastam as autópsias. Você sabe como isso soaria no tribunal?

— Pele é pele.

— Pele de quem? — Marat Urman se aproximou vindo do escuro do corredor, emergindo de silhueta para realidade sólida, blindado com sua jaqueta de couro vermelho, mas amigável, pronto para entrar na conversa assim que soubesse qual era o assunto. — Da pele de quem vocês estão falando?

Arkady disse:

— De ninguém. É sábio mantê-la.

— Boa ideia. O chefe do necrotério não gosta de detetives mexendo nas provas, mortas ou não. — Urman parou na frente da gaveta aberta e olhou para seu ocupante. — Ora, é nosso amigo Kuznetsov. Ele não está mais usando um cutelo, mas eu o reconheço. — Olhou para Arkady. — Por que você está tão interessado nesse caso? A mulher tentou decepar a cabeça dele. Temos a confissão e a arma que usou. Resolvemos o caso e você está tentando foder a gente.

Arkady disse:

— Não estou tentando fazer nada.

— Então por que a gaveta está aberta? Por que você está aqui no meio da noite olhando para o corpo? Será que há alguma chance de você estar tentando foder com o detetive Isakov? Isso parece, como se diz, pessoal. Isso tem a ver com a doutora Kazka, certo?

— Estávamos olhando todos os corpos.

— Procurando piolho? Entendo. Pior do que perder uma mulher é descobrir quão pouco você a conhece.

— Eu conheço Eva.

— Não, você não conhece, porque não conhece a Chechênia. Nós três vimos merdas que você nem imagina. É natural que Eva e Nikolai gravitem um ao redor do outro. É simplesmente humano. Você deveria se retirar e deixar que eles se resolvam. Não fique se metendo. Se ela escolher você, que assim seja. Seja civilizado. Tenho certeza de que a verá de novo. — Urman abriu um sorriso.

— Na verdade, posso vê-la neste exato momento. Isakov está fodendo ela, fodendo e ela está dizendo: "Oh, Nikolai, você é tão maior e melhor do que aquele fracassado do Renko".

— Quer que eu dê um tiro nele? — Victor perguntou a Arkady.

— Não.

— Não — Urman disse —, o investigador não quer briga. Não é do tipo que briga. Eu gostaria que fosse.

— Dê o fora daqui — disse Victor.

Urman olhou para o cadáver de Kuznetsov.

— Vocês querem ver cadáveres? Esses não são nada. Parecem uma equipe de natação. Na Chechênia, os rebeldes deixavam os corpos dos russos na estrada para que nós os encontrássemos. Mas era uma armadilha, e quando você levantava um companheiro morto, uma bomba ou uma granada explodia. A única maneira de recuperar um corpo era amarrá-lo a uma corda comprida e arrastá-lo. O que restava depois que a bomba detonava, você juntava com uma pá e enviava para casa em uma caixa — Urman fechou a gaveta. — Você acha que conhece Eva ou Isakov? Você não sabe nada.

Enquanto Urman saía, Arkady ficou imóvel. Tentou apagar a imagem de Isakov e Eva juntos, mas ela retornava porque a insinuação era um veneno e seu travo permanecia.

— Você está bem? — Victor perguntou.

— Estou. — Arkady tentava reagir.

— Para o inferno com este lugar. Vamos embora.

— Por que ele veio aqui?

— Para irritar você.

Arkady tentou pensar com clareza.

— Não, esta foi uma oportunidade que Urman aproveitou; não foi planejada.

— Talvez ele tenha seguido você.

Arkady pensou.

— Não, eu escutei uma entrega.

Ele subia a rampa em direção ao som de água. A água corria das torneiras o tempo todo nas seis mesas de granito da sala de autópsia. Metade estava ocupada por três pessoas azuladas, todos homens, que tinham compartilhado um litro fatal de álcool etílico. Seus órgãos apareciam nas barrigas abertas. A recém-chegada era uma mulher ainda com o traje cinzento da prisão. Era de um cinza triste dos pés à cabeça, e a cabeça se arqueava para trás de modo tão estranho que Arkady reconheceu a esposa de Kuznetsov apenas porque a encontrara justo na noite anterior. Os olhos dela formavam uma protuberância dentro das órbitas.

Victor ficou impressionado.

— Merda!

Arkady puxou de lado um patologista que trabalhava no último dos bêbados e perguntou a causa da morte da mulher.

— Asfixia.

— Não vejo nenhuma marca ao redor do pescoço.

— Ela engoliu a língua. É raro. Na verdade, há tempos se discute se é possível, mas acontece de vez em quando. Ela foi presa ontem à noite e fez isso na cela. O marido dela está em uma das gavetas. Ela o matou e depois se matou.

— Quem a trouxe aqui?

— O detetive Urman seguiu a perua da prisão. Aparentemente, ele tinha acabado de interrogá-la quando ela fez isso.

— O patologista abriu os braços, estupefato: — Com algumas mulheres, nunca se sabe.

Sinais da baixa reputação perante o promotor: um tapete vermelho que não chegava até a porta de Arkady. Um pequeno escritório tão atravancado por uma escrivaninha, duas cadeiras, um armário e um arquivo que era difícil se movimentar. Apenas dois telefones, branco para linha externa, vermelho para Zurin. Sem chaleira elétrica. Sem placa na porta. Sem assistente. Os outros investigadores sabiam do status de pária de Arkady; ele era o exemplo dourado de como não conduzir carreira. Não importava, Arkady gostava de trabalhar à noite quando todos já tinham ido embora e a luz de seu abajur parecia iluminar todo o mundo conhecido.

Tentou ligar para o celular de Eva. Estava desligado, o que não necessariamente significava que ela estivesse com Isakov. O mais provável, ele disse a si mesmo, é que estivesse tratando de um paciente na sala de emergência e não quisesse ser interrompida. Ligou para o apartamento para checar as mensagens. Nada dela nem de Zhenya, e Arkady lutou contra a sombria atração do masoquismo. Para desanuviar a mente, ele escreveu um relatório sobre os acontecimentos da estação de metrô Chistye Prudy, fazendo-o tão objetivamente quanto possível; deixe Zurin lidar com o fato de que um de seus investigadores interrompera rudemente uma sessão espírita com Stálin. Uma coisa era abafar um simples embuste, outra coisa era interferir com superpatriotas, e o caso todo ilustrava como Zurin estava por fora. Arkady suspeitava que quando Zurin ficasse por dentro, as tripas do promotor iriam experimentar uma contorção repentina.

Arkady estava mais preocupado com o que acontecera no lago de patinação. Ele tinha revistado os bolsos de Bora e encontrara documentos molhados de Boris Antonovich Bogolovo, 34 anos, etnia russa, residente em Tver, eletricista, antigo esportista premiado. Um recorte de jornal sobre uma luta de boxe e uma camisinha pareciam resumir os triunfos do passado de Bora e suas esperanças para o futuro. Arkady anotou no relatório que Bora o seguira e caíra dentro do gelo, mas não era nem um pouco produtivo mencionar uma faca quando não havia faca para oferecer como prova. Ele não tinha conseguido encontrá-la, Platonov e o cinegrafista Petrov não a viram, e sem a faca o relatório poderia soar como se Arkady, sem motivo, tivesse atraído Bora para o gelo fino e quase deixado que se afogasse. Arkady tinha que admitir para si mesmo que não conseguiria descrever a faca. Tinha visto alguma coisa brilhar na mão de Bora e sentira algo afiado contra a garganta. "A investigação não está concluída", escreveu. Encontrar a arma faria uma grande diferença.

Os olhos de Arkady pousaram em seu armário. Trancado lá dentro estava um cofre com combinação que guardava sua câmera de vídeo, cadernetas de anotações, dinheiro de informantes, uma pistola Tokarev do tempo da guerra e uma caixa de balas. Ele guardava a arma no escritório desde que encontrara Zhenya desmontando-a em casa. Onde Zhenya aprendera a desmontar e montar uma Tokarev, ele não sabia, embora o garoto tivesse dito que aprendera observando Arkady, e era verdade que Arkady cuidava muito bem da arma que jamais usava. Se estivesse com a arma, teria atirado em Bora? A diferença entre ele e um assassino era apenas uma questão de se lembrar de carregar uma arma?

Arkady virou-se para o arquivo de Victor. Um habilidoso subornador de escriturários, Victor tinha juntado informação suficiente para cobrir a escrivaninha, começando com a fotocópia de um passaporte interno para Nikolai Sergeevich Isakov, da etnia russa, nascido em Tver. Outra vez, Tver. Um relatório de avaliação física do ministério informou que Isakov era do sexo masculino, tinha 36 anos, cabelo castanho, olhos azuis; 2 metros de altura e pesava 90 quilos. Educação: dois anos no Instituto de Engenharia de Kalinin. Aluno nota 10 que largou a escola por nenhuma razão aparente. Sem diploma. Serviço militar: exército, infantaria, treinado como atirador de elite com rifle VVS. Dois períodos de serviço, nenhum problema disciplinar, atingindo o posto de subtenente antes de passar direto para a OMON, força policial secreta também conhecida como Boinas Negras. Os Boinas Negras eram treinados para resgatar reféns, não para negociar. O treinamento incluía rapel, atirador de elite e as sutilezas do combate silencioso corpo a corpo. Apenas um em cada cinco candidatos conseguia terminar. As anotações do instrutor sobre Isakov diziam que ele era "um dos melhores da turma". Uma nota especial mencionava que o pai de Isakov tinha sido do NKVD, antecessor do KGB.

Começando em uma trilha distante, mas convergente, estava Marat Urman, metade tártaro, com o primeiro nome de um revolucionário francês. O produto era um tipo irascível de 35 anos, de cabelo preto, olhos pretos, 1,90 metro de altura,

102 quilos. Fichado ainda menor de idade por agressão e perturbação da ordem. Um ano de universidade. Seis anos no exército, com repetidos problemas disciplinares, chegando apenas a cabo. No último ano, ele e Isakov estiveram na mesma base e de alguma maneira o ponderado Nikolai Isakov e o impetuoso Marat Urman rapidamente se tornaram amigos.

A escola dos candidatos a Boina Negra apreciou a tendência à agressão de Urman. Boa parte do treinamento foi feita em duelos; um candidato tinha de enfrentar cinco oponentes, um depois do outro. Quando Urman quebrou o maxilar de um deles, o instrutor anotou em tom de aprovação que Urman "continuou a bater no inimigo até ele ficar inconsciente". Talvez ele não desse para oficial, mas era um "excelente aríete". Além disso, seu amigo Nikolai Isakov estava lá para conter Marat, caso este perdesse o controle. De uniforme preto e azul, botas e boinas pretas, os dois formavam uma dupla formidável.

Eles foram juntos para a Chechênia. Na primeira guerra da Chechênia, no começo dos anos 1990, os rebeldes tinham massacrado um exército russo de jovens recrutas mal treinados. Na segunda guerra da Chechênia, começada no final dos anos 1990, o Kremlin enviou uma ponta de lança de mercenários e tropas de elite, ou seja, os Boinas Negras.

Victor tinha feito cópia de um artigo do *Izvestia*, escrito em Grozny, sobre um ataque-surpresa de rebeldes chechenos a um hospital de campanha russo. O repórter descrevia o horror de homens feridos tendo suas gargantas cortadas ao meio em suas camas e a fuga dos rebeldes. "Uma estimativa de cinquenta terroristas em dois caminhões roubados e um transporte blindado de pessoal foram na direção leste para uma pequena ponte de pedra que cruza o rio Sunzha. Ali, sua sorte aparentemente acabou.

"Um esquadrão de Boinas Negras de Tver, apenas seis homens, liderados pelo capitão Nikolai Isakov, oficial condecorado em seu segundo turno na região, tinha escutado notícias do ataque por celular e estava esperando entre os salgueiros da margem oriental do rio. A estreiteza da ponte forçava os veículos a atravessar em fila, um de cada vez, diretamente na mira dos rifles dos Boinas Negras. O próprio Isakov abateu o motorista do carro de combate com um único tiro, bloqueando eficazmente a ponte. Uma fuzilaria saudou os outros terroristas quando tentavam sair dos caminhões, na esperança de sobrepujar o pequeno número de tropas dos Boinas Negras em seu caminho.

"Um tiroteio tomou conta das margens do arroio pitoresco da montanha enquanto o capitão Isakov repetidamente se expunha ao fogo inimigo para reorganizar seus homens. Os terroristas primeiro partiram para um ataque frontal e, quando isso falhou, tentaram flanquear os atiradores de elite russos, que atiravam e mudavam de posição. Finalmente, os Boinas Negras estavam reduzidos a seus últimos disparos. Isakov não tinha mais munição em seu rifle e apenas duas balas em sua pistola quando os chechenos subitamente bateram em retirada em um caminhão, deixando para trás o outro caminhão, o carro de combate e 14 insurgentes mortos. Incrivelmente, quando a fumaça se dissipou, havia apenas um Boina Negra ferido, com um tiro no joelho. O capitão Isakov disse: 'Esperamos ter vingado o covarde ataque a nossos homens feridos. Pensamos neles e fizemos o melhor possível.'"

O nome do repórter era Aharon Ginsberg.

"O Exército é tudo!", costumava dizer o pai de Arkady, até que lhe foi recusado o bastão de marechal de campo, e depois disso era só "O Exército é uma merda". Arkady desejava ter essa clareza de visão. Para dar uma aparência de ordem, Arkady rearrumou o dossiê da melhor maneira que conseguiu e o colocou-o em uma gaveta.

Antes que esquecesse, ligou para o número que tinha achado na caixa de fósforos de Petrov. Eram 5 da manhã, uma hora boa para acordar e ponderar sobre o fato de que ainda haveria mais quatro horas de escuridão.

Uma voz rouca de sono atendeu:

— Hotel Metropol. Recepção.

— Desculpe, foi engano.

Um grande engano. O opulento hotel Metropol e o desgrenhado cinegrafista Pyetr Petrov não combinavam de jeito nenhum.

Arkady tinha dois minicassetes, um que tirara da câmera de vídeo de Petrov na plataforma do metrô e o outro do bolso de Petrov. Colocou o primeiro minicassete na câmera de vídeo, conectou a câmera à televisão e sentou-se para assistir.

A fita começava mais cedo que Arkady previa, com o cineasta Zelensky na praça Vermelha. A neve tinha começado a cair e nuvens sujas como sacos de cimento se aglomeravam sobre a igreja de São Basílio. O formato era de um documentário e as notícias, de acordo com Zelensky, eram terríveis. A Rússia levara uma "facada pelas costas de uma conspiração de antigos inimigos, uma oligarquia endinheirada e terroristas estrangeiros, para solapar e humilhar a terra-mãe". Zelensky tinha frases de efeito. "O idealismo acabou." A União Soviética tinha se desmoronado, "removendo a barreira entre a Rússia e o Ocidente decadente de um lado e o fanatismo islâmico do outro". A cultura da Rússia estava "globalizada e degradada". A câmera foi de uma velha pedindo esmolas para um cartaz da Bulgari.

"Não admira que os patriotas anseiem tanto pela liderança firme de outra era." O que o videoteipe mostraria, Zelensky disse para a câmera, em tom grave, podia ser um milagre, uma visão de Stálin no último trem da noite.

Arkady assistiu a todos os acontecimentos de novo sob um ponto de vista diferente. Petrov tinha começado a gravar com uma tomada geral do vagão do metrô e de seus passageiros, a maioria aposentados como os camaradas Mendeleyev e Antipenko, as *babuchkas*, intelectuais da biblioteca Lênin, mas também prostitutas, Zelensky e sua sobrinha e seu sobrinho de ouro, a estudante delinquente, Platonov e Arkady, não exatamente um apanhado da sociedade, mas o que, realisticamente, podia-se esperar àquela hora. Arkady estava impressionado pela pouca iluminação de que uma câmera de vídeo precisava e como o microfone captava o ruído do trem e como esses fatores combinados compunham um pacote que parecia mais autêntico do que a experiência real.

"Entrando na estação Chistye Prudy, que Stálin chamava de estação Kirov", Petrov sussurrava para a câmera.

Ao longo do vagão, os passageiros se inquietavam de expectativa. Mendeleyev e Antipenko já estavam quase em pé. As *babuchkas* se viraram para ver as faíscas, o escuro, a luz da plataforma se aproximando, e em um momento extra de total escuridão, o grito de uma mulher: "Stálin!"

Quando as portas se abriram, todos saíram desabalados, menos Arkady, que observava Platonov, e Zelensky, que observava Arkady.

A fita cortou para a plataforma e para a multidão que crescera com o acréscimo de passageiros que desembarcaram dos vagões da frente. A foto de Stálin estava pousada contra uma coluna da plataforma. Os pequenos Misha e Tanya acenderam uma vela na frente da foto e expressaram sua gratidão a Stálin por salvar a humanidade e ser o farol de sua época. Os veteranos assentiram solenemente; as mulheres enxugaram os olhos. Zelensky entrevistou algumas velhinhas meigas e distribuiu camisetas dos Patriotas Russos e a reunião estava acontecendo quando, saído de lugar nenhum, um maluco com uma japona chutou a vela nos trilhos, encerrou a reunião autoritariamente e pegou a câmera. Arkady não parecia nada bem.

Em nenhum momento a câmera mostrou os dois americanos ou Bora. Em câmera lenta, também era possível ver que fora a prostituta ruiva que primeiro gritara o nome de Stálin, depois Mendeleyev e Antipenko.

Arkady resolveu que deveria comer alguma coisa, o que permaneceu na teoria porque não havia comida na escrivaninha exceto uma crosta de queijo embrulhada em um papel engordurado. Então, fumou um cigarro. E tentou ligar para o celular de Eva outra vez. Ainda desligado. Arkady tinha esperado uma noite menos movimentada na clínica. Uma tempestade de neve geralmente mantinha as pessoas — mesmo os criminosos — em casa.

A segunda fita obviamente fora filmada mais cedo, com o objetivo de ensaiar o garoto e a garota. Eles caminhavam por uma sala, a garota levando um espanador no lugar das flores, o garoto carregando uma caneta no lugar da vela votiva. As crianças não conseguiam andar sem rir dos grafites nas paredes do apartamento: órgãos sexuais de tamanho exagerado, números de telefone, "Olga ama Petya".

Zelensky dirigia fora da cena.

"Isto não é brincadeira. Façam tudo de novo, devagar, como em uma igreja. Vocês já foram alguma vez à igreja? OK, voltem para os lugares marcados e recomecem! Assim. Mais devagar, crianças, isto não é uma corrida. Não prestem atenção à câmera. Olhem para a frente e se concentrem na foto, no rosto simpático do homem. Ele é um santo e vocês estão levando para ele esses presentes especiais. Fiquem juntos, fiquem juntos, juntos, fiquem juntos. Assim está melhor. Petya, o que você acha?"

O cinegrafista disse: "Eles não acompanharam a marcação."

"Estão escutando, crianças? A câmera não mente. A fita azul no piso marca onde vocês começam e onde devem parar. Esta noite vai haver muita gente. Vocês têm que fazê-los se afastar e a única maneira de fazer isso é praticando."

As crianças caminharam pela sala outra vez.

"Querido camarada Stálin", Zelensky soprou a fala.

"Querido camarada Stálin, as crianças da Rússia lhe agradecem..."

E outra vez.

O garoto disse: "Você uniu o povo russo e expulsou os invasores fascistas."

A garota disse: "Como amado humanista, você liderou uma Rússia que as nações amantes da paz no mundo admiraram e respeitaram..."

Outra e outra vez até Zelensky bater palmas e dizer: "Amo vocês, crianças."

Era claramente o fim do ensaio e Arkady esperara que a tela da televisão ficasse escura. Em vez disso, mudou para uma cena em um quarto com três homens e uma mulher. Os homens eram Bora, Zelensky e uma pessoa cujo rosto estava escondido por um cabelo escorrido e comprido. Arkady levou um momento para reconhecer Marfa, a estudante do metrô, porque em seu rosto se formava uma protuberância, que a fazia parecer um ganso com um funil na garganta. Zelensky a seduzira e a usara no espaço de um único dia. De nada valera o conselho de Arkady.

Petrov estava economizando cassetes, gravando material novo sobre material antigo. Arkady apertou o botão para avançar e a fita passou rápido e mostrou homens correndo ao redor da moça, se revezando com ela, entrando e saindo, entrando e saindo.

Quando Arkady chegou a Marfa chorando, voltou à velocidade normal. Ela estava sentada na beirada da cama, nua, com o rosto virado para o lado oposto ao da câmera enquanto gemia. A maneira como se retorcia enfatizava a gordurinha infantil em sua cintura.

"Ela chorando parece uma gaita de foles", Bora disse em off.

Uma mão apareceu em cena e apontou para a tatuagem dela.

"Uma borboleta. Como não vi antes? Gracinha."

Zelensky disse: "Marfa, você foi ótima."

"Você foi ótima", disse Bora.

"Você foi ótima", disse o terceiro homem. "Você nasceu para trepar."

"Esta é uma fita particular", Zelensky garantiu a ela. "Ninguém vai vê-la. Eu tinha que saber se você era boa, e você é uma profissional."

Marfa continuou soluçando.

Zelensky disse: "Lembre-se, você me disse que era uma garota crescida e eu acreditei em você."

O terceiro homem disse: "Vlad faz filmes pornôs, isso é tudo o que ele faz. O que você esperava?"

"Isso não é tudo o que eu faço", disse Zelensky.

"Verdade? Diga que outra coisa você faz."

"Tenho outros projetos, outros filmes. Você verá."

"Certo. Para mim, parece que como diretor de filmes você tem só uma orientação: 'Chupe mais rápido'."

"Sasha, vá se foder."

"Não. Graças a sua amiguinha, estou satisfeito por hoje."

"Dê o fora."

"Estou de Mercedes nova."

"Heil Hitler!", Zelensky gritou enquanto a porta se abria e fechava. "Punheteiro burguês."

A câmera continuou em Marfa. Corra, pensou Arkady. Fuja enquanto pode.

Ela sufocou um soluço.

"Que outros filmes?"

Quando Arkady terminou de ver as fitas, eram 7 da manhã. Ele trancou o dossiê e as fitas em seu cofre e se arrastou até o carro para checar se Eva ou Zhenya tinham voltado para o apartamento e ignorado suas ligações; embora fosse indelicado, algumas pessoas faziam esse tipo de coisa.

Mas nenhum apartamento poderia estar mais vazio. Não havia nenhum recado novo, nenhuma mensagem na secretária. Seus passos soavam desajeitados e intrusos e ele não podia evitar pensar em Eva caminhando suavemente de pés descalços. O colchão no piso do quarto parecia mais provisório do que nunca.

Um cheiro acre levou Arkady até a janela. Embaixo, na rua, a equipe de operários estava fervendo alcatrão para encher o mesmo buraco do dia anterior. As mulheres trabalhavam com a pá enquanto o homem, o chefe, acenava para os carros passarem. Uma tenda de lona azul estava montada como abrigo, um sinal de que a equipe estava se instalando.

As roupas de Eva estavam penduradas no armário, o que sugeria que ela voltaria para fazer as malas, na pior das hipóteses. Suas fitas ainda estavam em uma caixa, cinquenta fitas ou mais arrumadas cronologicamente ao lado do gravador. Ele colocou e apertou "play".

A respiração pesada de exercício.

"Arkasha, venha!"

A voz dele à distância.

"Tenho uma sugestão melhor. Você para."

"Estou te gravando. Estou compilando provas de que em uma corrida de esquis o investigador sênior não consegue alcançar um homem da neve."

Ele escutou um dia de inverno, uma trilha que serpenteava entre bétulas e vozes soando no frio.

"Eva, estou carregando conhaque, pão, salsicha e queijo, picles e peixe, a carga completa do luxo, enquanto você não carrega nada a não ser um sorriso sedutor. Talvez você queira que eu carregue você também."

Ele escutou uma gargalhada e um bater de esquis se acelerando.

Outra fita registrara a excelência de um passeio de braços dados.

"Cá entre nós, Adão era inocente." A voz dele.

"Sério?" A dela.

"Ele não teve escolha. Entre fazer Eva feliz e desagradar ao Senhor, o criador do Universo, qualquer homem são teria tomado a mesma decisão."

"Eu devia esperar por isso."

Nada profundo, apenas frases soltas.

Uma terceira fita tinha apenas o zumbido e as paradas de barcos a motor e os gritos de esquiadores aquáticos abrindo caminho na água, por alguma razão uma lembrança feliz. Eva tinha o sono leve e Arkady a descobria sentada, no meio da noite, com um cigarro e vodca, concentrada nas fitas como se elas fossem sua prova de uma nova vida.

Ele colocou as fitas e o gravador de volta do jeito que os encontrara, deitou-se no colchão e fechou os olhos. Por apenas dez minutos. Só para seguir em frente.

A neve batia de leve na janela. Quando o vento ficava forte, a janela tremia em seu caixilho. O rangido dos limpa-neves parecia vir de todo lugar.

Arkady estava em um lago congelado. Entre a franja das árvores e as nuvens cinzentas havia uma quietude e um frio intenso no ar, e na superfície do lago havia manchas escuras, pescadores em seus buracos. O equipamento para a pesca no gelo era simples: uma verruma, um anzol, uma linha, uma caixa onde sentar e vodca para beber.

Não havia melhor companheiro de pesca do que o sargento Belov. Ele estava insulado em camadas de roupas, um chapéu de pele e botas de feltro, mas suas mãos vermelhas estavam nuas, para sacudir melhor a isca e sentir qualquer puxão no anzol. A temperatura podia cair a −10, −20, Belov nunca usava luvas. Seu prêmio, salmões eperlanos do tamanho de moedas de prata, estava congelado na neve. "Do tamanho de *Zakuski*!", disse Belov. "Aperitivos!" Quando suas mãos e bochechas começavam a congelar ele afastava o frio com vodca.

O sargento geralmente era cheio de boas histórias sobre tanques e caminhões caindo no gelo ou uma companhia inteira de tropas que saíra flutuando em banquisas de gelo e nunca mais era vista. Daquela vez, Belov estava tão silencioso que Arkady saíra vagando em um desafio particular em direção ao meio do lago.

Só um pescador tinha aberto seu buraco tão distante. Arkady disse a si mesmo que uma palavrinha com o homem coroaria sua proeza, embora, ao olhar para trás, o céu estivesse mais escuro e todos os outros pescadores, incluindo Belov, tivessem arrumado suas coisas e ido embora. Uma teia de aranha de fissuras se espalhava pelo gelo, mas como o pescador à sua frente parecia tão ocupado e satisfeito, Arkady continuou.

O pescador estava agasalhado e encapuzado com casacos e cobertores andrajosos, seu rosto perdido na sombra, as mãos manipulando várias linhas simultaneamente. Arkady não conseguia lembrar seu nome, embora tivesse visto o homem muitas vezes antes. Então o sol abriu um túnel entre as nuvens e lançou uma luz repentina. Sob o gelo, Arkady viu Marfa, Eva e Zhenya. Ele não conseguira salvar nenhum deles.

7

A harpista no palco do restaurante do Metropol tocava com gestos lânguidos, circulares, de olhos fechados, aparentemente indiferente aos americanos que tomavam seu desjejum na mesa mais próxima. Wiley tinha um rosto cheio e cabelos finos, como um bebê de 1,80 metro vestindo um terno. Encheu sua tigela de cereal; ali estava um sujeito, pensou Arkady, que planejava morrer com saúde. Pacheco parecia ser seu guarda-costas. Na casa dos 40, um pouco careca e um pescoço de touro, Pacheco estava começando o dia com um bife e uma pilha de blinis.

Por que, Arkady se perguntara, um tipo esmolambado como Petya Petrov tinha escrito o número do telefone do hotel na caixa de fósforos de um "clube de cavalheiros" chamado Tahiti? Quais dos hóspedes internacionais do Metropol Petya podia conhecer? Arkady só conseguia pensar nos dois americanos da plataforma do metrô em Chistye Prudy, e os reconheceu assim que entrou no restaurante. O maître confirmou seus nomes na lista de assinaturas do bufê e Arkady esperou que os americanos começassem a comer antes de seguir seu caminho por entre toalhas cor-de-rosa e banquetas vermelhas.

— Importam-se se eu me sentar com vocês? — Arkady mostrou sua identificação ao sentar. Socialmente, era um tanto constrangedor, como se ele tentasse se enfiar em um barquinho já lotado.

Os americanos não se perturbaram. Wiley devolveu identificação.

— Nem um pouco. Uma xícara de café? Desjejum? Sirva-se.

— Só não chute nada, como fez ontem à noite. — Pacheco tinha uma voz grave de fumante.

— Café, pelo menos. — Wiley acenou para o garçom.

— Então você se lembra de ontem à noite? Stálin no metrô?

— Da maneira como você dispersou tudo? Como poderia esquecer?

— Peço desculpas.

Pacheco tinha um rosto rude e olhinhos pretos.

— O sujeito fala inglês melhor do que eu.

— Ernie é do Texas — disse Wiley. — É um caubói.

— Psiu — Pacheco levantou um dedo quando a harpista passou de "Für Elise" para o "Tema de Lara". — Já viu *Doutor Jivago*?

Wiley disse:

— Talvez o investigador Renko tenha até lido o livro.

— Dois americanos aparecem em uma plataforma de metrô no meio da noite. Não descem nem sobem no trem. Em vez disso, participam da gravação ilegal de uma cerimônia em homenagem a Stálin. Vocês dois falam russo?

Wiley disse:

— Foi minha segunda opção na faculdade.

— Eu fui sargento da marinha na embaixada. — Pacheco cortou a carne. — Na época da Guerra Fria.

— Tudo o que podemos lhe dizer é que estávamos fazendo o nosso trabalho.

— Em Moscou? Que trabalho seria esse?

— Trabalho com marketing. Ajudo as pessoas a vender coisas. Podem ser refrigerantes, carros mais rápidos, outros detergentes, o que quer que seja e onde quer que seja, Moscou, Nova York, Cidade do México.

— Você quer vender Stálin na América?

— Não. Nos Estados Unidos, Stálin está morto. Agora, Hitler é diferente. Na América, Hitler continua na moda. History Channel, moda de rua, videogames. Mas aqui na Rússia, Stálin é o rei. Para resumir uma longa história, estamos usando a nostalgia por Stálin para fazer propaganda do partido político Patriotas Russos. É um partido que mal começou e só restam três semanas até a eleição; precisa construir imediatamente uma identidade e um candidato atraente. Um herói de guerra bonitão, se possível.

— Conhaque? — Pacheco perguntou a Arkady.

— No desjejum?

— Ainda não terminamos.

Arkady tentou voltar à questão.

— Mas a eleição russa é problema dos russos. Vocês são americanos.

Wiley disse:

— Lembra-se de quando Boris Yeltsin voltou dos mortos? Ele tinha uma taxa de aprovação de dois por cento; era um bêbado, era um palhaço, o que você quiser, mas consultores políticos americanos como eu entraram no jogo, fizeram uma campanha ao estilo americano e Yeltsin venceu, 36 por cento a 34 por cento para os comunistas. A taxa de aprovação de Nikolai Isakov tem pelo menos isso. Ele causará impacto.

— Você faz isso para qualquer um? Para qualquer lado?

— Sim.

— Você é um mercenário.

— Um profissional. O principal é, e quero enfatizar isso, que o que eu faço é perfeitamente legal.

— Como está indo a campanha por Isakov?

Wiley fez uma pausa.

— Melhor do que o esperado.

— Minhas perguntas não foram ofensivas, espero.

— Não, estávamos esperando por elas. Para ser franco, Arkady, estávamos esperando você.

— Eu?

— Você sabe, com cada candidato fazemos uma espécie de questionário. Pontos positivos e negativos. Principalmente negativos, porque precisamos antecipar qualquer linha de ataque potencial que a oposição possa usar: drogas, agressões, corrupção, orientação sexual. Precisamos ver nosso cliente nu, por assim dizer, porque você nunca sabe quando questões pessoais vão se tornar públicas. Até agora, parece que a única coisa com a qual temos que nos preocupar é você.

— Eu?

Pacheco tinha se virado na cadeira para observar a harpista.

— Não é um anjo? Cabelos dourados, pele branca, vestido branco. Só precisa de um par de asas. Imagine como deve ser para ela, levantar-se às 5 da manhã, vestir-se, pegar o metrô, Deus sabe onde, para desperdiçar boa música com uma multidão com a cara enfiada em cereal matinal.

Wiley inclinou-se para mais perto de Arkady.

— Sua mulher fugiu com Isakov. Você vai armar uma confusão por causa disso?

— Ela não é minha esposa.

O rosto de Wiley se iluminou.

— Ah, então me enganei. É um grande alívio.

O conhaque chegou e Arkady bebeu meia taça de um gole só.

— Viu, você queria — disse Pacheco.

— Qual foi o truque? — perguntou Arkady.

— Desculpe?

— Conseguir que as pessoas dissessem que viram Stálin. Qual foi o truque?

Wiley sorriu.

— É simples. Criam-se as condições certas e as pessoas fazem o resto.

— O que você quer dizer?

— As pessoas criam sua própria realidade. Se quatro pessoas veem Stálin e você não, quem é você, Arkady, para questionar a opinião da maioria?

— Eu estava lá.

— Elas também. Milhões de peregrinos devotos acreditam em visões da Virgem Maria — disse Pacheco.

— Stálin não era a Virgem Maria.

— Não importa — disse Wiley. — Se quatro entre cinco pessoas dizem que viram Stálin no metrô, então Stálin estava lá tanto quanto você. Pelo que eu sei, seu pai se dava bem com o velho açougueiro, então talvez você devesse bater continência em vez de estragar a festa.

Assim que deixou o Metropol, Arkady ligou para Eva do celular. Não houve resposta. Ligou para o telefone do apartamento. De novo, sem resposta. Ligou para o número da recepção da clínica e a recepcionista disse que Eva tampouco estava lá.

— Sabe que horas ela saiu hoje de manhã?

— A doutora Kazka não estava de plantão esta manhã.

— Ontem à noite, então.

— Também não estava de plantão ontem à noite. Quem fala?

Arkady desligou.

O sol estava alto, refletindo na neve. Do estacionamento do Metropol ele olhou direto para a praça do Teatro. O Bolshoi estava em reformas e uma carruagem puxada por quatro cavalos estava amarrada no alto do andaime. Um homem e uma mulher caminhavam de braços dados pelas escadas do teatro. Tinham um ar melancólico, a cena clássica dos amantes se escondendo de um companheiro ciumento.

— Como você se descreveria? Uma personalidade alegre, radiante? Ou séria, talvez melancólica? — perguntou Tatiana Levina.

— Alegre. Realmente radiante — respondeu Arkady.

— Gosta do ar livre? De esportes? Ou prefere atividades intelectuais, em lugares fechados?

— Grandes paisagens. Esquiar, jogar futebol, fazer longas caminhadas na lama.

— Tem livros?

— Televisão.

— Prefere um concerto de Beethoven ou jogar em um cassino?

— De quem?

— Fuma?

— Estou tentado parar.

— Bebe?

— Talvez uma taça de vinho no jantar.

Arkady tinha dito a Tatiana que era um russo-americano com esperança de encontrar uma noiva russa. A casamenteira avaliou duvidosamente seus sapatos russos gastos e sua palidez invernal, mas suas habilidades vendedora responderam ao desafio.

— Nossas mulheres esperam conhecer americanos-americanos, não russos-americanos. Também tenho a impressão de que você é um pouco mais intenso do que imagina. Tentamos juntar homens e mulheres que tenham interesses e personalidades parecidos. Os opostos se atraem... e depois se divorciam. Chá?

Tatiana tinha cabelos brilhantes tingidos com hena, um sorriso otimista, e cheirava a sachê. Encheu duas xícaras na chaleira elétrica e se perguntou em voz alta como Arkady tinha encontrado o escritório da Cupido no porão com tanta neve na Arbat. A Arbat era uma via pública planejada para atrair turistas que passeavam para dentro de lojas que vendiam âmbar, vodca, matrioskas, bugigangas imperiais e camisetas com o rosto de Lênin. Ou, no caso da Cupido, apresentações a mulheres russas. Naquele dia a neve tinha expulsado os desenhistas, os malabaristas, as ciganas e todos os turistas, salvo os mais persistentes. Arkady vira Zoya sair, suava em um casaco de pele longo e chapéu combinando, mas as luzes do escritório tinham ficado acesas e ele pensou que, antes de Victor ir ao necrotério novamente, talvez fosse prudente dar uma olhada no negócio do qual Zoya era coproprietária com o marido que ela queria ver morto. Victor tinha passado no apartamento para pegar os minicassetes de Petrov e fazer cópias. Pornografia era um desperdício com Arkady, que dera uma olhada nas fitas, mas Victor sustentava que todas as provas deviam ser estudadas. Qualquer coisa menos que isso não seria profissional.

A Cupido tinha uma área de espera, um espaço para conferências onde a casamenteira e Arkady estavam sentados, dois cubículos separados por vidro fosco e um escritório interno fechado que ele supôs que fosse de Zoya. Fotografias emolduradas de casais felizes cobriam as paredes. As mulheres eram jovens e russas; os maridos eram americanos, australianos e canadenses de meia-idade.

— O mais importante é que você e sua companheira sejam parecidos. Você não gostaria de alguém educado, culto e profundo?

— Parece exaustivo. Você apresentou algum desses? — Ele apontou para a foto de um homem com chapéu de caubói com o braço gordo ao redor de uma mulher embaraçada vinda de Moscou? Murmansk? Smolensk?

— Trabalho aqui apenas meio período, mas já uni alguns casais bem simpáticos. O problema é que geralmente não juntamos russos com russas.

— Notei. — Seus olhos pousaram sobre uma pilha de formulários de visto americano.

— Bem, o que posso dizer sobre casais russo-americanos? Nada em comum, é verdade. Mas as mulheres russas não querem um homem russo que fique jogado no sofá e não faça nada além de beber e se queixar da vida. Os americanos não querem mulheres americanas, que geralmente são mimadas ou agressivas. Nós atendemos homens maduros, tradicionais, que procuram mulheres cuja inteligência e cuja educação não atrapalhem sua feminilidade.

O celular vibrou no bolso do paletó de Arkady e ele verificou no visor a identidade de quem telefonava: Zurin. Arkady desligou o telefone.

— Desculpe.

— Não somos apenas um site na internet e um telefone. Não somos um clube ou um serviço de encontros. Não pegamos 50 dólares e mandamos uma lista de e-mails de sabe Deus que tipo mulheres, ou de mulheres que se mudaram ou se casaram ou morreram. Aqui na Cupido levamos você pela mão até sua alma gêmea. Posso? — Ela abriu o que parecia ser um álbum de fotos de casamento e foi virando as páginas para ele. Em cada uma havia uma foto de qualidade profissional de uma mulher atraente, de vestido ou roupa de tênis; o primeiro nome (Elena, Julia, seja lá qual fosse), estatísticas vitais, educação, profissão, interesses, idiomas e uma declaração pessoal. Julia, por exemplo, ansiava por um homem de bom coração e com os pés no chão. De vez em quando Tatiana parava em uma página para murmurar: — Faz algum tempo que esta está na prateleira. Talvez...

Arkady notou uma loura chamada Tanya com roupa de esquiar que parecia capaz de jantar o coração de um bom homem.

— Dançarina, acho.

— Não apenas dançarina, harpista. Ela toca no Metropol. Acabei de vê-la.

— Acredite em mim, ela não é o seu tipo.

Embora parecesse distante com a harpa, o sorriso de Tanya na fotografia era bem carregado. A roupa de esquiar era de um material prateado apertado que somente uma esquiadora muito boa justificaria. As marcas na neve atrás dela eram diamantes negros.

— De qualquer maneira, está comprometida — disse Tatiana. — Não está disponível.

— Bem, se eu estivesse interessado em alguém mais, quanto a Cupido cobra?

— Os americanos pagam pela qualidade — disse ela. Por 500 dólares, a Cupido prometia três apresentações sérias, preparação do "visto de noivo" russo, especial para o homem, e se o romance florescesse, toda a papelada legal para que ela visitasse a cidade natal dele nos Estados Unidos. Viagem e hotel eram responsabilidade dele. "Nós garantimos que você encontre sua alma gêmea."

Ela abriu outro álbum e folheou fotos de casais felizes na porta de casa, perto de uma lareira, ao redor da churrasqueira no quintal, ao lado de uma árvore de Natal.

— E se eu não encontrar minha alma gêmea em três tentativas?

— Fazemos um desconto para as próximas três.

— Talvez por eu ser russo o preço possa ser ainda mais ajustado.

— Tenho que perguntar à proprietária.

— Quem é?

— Zoya. Você quase encontrou com ela na escada.

— Conheci um sujeito que disse que dirigia uma agência como esta. O nome dele era Filotov.

— É pouco provável. Zoya é quem manda.

— Agora que você falou, ele não parecia ser do tipo. Tinha o pavio curto.

— Quando bebe.

— E quando ele bebe?

— Todos os dias.

— Ele parecia... — Arkady fez uma pausa como se procurasse a palavra certa.

— Destrutivo. Aconselhou algumas garotas a se tatuar. Um americano adulto se casaria com uma russa tatuada? Acho que não. Filotov ainda contou a elas onde escondê-la, mas cedo ou tarde o americano iria descobrir. Teria que ser cego para não ver.

Arkady ficou com receio de perguntar qualquer coisa além de:

— Alguma tatuagem em especial?

— Não sei dizer. Eu digo para as garotas que se fizeram uma tatuagem é melhor entrarem para uma gangue de motociclistas e não nos fazerem perder tempo.

— E o americano? Como você sabe que ele não é um assassino em série e já tem duas ou três russas no congelador?

— Deus do céu! — A casamenteira olhou para os lados como se alguém pudesse ter escutado. — Não fazemos piadas com essas coisas. Que imaginação horrível.

— É uma maldição. — Ele pensou na caixa de fósforos de Petya e decidiu partir com tudo. — Você já ouviu falar de um clube de cavalheiros chamado Tahiti?

O olhar de Tatiana ficou gelado.

— Acho melhor você tentar outra agência.

Enquanto voltava para o carro, Arkady ligou para a redação do *Izvestia* e lhe disseram que Ginsberg, o repórter que escrevera o artigo sobre as heroicas tropas da OMON de Isakov estava cobrindo "o julgamento da pizza", o caso do ex-Boina Negra que matara um entregador de pizzas. O julgamento estava acontecendo em um novo tribunal ainda em construção.

— E como vou reconhecer Ginsberg? — perguntou Arkady.

— A menos que haja mais de um corcunda no tribunal, não deve ser um problema.

8

Igor Borodin suava dentro de uma jaula de vidro à prova de balas. Tinha engordado desde seus dias na OMON, o terno estava esticado a ponto de arrebentar, e a barba estava malfeita. A luz invernal era peneirada pelas janelas altas iluminando o emblema de uma águia dupla sobre a bancada do juiz e se filtrava até a tribuna do júri, as mesas dos advogados e, separado por uma grade de madeira, o público. As cores eram pastel e tons de madeira de uma cozinha sueca e o cheiro de serragem e estuque lembrava que muitas partes do tribunal ainda estavam em construção. Arkady foi silenciosamente até o único lugar disponível, ao lado de uma mulher de pele olivácea com vestido negro e xale. Na fila de trás um homem baixo de barba grisalha tomava notas. Metade dos lugares destinados ao público estava ocupada por homens com os trajes camuflados de azul e preto dos Boinas Negras, uma tropa de indivíduos duros cujos rostos expressavam impaciência com o processo judicial. Um homem não tinha um braço, outro tinha uma cicatriz lisa e violácea no rosto e os outros simplesmente tinham o olhar vazio dos veteranos de guerra. A sala estava superaquecida e a maioria das pessoas estava com os casacos no colo; um dos Boinas Negras tinha aberto a camisa o suficiente para tornar visível a tatuagem de um tigre da OMON. Nikolai Isakov e Marat Urman ocupavam lugares de honra da primeira fila. Isakov não demonstrou nenhuma reação quando viu Arkady, apesar de Arkady ter a impressão de que intensos olhos azuis o observavam através de uma máscara. Urman viu Arkady e balançou a cabeça.

Era o segundo dia de deliberações. Os fatos eram que Makhmud Saidov, 27anos, casado, um filho, entregara uma pizza no apartamento de Borodin, 33 anos, pintor de paredes, divorciado. Saidov esperava uma gorjeta e ficou desapontado. Enquanto esperava pelo elevador, Saidov perguntou a si mesmo, em voz alta, quando os russos aprenderiam que os entregadores de pizza do mundo inteiro dependiam de gorjetas. Borodin reabriu a porta. Palavras foram trocadas. Borodin fechou a porta mais uma vez, voltou com sua pistola de serviço e deu um tiro fatal na cabeça de Saidov.

A defesa alegava que Saidov insultara verbalmente Borodin, um veterano de guerra que sofria de estresse pós-traumático. Embora os insultos não fossem suficientes para justificar o assassinato, eles tinham desencadeado uma reação em Borodin sobre a qual ele não tinha controle. Na verdade, segundo um psiquiatra, Borodin disparara a arma no que ele sinceramente considerava ser um ato de legítima defesa. Ele não tinha visto um entregador de pizza; viu um terrorista que tinha de ser detido.

— Mas ele não era terrorista — a mulher sussurrou para Arkady. — Meu Makhmud não era terrorista.

Borodin tirou o paletó. Estava embevecido, como se ouvisse uma história que não conhecia. Dos lugares destinados ao público seus antigos companheiros faziam o sinal de positivo com o polegar para cima e os cidadãos do júri estavam completamente fisgados. Os júris eram uma reforma exigida pelo Ocidente. Os advogados de defesa sempre foram suplicantes, os juízes, onipotentes, e os promotores comandavam o espetáculo. Agora o espetáculo tinha um novo público.

O advogado de Borodin chamou Isakov para o banco de testemunhas, destacou o excelente desempenho do detetive como capitão dos Boinas Negras e perguntou sobre Borodin. A resposta de Isakov não foi necessariamente precisa, mas foi eficaz.

— Fui comandante do sargento Borodin durante dez meses. Na época, a OMON era a ponta de lança das forças russas na Chechênia, o que significava enfretamento constante com os rebeldes. Às vezes, com quatro horas de sono a cada 48 horas, às vezes tão longe do apoio logístico que passávamos dias sem comida, lutando contra um inimigo que se escondia entre a população e não obedecia a nenhuma regra do código de guerra. O inimigo podia ser um soldado calejado, um fanático religioso ou uma mulher transportando uma bomba em um carrinho de bebê. Fazíamos amigos onde podíamos e tentávamos estabelecer laços de confiança e comunicação com os anciãos das aldeias; entretanto, aprendemos com a experiência a não confiar em ninguém, a não ser nos homens de nossa própria unidade. Durante dez meses nessas condições, Borodin jamais falhou na execução de uma ordem. Não poderia pedir mais de um homem.

Borodin se endireitou na cadeira para a maior honra de sua vida e abriu o colarinho. Na base do pescoço havia uma tatuagem do escudo da OMON. Arkady sentiu o engolir em seco dos veteranos e o modo como se inclinavam para não perder nem uma palavra.

— Ele esteve envolvido na famosa batalha da ponte Sunzha?

— Diria que foi mais uma escaramuça, mas sim, ele esteve.

— Mais do que uma escaramuça, tenho certeza. Você poderia relatar para o juiz e para os jurados os acontecimentos daquele dia?

— Nossa missão naquele dia era controlar e verificar o tráfego na ponte. Um ataque em grande número não estava previsto e quando soubemos do ataque terrorista ao hospital de campanha da OMON já era tarde demais para levar reforços.

— Mas vocês se mantiveram firmes.

— Cumprimos nossas ordens.

— O sargento Borodin se manteve firme.

— Sim.

— Com uma desvantagem de oito contra um.

— Sim.

— Nesse combate, houve alguma comunicação entre os terroristas e seus homens? Não comunicações por rádio, mas gritos ou insultos?

— Não da nossa parte. Éramos poucos e não queríamos entregar nossas posições. Os chechenos gritaram muitos insultos.

— Tais como?

— "Russos, vocês vieram de muito longe para morrer aqui!" "Ivan, quem está cuidando da sua mulher?", embora não dissessem exatamente "cuidando". "Cães vão comer os seus ossos." Coisas dessa natureza.

— Mais uma vez, eram quantos os terroristas?

— Aproximadamente cinquenta.

— E quantos no seu esquadrão?

— Seis, incluindo eu.

— E incluindo Borodin?

— Certamente. Borodin também.

— Sob ataque, em inferioridade numérica, com as balas voando, Igor Borodin escutou: "Cães vão comer os seus ossos." Correto?

— Sim.

— Faço referência à transcrição do depoimento dos vizinhos de Borodin, que escutaram a discussão acalorada no corredor e Makhmud Saidov gritar: "Que cães comam os seus ossos!" Nesse ponto, Borodin se descontrolou. Era novamente o sargento Borodin, estava de volta ao rio Sunzha, protegendo seu país.

A mulher de xale virou seus olhos escuros na direção de Arkady. E sussurrou:

— E então ele comeu a pizza.

Pausa para o almoço.

Ginsberg era uma figura pequena, angular, vestia um casaco preto e um boné e caminhava com sua enorme cabeça conduzindo o resto do corpo. Arkady o seguiu na saída do tribunal e descendo um caminho tosco entre árvores novas com raízes envoltas em aniagem até um carrinho de sorvete na calçada. De perto, a barba e as sobrancelhas do repórter eram cinzentas e desgrenhadas, os olhos levemente estrábicos, e Arkady percebeu que o homem estava bêbado. Ao meio-dia. Arkady comprou um sorvete de chocolate na casquinha; Ginsberg, um picolé de laranja e um cigarro. Comeram enquanto a neve caía ao redor deles, como um par de esquimós, Arkady pensou.

Ginsberg disse:

— Dê-me ar fresco, nicotina, açúcar e corante artificial. Um cappuccino não cairia mal. Embora seja importante manter a espuma e o corante artificial longe da barba, para não ficar cômico demais. O que você quer, investigador Renko?

— Uma pequena informação.

— Uma pequena informação é algo perigoso. — Ginsberg escorregou no meio-fio e teria caído se Arkady não tivesse agarrado sua manga.

— Você escreveu um artigo para o *Izvestia* sobre a batalha que ajudou a fazer de Nikolai Isakov um herói nacional.

Olhando nos olhos de Ginsberg, Arkady viu alguma inteligência tentando emergir.

— Sim.

— Você o entrevistou?

— Viajei com a unidade dele durante um mês em seu primeiro turno de serviço. Eu era o único jornalista que os acompanhava. Ele dizia que jornalistas de tamanho normal ocupavam muito espaço.

— Vocês ficaram amigos?

— Os russos em geral têm duas reações seguras: bater no judeu e rir do corcunda. O que me torna duplamente vulnerável. Isakov estava livre de tudo isso.

— Então vocês eram amigos.

— Sim.

— Você o admirava.

— Era um homem instruído. Não era o que alguém esperaria de um Boina Negra em uma zona de combate. Claro, eu o admirava e agora é um candidato dos Patriotas Russos. Ele mudou.

— Pensei a mesma coisa, por isso achei estranho hoje que você não estivesse sentado com ele, nem mesmo trocando algumas palavras. Vocês se ignoraram. Por quê?

— É essa a sua pergunta? Qual é meu relacionamento pessoal com o detetive Isakov atualmente?

— Com ele e com Marat Urman.

— Você quer minha opinião oficial? Isakov e Urman são Boinas Negras veteranos e Patriotas Russos respeitados, e a batalha da ponte Sunzha exemplifica o espírito de luta da OMON. Que tal?

— Então, por que a OMON manteve Isakov no posto de capitão? — Arkady perguntou. — Por que ele não foi promovido depois de uma vitória como aquela? O que deu errado?

— Pergunte ao major Agronsky. Ele era o chefe do comitê de recomendações.

Ginsberg oscilou no meio-fio e riu.

— Talvez Agronsky soubesse fazer contas. Você sabe? Cinquenta rebeldes contra seis Boinas Negras. Não, eu nunca disse isso. Salve a bandeira vermelha. Hurra! Hurra! Hurra!

A entrada para o novo tribunal era de vidro laminado; Arkady viu Boinas Negras reunidos no saguão. Garrafas de cerveja apareceram do nada. Álcool era proibido na área do tribunal, mas os guardas tinham feito uma retirada discreta. Do saguão, Urman devolveu o olhar de Arkady.

Ginsberg também viu Urman.

— Marat me chama de anão. O que eu sou realmente é reduzido. Uma versão reduzida de um repórter, não apenas na altura, mas também no que escrevo. Dizem que só o túmulo pode corrigir um corcunda. Não é verdade! Meus editores me corrigem o tempo todo. E os editores dizem que, nesses tempos conturbados, precisamos de heróis para nos defender dos terroristas. Precisamos da polícia de choque, ainda que isso signifique a OMON provocar os tumultos e espancar todo "negro" que encontrar na rua, "negro" sendo qualquer um mais escuro do que o delicado rosa russo. Chechenos, caucasianos, africanos, um ou dois judeus. Não estou dizendo que a OMON está obedecendo ordens, não, é pior, está seguindo os impulsos mais sombrios do Kremlin. Assim, corre um pouco de sangue, mas a polícia não toca na OMON porque os Boinas Negras são a polícia. No entanto, uma pessoa pode se perguntar se esses super-homens são realmente bons. Quanto ao resgate de reféns, lembra-se do cerco à escola em Beslan? A OMON tentou remendar a operação e centenas de crianças morreram. Centenas!

— Você quer ir a alguma lugar e sentar?

— Não. Não estou dizendo que todos eles estão corrompidos. Muitos são bons. Ele era o melhor. — Ginsberg fez um sinal com a cabeça em direção ao saguão, onde Isakov acabara de chegar e parecia dizer palavras tranquilizadoras. — Todos de preto e azul aqui. Na Chechênia eles pareciam piratas com barbas, bandanas, tatuagens, e Isakov era o capitão pirata. Eles amavam Isakov.

— E há mais?

— Há sempre mais. Assim é a guerra. É como ser mergulhado em ácido. Mais cedo ou mais tarde ele acaba com você. Devora você. — Ginsberg acendeu um cigarro no outro, uma operação delicada. — Por que você está interessado em Isakov?

Inveja, pensou Arkady. Ele disse:

— O nome de Isakov apareceu em uma investigação. Isso não necessariamente o incrimina.

— É uma questão interna da milícia?

— Não posso dizer mais nada.

— Se for, deixe-me alertá-lo, Isakov tem amigos poderosos.

— Digamos apenas que eu quero a verdade.

Ginsberg deu um passo atrás para ter uma visão completa de Arkady.

— Alguém em busca da verdade? Eu receava isso. Logo você vai querer um unicórnio. Não existe verdade. Duas pessoas nunca concordam sobre uma coisa; existem apenas versões. Eu sou o melhor exemplo. Não consigo sequer concordar comigo mesmo. Por exemplo, a batalha da ponte Sunzha. Uma versão descreve uma luta de seis Boinas Negras contra cinquenta terroristas chechenos. Nessa versão, a batalha se estendeu para cima e para baixo no Sunzha, os lados opostos atirando através do rio até os chechenos baterem em vergonhosa retirada. O resultado final: 14 rebeldes mortos por nossos atiradores de elite e apenas um dos nossos homens com mais do que um arranhão. A segunda versão diz que dos 14 rebeldes mortos, oito receberam tiros no peito ou na cabeça à queima-roupa, dois nas costas, dois com comida na boca. E nem uma bala desperdiçada. Uma inacreditável pontaria. Nenhum tiro não fatal nos braços ou nas pernas. Em outras palavras, de acordo com a segunda versão, o que aconteceu na ponte Sunzha não foi uma batalha, e sim a execução de qualquer checheno que por acaso estivesse no acampamento de Isakov naquele dia. Foi uma vingança. Uma carnificina.

— Os chechenos estavam armados?

— Sem dúvida, os chechenos geralmente estão. E se não estivessem, o pelotão de Isakov tinha vasculhado casas e confiscado armas durante semanas. Tinham armas para dar e vender.

— Houve algum sobrevivente para testemunhar?

— Não. Eu cheguei de helicóptero minutos depois da matança porque fui escalado para acompanhar a unidade de Isakov outra vez. Fui convidado pessoalmente por Isakov. Enquanto nos aproximávamos, eu pude ver Marat Urman dando ordens para Borodin e os outros que corriam ao redor de um caminhão. Metade dos chechenos estava em volta de uma fogueira. Não era como nenhum campo de batalha que eu tivesse visto antes. Quando aterrissamos, Marat fez sinal para irmos embora. Eles nos despacharam do chão. Nada de entrevistas, nada de acompanhar o pelotão. Foi uma completa reviravolta. De repente, até eu ocupava espaço demais.

— E quanto ao resto do pelotão? Havia seis Boinas Negras na ponte. Isakov, Urman e Borodin são três. Quem eram os outros três?

— Não sei. Eu não os conhecia. A rotatividade dos homens era grande.

— Eles estão aqui hoje?

— Não, mas tenho os nomes deles nas minhas anotações.

— Você guardou as anotações?

— Um jornalista sempre guarda suas anotações.

— Você já ouviu falar de esquadrões da morte na Chechênia? Ginsberg teve que rir.

— Na Chechênia não havia nada além de esquadrões da morte. Era assim que os soldados se arranjavam.

— As tropas russas se vendiam, recebiam dinheiro à parte?

— Quando necessário. Mas naquele banho de sangue nunca haverá uma acusação. Somos os vencedores e não lavamos nossa roupa suja em público. Se você está atrás de Isakov, é melhor agir rápido, porque se ele ganhar esta eleição para o senado, terá imunidade. Para prendê-lo, você terá de pegá-lo em cima de um corpo, com uma faca na mão e sangue empoçando a seus pés.

Arkady perguntou com a voz mais neutra possível:

— Você se lembra, quando estava na Chechênia, de ouvir falar de uma médica chamada Eva Kazka?

— Não, embora houvesse uma médica do lado inimigo.

— O que você quer dizer?

— Do lado checheno. Nunca soube o nome dela. Ela não pegava em armas, mas trabalhava no hospital de Grozny. Eles diziam que ela andava de motocicleta, dá para acreditar? Nós estávamos bombardeando a cidade e não restavam muitos hospitais, mas ela supostamente cuidava tanto dos rebeldes quanto dos russos. Então, ela desapareceu. A OMON procurou-a, mas nunca a encontrou. Talvez ela fosse uma fantasia.

O número de Boinas Negras no saguão estava diminuindo, voltando para a sala do tribunal. Isakov e Urman haviam desaparecido. Arkady estava atrasado para buscar Platonov, e lá estava ele, no meio da neve com um bêbado baixo e curvado.

Ginsberg disse:

— Tenho fotos feitas do helicóptero. Só duas.

— Posso vê-las?

— Por que não? Praça Maiakóvsky, às 11 horas. Pode ser? — Pegou o cartão de Arkady, deixou-o cair e pegou-o desajeitadamente na neve. — O que você acha? Acha que o entregador de pizza era um terrorista? Espero que sim, porque deixei que ele fosse morto ao não entregar Isakov, Marat ou Borodin. — Olhou sem expressão para a pilha das árvores novas. Qualquer um podia ver que tinham acabado de ser tiradas da traseira de um caminhão. — Mas se for a minha palavra contra a de Isakov, quem vai acreditar em mim? Marat disse que se soubesse que eu andava contando histórias, viria me endireitar. Aparentemente, ele endireita algumas pessoas, outras ele dobra. Eu mereço. — Repentinamente, saiu do devaneio: — De qualquer maneira, aí estão duas versões da verdade de um único homem. Você escolhe.

9

O tempo passado em uma gaveta do necrotério tinha alterado Kuznetsov. Ele parecia ter sido colorido por uma criança de 4 anos, que pintara o rosto, a barriga e os pés com um marrom lívido e o resto do corpo com um azul frio, costurado na frente com um fio grosso. Estava um pouco achatado, os olhos afundados e a papada frouxa. Por causa do açúcar no álcool, ele cheirava a fruta passada.

Sua esposa ocupava a mesa seguinte. Ele e ela. Arkady tirou o casaco e vestiu luvas de borracha enquanto Platonov ficava de pé ao lado, como um homem esperando ser devidamente apresentado.

— Vocês estão invadindo — um jovem patologista chegou falando de maneira explosiva. Era baixo, com um aspecto pegajoso. — Não é incômodo, mas os detetives disseram que já tinham terminado. Eu não gostaria nem um pouco de aborrecer Isakov e Urman.

— Nenhum de nós gostaria. Noite cheia? — perguntou Arkady. Todas as seis mesas de granito estavam ocupadas, torneiras funcionando, embora ele não estivesse vendo nenhuma autópsia sendo feita.

— Hipotermia. Esta é uma noite fria. Nós os recolhemos, mas não fazemos autópsias a menos que sejam mortes violentas.

— Assim como fizeram com os dois Kuznetsovs.

— Sim.

— E agora terminaram?

— A menos que alguém venha retirá-los.

— Se não?

— Serão enterrados na vala comum.

— Então você tem tempo para nos ajudar

— Em quê?

— Pegue a flauta.

As orelhas de Platonov coçaram.

— Uma flauta em um necrotério? Está vendo, esse é o tipo de coisa que só vejo com você, Renko.

O grande mestre tinha chegado ao apartamento de Arkady com um humor de cão, depois de esperar horas para ser pego e cheio de queixas das namoradas velhas.

— Em uma determinada idade, as mulheres não querem as luzes acesas na hora do sexo, querem uma escuridão profunda. — Ele mostrara a Arkady os hematomas e arranhões que sofrera ao atravessar o quarto. — Entretanto, um homem dessa idade tem que ir ao banheiro inúmeras vezes durante a noite. Com as garrafas de champanhe, o maldito gato e a mesinha de cabeceira, era uma corrida de obstáculos.

Platonov parecia revigorado por ver os mortos do necrotério, os casos de hipotermia do dia, uma bonança de corpos frágeis, descoloridos, que eram velhos mas não tão velhos quando ele.

— Esta é a Casa dos Mortos, a balsa do rio Estige — anunciou Platonov. — O xeque-mate final! — Com seu casaco desalinhado e seu chapéu sem forma, ele vagou entre os cadáveres, lendo as fichas, satisfeito consigo mesmo e dizendo: — Mais novo... mais novo... mais novo... mais novo. Isso deixa um homem filosófico, não é, Renko?

— Alguns ficam filosóficos, outros simplesmente vomitam.

O patologista retornou com um secador de cabelo e um estojo de flauta. Do estojo, tirou um pano de veludo e desembrulhou um cilindro de vidro com dimensões que mais pareciam de um pífaro do que de uma flauta. O cilindro estava cheio de cristais de cor púrpura. Em cada ponta havia um tampão de borracha.

— Esta é a flauta. — Arkady pôs o cilindro nas mãos de Platonov. — Sua tarefa é esquentá-la.

— O que tem dentro?

— Cristais de iodo. Tente não inalar o vapor.

— Que noites interessantes com você, Renko. Sinceramente.

Com a ajuda do patologista, Arkady rolou Kuznetsov de bruços. O corte do cutelo na nuca chegava até o osso.

— Um golpe só; um feito e tanto para uma mulher bêbada demais para ficar de pé — disse Arkady.

O patologista disse:

— Ouvi dizer que ela confessou duas vezes, uma vez na cena do crime e outra vez em sua cela.

— E depois engoliu a língua.

As costas de Kuznetsov estavam cheias de sinais e tufos de cabelo crespo que brotavam nas omoplatas, onde os anjos tinham asas.

Entre as omoplatas havia uma tatuagem de cerca de 18 centímetros de diâmetro de um escudo com *OMON* escrito em cima, TVER embaixo e no centro a cabeça de tigre emblema dos Boinas Negras.

Arkady desdobrou uma cópia da foto que Zoya lhe dera da tatuagem do marido de um tigre enfrentando lobos. As cabeças do tigre de Filotov e do tigre da OMON eram idênticas. Agora que tinha uma nova referência, Arkady percebeu que o restante da tatuagem mais elaborada de Filotov — os lobos famintos, a floresta e o riacho na montanha — foram um acréscimo posterior, incluindo o nome da cidade *TVER*, que o tatuador inscreveu em um galho.

O patologista ligou o secador de cabelo e passou o ar quente para cima e para baixo nos braços do homem morto.

— Impressões digitais na pele são complicadas porque a pele está sempre crescendo, descamando, suando, esticando, dobrando, esfregando. Isto é só uma demonstração, certo?

— Certo — disse Arkady.

O patologista inseriu um tubo de plástico no tampão de borracha em uma das extremidades do cilindro, removeu o tampão da outra, enfiou a ponta solta do tubo entre os lábios e soprou. Soprou suavemente enquanto movia a ponta aberta da flauta para cima e para baixo sobre os braços do homem morto, expelindo vapores de iodo aquecido que se combinariam com os óleos da pele para tornar visíveis impressões digitais, uma tarefa simples que exigia cuidado porque os vapores de iodo corroem até metal e podem lesar o tecido sensível da boca.

Como uma foto sendo revelada, as impressões da palma, do punho e dos dedos de mãos grandes apareceram em tons sépia em volta dos pulsos de Kuznetsov.

Platonov ficou entusiasmado.

— Você descobriu o que estava procurando!

— Borrada — disse o patologista. — Muitos apertos e torções, nem uma única impressão digital útil.

De certa forma, era o pior resultado possível, pensou Arkady, mais uma questão de temores confirmados do que de conhecimento adquirido. Seu celular tocou, uma mensagem de texto: "Encontro urgente, vc sabe onde." Tinha de ser de Victor. Arkady acusou o recebimento da chamada e se voltou para a esposa de Kuznetsov. Estava da cor indeterminada de um tapete velho e possivelmente era assim o que ela tinha sido em vida, pensou Arkady, com suas feridas e hematomas, uma coisa na qual Kuznetsov tinha limpado suas botas. Sua cabeça curvava-se rigidamente para trás, boca e olhos escancarados.

— Alguém pode engolir a própria língua? — Platonov perguntou.

O patologista disse:

— A língua é um músculo fixado com firmeza na base da boca. Não pode ser engolida.

— Tem sangue seco nas narinas dela — disse Arkady.

— Ela não morreu de sangramento no nariz.

— Então, o que aconteceu? Ela não parece feliz.

— Entre falência congestiva do coração, pneumonia, diabetes, cirrose hepática e a quantidade de álcool em seu organismo, quem sabe? O coração dela parou. Devo passar o vapor nela também?

— Por favor.

O patologista "tocou a flauta" sobre seus braços e não encontrou impressões, borradas ou não. Mas os olhos dela diziam algo, Arkady pensou.

— O rosto dela — disse. — Tente o rosto dela.

O patologista se curvou sobre ela com a flauta e quando se ergueu de novo a impressão de uma mão apareceu em volta do nariz e da boca da mulher. As impressões dos dedos estavam borradas; mesmo assim ali estava a sombra de uma mão tapando seu rosto.

Arkady disse:

— Se alguém manteve a boca dela fechada enquanto apertava seu nariz, talvez por trás, um homem grande treinado em combate corpo a corpo, que a levantou do chão primeiro e comprimiu o ar de seus pulmões...

— Então a língua poderia se enrolar para trás e, sim, obstruir a passagem do ar até certo ponto. Não sei o quanto seria significativo.

— Quanto tempo levaria?

— Se ela perdesse o ar desde o começo, com o coração dela e o teor alcoólico em seu sangue, pouquíssimo tempo. Mas eu pensei que ela estivesse em uma cela sob custódia da milícia.

— Estava. Precisamos tirar algumas fotos dessas impressões antes que elas desapareçam.

— O que você vai fazer com elas? — perguntou Platonov.

— Provavelmente nada.

Mesmo assim, Kuznetsov fora um Boina Negra de Tver, assim como Isakov e Urman, e todos os três serviram na Chechênia. Era difícil acreditar que os detetives não tivessem reconhecido seu antigo camarada, mesmo com um cutelo na nuca.

O que restava do Partido Comunista cabia em um prédio de dois andares de estuque cinza perto do bulevar Tsvetnoy, do lado oposto ao circo. No térreo havia uma escrivaninha de segurança com um guarda de cabelos grisalhos e um saguão de depósito de panfletos e materiais de correspondência. No segundo piso ficava a sede do Partido: escritórios, a sala dos secretários, sala de conferências e casacos por toda parte, casacos pendurados e botas empilhadas, na pressa para chegar até a mesa da conferência onde champanhe doce era servido e travessas ofereciam caviar verme- lho, peixe defumado prateado, toucinho translúcido de tão fino, pão preto e fatias de carne de cavalo temperada. Na parede esta- va pendurado um quadro com o retrato de Lênin, uma bandeira soviética vermelha e um estandarte de campanha que perguntava: "Quem Roubou a Rússia"?

— Como nos velhos tempos — disse Platonov. — Porcos no cocho. — Ele embrulhou salsichas em um panfleto com "Marx: Perguntas frequentes." — Quer uma?

— Não, obrigado.

Há anos Arkady não via tal concentração de *Homo Sovieticus*. Supostamente extintos, lá estavam eles, sem mudanças, com seus ternos malfeitos, olhos apáticos, cenhos presunçosos. Aquelas eram barrigas que nunca tinham perdido uma refeição. Ele não viu nenhum dos idosos que faziam piquetes na praça Vermelha no frio intenso por suas pensões miseráveis.

Arkady voltou para o saguão.

— Já vou indo. Você está a salvo agora que está cercado de amigos.

— Esses bicões e cretinos? Os inteligentes, meus verdadei- ros amigos, deixaram o Partido anos atrás. Isso é o que restou, nada além dos ratos estúpidos embriagando-se de vinho em um navio que afunda.

— Por que você não saiu?

— Eu fui um filho da Revolução, o que significa que sou ilegítimo. Um bastardo, se você preferir. Segui de perto um regimento, foi assim que aprendi a jogar xadrez, e quando

Hitler e seu bando invadiram a Rússia entrei como voluntário no Exército. Tinha 14 anos. Na minha primeira batalha, de 2 mil homens, 25 sobreviveram. Eu sobrevivi à guerra e depois representei a União Soviética no xadrez durante quarenta anos. Sou um leopardo velho demais para mudar minhas pintas. Fique e coma e me dê alguém com quem conversar.

— Vou encontrar um colega para jantar. — Se é que isso descrevia beber um drinque com Victor, Arkady pensou. E depois encontrar o jornalista Ginsberg para pegar uma lista de Boinas Negras que serviram com Isakov na Chechênia.

Arkady se espremeu na parede para deixar os atrasados passarem. Entre eles estava Tanya, a harpista do Metropol, com o mesmo vestido longo branco. Com seu cabelo dourado, ela parecia uma figura saída de um conto de fadas. Ela sussurrou desculpas ao se espremer para passar, em nada a esquiadora afoita que a foto de Cupido fazia parecer.

— Você vai voltar? — Platonov perguntou a Arkady. — Vai ser uma noite curta; tenho de estar em forma amanhã.

— Nosso grande mestre Ilya Sergeevich vai a um torneio de xadrez e dará a honra de jogar com o vencedor. — Um homem baixinho e roliço sacudiu o cotovelo de Platonov. — Vai ser televisionado, não vai?

— Gravado. Gravado e queimado, espero — disse Platonov.

— Surkov, chefe de propaganda. — O homem ofereceu a mão úmida para Arkady apertar. — Sei quem você é. Aqui você não precisa de apresentações.

Platonov informou a Arkady:

— Este é um dos cretinos sobre os quais eu estava lhe falando.

Surkov disse:

— O grande mestre é um de nossos membros mais renomados e respeitados. Uma ligação com o passado. Ele está sempre brincando. O fato é que somos um Partido completamente diferente hoje. Dinâmico, aberto e disposto a se ajustar.

— Desde que puxaram a descarga conosco na latrina — Platonov murmurou.

— Veja bem, esse tipo de conversa realmente não ajuda. Temos de nos animar. Estamos oferecendo ao povo uma escolha — Surkov disse para Arkady, que se dirigia à porta.

O único pesar de Arkady era que na hora em que voltasse Tanya já teria ido embora. Estava menos atraído do que curioso. Alguma coisa nela era familiar, algo além de esquiar ou dedilhar as cordas de uma harpa.

Enquanto dirigia, Arkady passou pela estátua de um palhaço em um monociclo instalada no bulevar para assinalar o circo. Com a neve girando ao redor do palhaço, para Arkady ele parecia pedalar ora em direção ao circo, ora em direção aos escritórios do Partido, curvando-se para a comédia de pancadaria e depois para a farsa.

O Gondoleiro exibia murais do Grande Canal, mas o restaurante ficava na rua Petrovka, a meia quadra do quartel-general da milícia, e os fregueses regulares eram detetives que vinham se embebedar. O pedido normal era 100 mililitros de vodca em um dia bom, e 200 mililitros em um dia ruim. Os frequentadores do bar eram reforçados pelos oficiais da OMON, com seus uniformes camuflados de azul e preto, celebrando a absolvição da acusação de homicídio do ex-colega Igor Borodin. Gritos de "Entrega de pizza!" provocavam grandes risadas e o clamor tinham feito Victor ir para uma mesa nos fundos, onde estava sentado como uma aranha chocando.

Quando Arkady se juntou a ele, Victor indicou a vasta distância até o bar e disse:

— Me sinto muito longe das tetas da minha mãe.

— Você parece bem servido.

O antebraço de Victor protegia uma garrafa.

— Você não tem nenhuma compaixão, investigador Renko. É uma pessoa sem compaixão. Se você está bebendo no bar, a garrafa está bem ali ao seu alcance. Sente-se em uma mesa aqui atrás e pode morrer de sede esperando ser servido. Abutres podem descarnar seus ossos, ninguém notará.

— É um quadro triste. É isso que você ficou fazendo o dia todo?

Victor perguntou a alguém invisível:

— Você já reparou como as pessoas sóbrias podem ser presunçosas?

Arkady olhou para o bar. Em geral, os detetives tendiam a ser homens mais velhos, razoavelmente silenciosos, muitas vezes acima do peso, cinzas de cigarro na frente dos suéteres e um revólver enfiado atrás. Em comparação, os Boinas Negras com seus uniformes azuis e pretos e revólveres nos coldres eram jovens e cheios de músculos. Havia também civis, mulheres e homens, que gostavam de confraternizar com a polícia, pagar-lhes uma bebida e escutar uma história.

— Que multidão esta noite.

— É sexta-feira.

— Certo. — É sempre bom saber o dia, Arkady pensou.

— Dia Internacional das Mulheres na verdade.

— Acho que não conheço nenhuma mulher.

147

— E Luba?

— Minha mulher? Você me pegou com uma tecnicalidade.

Arkady conferiu seu relógio. Devia se encontrar com Ginsberg em cinco minutos.

— Você não escalpelou ninguém hoje, espero.

— Não, obrigado. Revisei as fitas de Zelensky...

— A fita de Stálin ou a pornografia?

— ... e fiz circular uma foto das quatro prostitutas que viram Stálin na plataforma do metrô entre meus colegas do departamento de crimes contra a ordem pública. Ninguém as reconheceu. Prostitutas e cafetões são muito estritos em relação a seus territórios. Essas garotas devem ter caído de paraquedas ali.

— Bom. — Victor poderia ter lhe dito aquilo ao telefone, mas Arkady queria estimulá-lo.

— Eu também suspeitei que alguém tão virtuoso quanto você não teria examinado a pornografia tão detalhadamente quanto eu.

— Tenho certeza de que você não deixou escapar nada.

— Lembra-se de Skuratov?

— Sim. — Skuratov era o promotor geral que ameaçara investigar a corrupção no Kremlin. Ele foi solapado pela liberação de um vídeo dele, ou de alguém que se parecia com ele, se divertindo em uma sauna com duas garotas nuas.

— Skuratov negou que fosse o cara recebendo uma massagem total, mas um chefe dos espiões chamado Putin analisou a fita e declarou que Skuratov era o homem. Logo, tínhamos um novo procurador-geral e o espião virou presidente. Uma vez mais, a história gira ao redor do rabo de uma mulher. A moral é: examine todas as provas. Você nunca sabe quando ou como chegará sua chance.

Arkady verificou seu relógio.

— Tenho de ir.

— Espere. — Victor abriu a pasta de trabalho e tirou uma fotografia de um casal enlaçado na cama. — O homem é Boris Bogolovo, chamado de Bora, de Tver. Você teve um embate com ele do lado de fora da estação de Chistye Prudy.

— Ele escorregou no gelo. — Arkady reconheceu a garota Marfa, mas o que atraiu sua atenção foi a tatuagem com a cabeça de tigre no peito de Bora. — OMON.

— Correto. Mas aqui está o curioso. — Victor mostrou uma foto de um homem cujo cabelo comprido escondia seu rosto. Em seu ombro havia uma tatuagem do tigre da OMON enfrentando uma matilha de lobos. As palavras OMON e TVER estavam desenhadas no fundo complicado de uma ponte de pedra, salgueiros e um riacho de montanha. Ao lado da foto, Victor colocou a foto entregue por Zoya Filotova. — É Alexander Filotov, o marido dela. E a tatuagem, devo dizer, é uma obra de arte.

— Ou o centro do alvo.

Ao sair, Arkady teve de se espremer entre os Boinas Negras que bebiam no bar. Eram homens de bom tamanho, que bebiam juntos, batendo os copos no balcão, deixavam o barman despejar vodca até a borda e, ao dizer "Agora!", entornavam a bebida de um gole. Trabalho difícil; todos os homens estavam suando e com o rosto vermelho.

"Entrega de pizza!", o perdedor gritava; a brincadeira nunca deixava de ser engraçada.

10

A primeira reação de muitos russos quando a Chechênia se declarou uma nação independente foi rir. O mundo criminoso de Moscou era tão dominado pela máfia chechena que o anúncio foi visto como nada além de uma gangue se declarando um governo. O problema era que os chechenos acreditaram na declaração e, mais de dez anos depois, a guerra prosseguia.

Arkady nunca tentara extrair de Eva informações sobre seu passado na Chechênia, não de forma eficaz; quando a guerra surgia nas conversas, ela sempre ficava em silêncio. Tudo o que ela dizia era que ia de motocicleta de aldeia em aldeia para fazer suas rondas. Fazia isso soar como um passeio dominical. Outros chamavam a rota de Corredor dos Franco-Atiradores. Algumas questões pediam atenção. Se ela entrara no conflito do lado dos rebeldes, como acabou unindo-se às tropas russas? Quanto tempo tinha ficado com Isakov? Até que ponto Arkady se tornara uma figura ridícula? Atrasado para seu encontro, se ele corresse até a praça Maiakóvski seus pulmões explodiriam?

Não havia sinal de Ginsberg na estátua de Maiakóvski. O vigoroso poeta da Revolução avultava-se sobre ele, um braço de bronze levantado contra a neve. Arkady se perguntou se o jornalista estaria vindo de metrô ou de carro. O apinhamento do metrô talvez fosse insuportável para um corcunda e um táxi estaria preso no trânsito do qual Arkady escapara ao estacionar seu carro no meio da rua e pedir ao guarda de trânsito que o vigiasse. Ainda assim, ele estava meia hora atrasado e temia que Ginsberg fosse o primeiro russo pontual da história.

Arkady puxou o colarinho de sua japona. O calor dos postes de aquecimento dos cafés ao ar livre era convidativo. Ele e Ginsberg podiam se sentar debaixo de um deles e se aquecer como torradas. Na segunda volta pela praça, Arkady notou dois carros da milícia com os faróis apagados bloqueando uma esquina onde um limpa-neve estava operando. A máquina ia e vinha sem sair do lugar. Quando Arkady se aproximou, um policial saiu do carro mais próximo para interceptá-lo.

— Um acidente? — ele mostrou sua identificação.

— Sim — com uma insinuação de "se manda".

— Onde estão os carros?

— Não tem carros.

— Então por que vocês não liberam o tráfego?

— Não posso dar nenhuma informação.

Arkady não viu partes de metal nem vidros quebrados na rua.

— Um pedestre? — perguntou.

— Um bêbado. Estava deitado na rua quando os limpa-neves passaram. Com a neve caindo e neve saindo das lâminas, os motoristas não vêm muito. Passaram direto por cima deles. Ele foi esmagado.

O outro carro de patrulha acendeu o farol. Os feixes de luz iluminaram montes de neve rosada.

— Você sabe o nome dele?

— Não sei. Um judeu, eu acho.

— Isso é tudo?

— Um anão. Um judeu anão. Quem ia enxergar alguém assim em uma noite como esta?

— Ele estava carregando alguma coisa?

— Não sei. Os detetives disseram que foi um acidente. Os detetives...

— Isakov e Urman?

O oficial voltou até o carro para verificar. A máquina amontoava e raspava a neve, transformando-a em um mármore rosado. Ele gritou sobre o teto do carro:

— Sim. Detetives Isakov e Urman. Eles disseram que era uma pena, mas foi um acidente, nada que justifique estardalhaço.

— Bem, eles são homens ocupados.

Quando Arkady voltou à sede do Partido, a celebração se reduzira a Platonov, o propagandista Surkov e Tanya. Por que ela ficara não estava claro, embora fosse óbvio que Surkov estivesse desesperado para impressioná-la — mulheres bonitas que entravam na sede do Partido em geral estavam com o endereço errado —, e o grupo tinha se apertado no escritório para que ele pudesse exibir seus quatro telefones, seus três televisores e todos os controles remotos de que um profissional de mídia experiente precisaria. Um laptop aberto na escrivaninha emitia um brilho azul-celeste. As paredes estavam cobertas de fotos das glórias soviéticas do passado: a bandeira russa hasteada no telhado do Reichstag, um cosmonauta na estação espacial Mir, um montanhista exultante no Everest. Um estojo de vidro guardava um sabre dourado da Síria e uma placa de prata da Palestina, os últimos tributos feitos ao Partido.

Arkady queria dizer algo sobre Ginsberg, para registrar a morte do jornalista de alguma maneira. Era possível que Ginsberg estivesse bêbado e tivesse caído debaixo de um limpa-neve; o próprio Arkady tinha visto o homem tropeçando no meio-fio do lado de fora do tribunal. E era possível que Isakov e Urman tivessem apenas atendido o telefonema por acaso. Era possível que a lua fosse feita de queijo. A única coisa certa era que os dois detetives estavam sempre um passo à frente dele e o que quer que Ginsberg quisesse mostrar a Arkady estava perdido.

A atenção de todos os demais estava fixada em uma túnica branca que Surkov tirou de um caixote de madeira com o carimbo "Arquivos Confidenciais do Partido Comunista da União Soviética".

— O uniforme dele. — Surkov abriu a túnica e pendurou-a nas costas de uma cadeira na frente do laptop. O tecido estava amarelado ao longo das dobras e exalava um tênue odor de cânfora.

Platonov disse para Arkady:

— Contei a ele sobre a visão de Stálin no metrô. Isso que deu a partida nele.

— Vou embora.

— Só mais alguns minutos.

— Os objetos pessoais dele. — Surkov mostrou um kit de costura antigo, um instantâneo de uma garota sardenta em uma moldura oval, uma bolsa de veludo que guardava um cachimbo de raiz de roseira com o fornilho quebrado. Ele movimentou o cursor do laptop. — Seu filme favorito.

Na tela, um homem com uma tanga de couro se balançou em um cipó na selva. Tarzan aterrissou no alto do galho de uma árvore e deu seu grito selvagem ululante.

— Nós conhecemos o Stálin humano — disse Surkov.

A harpista deu de ombros; parecia mais interessada no filme.

— Não acho que os cipós crescem desse jeito, de cima para baixo. — Suas consoantes tinham um leve sibilar, um sinal de fala corrigida, o que apenas a tornava mais encantadora.

Surkov perguntou:

— Tanya, qual é o seu nome completo?

— Tanya.

— Tanya Tanya?

— Tanya, Tanechka, Tanyushka — disse Platonov.

— Vocês estão bêbados. Exceto você. — Ela apontou para Arkady. — Você tem que tirar o atraso.

— Esperem, isso torna tudo perfeito. — De um armário, Surkov pegou um busto de Stálin de gesso branco que acrescentou ao conjunto em sua escrivaninha. — Aqui está ele.

Arkady lembrou-se de seu pai dizendo: "Stálin adorava filmes." O General e Arkady estavam lustrando botas na escada nos fundos da *datcha*. Arkady tinha 8 anos, vestia um calção de banho e sandálias. Seu pai tinha tirado a camisa e deixara os suspensórios pendurados. "Stálin gostava de filmes de gângsteres e, mais do que tudo, de *Tarzan, o rei da selva*. Fui jantar no Kremlin uma vez com o homem mais poderoso da Rússia. Ele fez com que todos gritassem e batessem no peito como Tarzan.

"O senhor bateu no peito?", Arkady perguntara.

"Fui quem fez mais barulho." O General se levantou de súbito e uivou enquanto dava golpes no peito. Cabeças apareceram nas janelas, o que o deixou em um raro bom humor. "Talvez eu deixe alguma coisa para você em meu testamento, afinal. Não quer saber o que é?"

"Sim, claro."

"Nas reuniões do estado-maior, Stálin desenha lobos, muitas e muitas vezes. Eu peguei um da cesta de lixo e algum dia esse desenho pode ser seu. Você não parece entusiasmado."

"Estou. Parece legal."

Seu pai o olhou de cima a baixo. "Você está magro demais. Ponha um pouco de carne nesses ossos." Ele puxou a orelha de Arkady com tanta força que lhe arrancou lágrimas. "Seja homem."

— Spencer Tracy e Clark Gable — Surkov estava dizendo — eram os favoritos de Stálin. E Charlie Chaplin. Stálin tinha um maravilhoso senso de humor. Os críticos dizem que ele era um inimigo dos artistas criativos. Nada pode estar mais longe da verdade. Escritores, compositores e cineastas o enchiam de pedidos para que desse sua opinião. "Por favor, leia meu manuscrito, camarada Stálin", e "Observe o meu quadro, amado camarada." Suas análises sempre acertavam o alvo.

— Mas nada de beijos — disse Tanya.

Surkov disse:

— Filmes soviéticos como *Alegres camaradas* e *Volga! Volga! Volga!* não precisavam de sexo. — Ele tentou segurar a mão dela, mas não deu certo. Virou-se para Arkady: — Aquele foi o auge do seu pai, certo? O grande mestre Platonov nos contou tudo sobre você. Homens como você fingem ser neutros e indecisos, mas como o grande mestre pode testemunhar, você não tem medo de agir. Certos grupos atacam Stálin porque querem destruir a Rússia. Stálin é o símbolo que eles atacam porque construiu a União Soviética, derrotou a Alemanha fascista e transformou um país pobre em uma superpotência. Devo admitir que algumas pessoas inocentes sofreram, mas a Rússia salvou o mundo. Agora nós temos de salvar a Rússia.

Platonov disse:

— Você entende como é ultrajante os Patriotas Russos reivindicarem Stálin? Stálin é e sempre será nosso. Você não acha que se ele fosse ressuscitar no metrô de Moscou, ele nos avisaria?

As coisas estavam ficando um pouco demais para Arkady:

— Temos de ir.

Tanya disse:

— Tire seu casaco e fique mais um pouco. Não me abandone aqui com esses incorrigíveis.

— Depois de todo o trabalho que eu tive para fazer você passar pelos seguranças — disse Surkov. Ele contou a Arkady:

— Ela tentou entrar com um rolo de fios de aço debaixo do casaco.

— Eram cordas para a minha harpa.

Arkady disse:

— Tanya toca harpa no Metropol. Eu vi. Só que eu nunca sei quando é a próxima vez que ela vai se apresentar.

— De aço? — Platonov perguntou a ela.

— Dura mais do que tripa de ovelha e é mais barato do que prata ou ouro.

Surkov disse:

— Antes que você vá, eu queria lhe dizer que era um grande admirador das campanhas do general Renko e nunca aderi aos rumores. Guerras são terríveis, mas nenhum general soviético colecionava orelhas de inimigos.

Arkady disse:

— Elas eram secadas e amarradas como damascos. Ele fazia os pilotos jogarem as orelhas sobre as linhas inimigas. Se você é um garoto de Berlim e é sua primeira noite nas trincheiras e orelhas começam a cair do céu, talvez você não esteja lá na manhã seguinte.

— Você viu?

— Ele trouxe de lembrança para casa.

— Bom, o importante é que ele voltou para casa e Deus sabe o que viu no front. Sendo quem você é, tenho uma coisa aqui que você talvez aprecie. Algo muito especial.

Em sua escrivaninha, o chefe de propaganda colocou um gramofone esmaltado de preto, o prato giratório de feltro, um braço e um alto-falante decorados com arabescos prateados. De um álbum de discos sem título, notas ou crédito, ele tirou um disco rígido e pesado de 78 rotações. Segurou o disco pelas bordas com as pontas dos dedos e o colocou no eixo.

— O rótulo está em branco.

— Uma prensagem única, que não foi lançada para o público geral. — Surkov colocou a agulha na ranhura.

— Será que conheço quem vai tocar? — perguntou Tanya.

— É de antes de sua época — disse Platonov.

A acústica do escritório parecia se expandir e interceptar tosses nervosas, um arrastar de pés e medo de palco em outra sala. Finalmente, a nota de um piano.

— Beria no piano — disse Surkov.

Beria, que havia assinado sentenças de morte para talvez milhões de seus compatriotas como chefe da segurança do Estado, hesitava um pouco no começo, mas ganhava confiança enquanto tocava.

— Mais rápido! — alguém ordenou, e Beria imediatamente alcançou o tempo da música.

Tanya estava surpresa:

— Conheço isso. É "Tea for Two". Eu toco isso.

— Beria também era um dançarino e tanto — disse Surkov.

Tanya sussurrou para Arkady:

— Eu também me lembro de você. Você estava sentado com americanos no café da manhã do Metropol.

— Pensei que você estivesse de olhos fechados.

— As pessoas ficam nervosas se você as observa enquanto estão comendo. Por que você estava com americanos?

— Temos um amigo em comum. — Usou o termo para se referir vagamente a Petya.

— Dança? — Surkov estendeu a mão para ela.

Ela deu de ombros e deixou que ele a arrastasse para um tipo de polca oscilante ao redor da escrivaninha. Platonov observava melancólico, sentindo falta de uma companheira de sua idade.

— Você a conhece bem? — perguntou Arkady.

— Nem um pouco, mas uma mulher bonita sempre enfeita um lugar.

— Alguma outra ameaça?

— Não desde que me coloquei em suas mãos. Está fazendo um excelente trabalho.

A agulha rangeu. Um hino começou e Tanya se libertou de Surkov com um suspiro audível.

Hinos ortodoxos eram uma mistura lenta de vozes, repetitivos e hipnóticos. Arkady se perguntou quem estaria em tal coro de carniceiros. Brezhnev? Molotov? Khrushchev? Um barítono forte levou-os até o final dos estalidos dos arranhões.

— Esse é o marechal Budyoni, o Cossaco — disse Surkov.

Pelo que Arkady se lembrava, seu pai considerava Budyoni o homem mais estúpido do Exército Vermelho, um velho soldado da cavalaria que nunca fez a transição dos cavalos para os tanques e valia pelo menos um batalhão para os alemães.

Tanya disse:

— Comunistas cantando hinos?

Platonov comentou:

— Em tempos de guerra as pessoas rezam, quer sejam ateias quer não.

Nenhuma das canções tinha introdução, mas, como se obedecesse a um comando, o hino cedeu lugar a uma única voz que cantou, "Procurei pelo túmulo da minha amada enquanto o sofrimento dilacerava meu coração. O coração dói quando se perde o amor. Onde você está, Suliko?"

Surkov murmurou:

— É ele.

A voz de Stálin no dia a dia era tão seca e irônica quanto a de um carrasco. A canção revelava um tenor agradável e um tato sentimental para a melodia. Era apenas um solo, Stálin e o piano, com Beria, presumivelmente, de volta ao teclado. O Grande Líder tinha um sotaque da Geórgia, mas a canção era originalmente de lá, e a história era clássica. Um amante desesperançado descobre que a mulher que procura foi transformada pela morte. Quando ele chama por ela: "Você está aí, minha Suliko?", um rouxinol responde: "Sim."

Surkov disse:

— Ele poderia estar aqui conosco, sua voz parece muito perto.

— Então definitivamente é hora de ir embora — disse Arkady.

Tanya pediu carona.

— As pessoas com que eu vim já foram embora e meu casaco está lá embaixo.

— Fique comigo, Tanyushka — Surkov falou.

Ela segurou o braço de Arkady:

— Salve-me desse bolchevique maníaco. É o Dia Internacional da Mulher. Me proteja.

— Vamos? — Arkady chamou Platonov.

— Já vou.

O depósito estava contornado de branco pela luz de um poste. Dentro do depósito, na escuridão, havia cabides de casaco, uma máquina copiadora, um scanner e um picotador de papel. Platonov ainda não descera; em vez disso, "Suliko" estava tocando outra vez e o tenor sentimental cantava. "Vi o orvalho de uma rosa cair como lágrimas. Você também está chorando, minha Suliko?"

— Dance comigo — Tanya disse.

— Você já não dançou?

— Surkov não conta. — Ela tirou o casaco verde dos ombros de Arkady e pegou suas mãos. — Você sabe dançar.

Arkady dava conta de uma valsa. Era um interlúdio apropriado em uma noite como aquela: Stálin cantando, as janelas vibravam, Tanya descansando a cabeça no peito de Arkady. Que par ridículo eles formavam, pensou; ela era a bela do baile e ele tinha a aparência de quem devia estar limpando a neve. Havia calos na pontas dos dedos dela, mas eram de tocar harpa.

— Sinto muito estar com o mesmo vestido com o qual você me viu esta manhã. Toquei o dia todo em recepções. Devo estar parecendo um repolho amassado.

— Um pouco.

— Você deveria dizer que eu pareço uma rosa branca. Você não é de falar muito, é?

Ele pensou em puxar assunto.

— Você quer mesmo se casar com um americano?

Ela levantou a cabeça por um momento.

— Como você sabe?

— Agência Cupido. Eles a descreveram como uma dançarina. De que tipo de dança?

Depois de um momento:

— Moderna. O que mais eles disseram sobre mim?

— Que você não era o meu tipo.

— Sabe, o problema deles é que não gostam de espontaneidade. Eu acredito que se uma oportunidade aparece, você deve aproveitá-la. O que você acha de aventuras?

— São quase sempre desconfortáveis. Diga-me, que tipo de amigo a traria aqui e depois iria embora sem você?

— Bom, agora posso contar a eles que ouvi Stálin. — O nome provocou um *s* sibilante.

— É inacreditável. Conheço algumas pessoas que acabaram de ver Stálin.

— Elas estão malucas?

— Não sei. — Eles esbarraram nas mangas dos casacos pendurados. — Você merece um parceiro melhor.

— Você é exatamente quem eu queria. Tem sorte com as mulheres?

— Ultimamente, não.

— Talvez sua temporada de azar tenha acabado.

Quando a música terminou, Tanya se afastou relutantemente. "Suliko" foi substituída por um discurso, uma das arengas de Stálin, que podiam ser intermináveis porque o Grande Instrutor era interrompido o tempo todo por aplausos descritos nos jornais como "constantes e ensurdecedores". De qualquer maneira, nada para se dançar, Arkady pensou, e embora percebesse que Tanya estava desapontada, vestiu o casaco.

"Temos de esmagar e derrubar a teoria que proclama que os destruidores trotskistas não dispõem de grandes recursos." Lá estava o outro Stálin, a voz como um martelo e as palavras como pregos de um carpinteiro. "Isso não é verdade, camaradas. Quanto mais avançamos, quanto mais sucessos temos, mais odiosos se tornam os remanescentes das classes exploradoras. É preciso esmagá-los e destruí-los!"

Aplausos irromperam quando Surkov aumentou o volume e deixou a maré alta da adulação extravasar do gramofone. Arkady não disse nada porque Tanya tinha colocado um garrote em torno de seu pescoço e apertado. Tocar harpa garantia a força dos braços. O garrote era uma corda de aço da harpa, cujas pontas estavam presas a um cabo de madeira. Tanya estava atrás de Arkady, mas ele não iria a lugar nenhum e tudo que ela precisava fazer era se inclinar para trás que o faria parar. A corda se enterrava em seu pescoço e cruzava atrás pelas mãos fortes dela. Se ele não tivesse levantado a gola do casaco, a corda seria uma faca circular.

Mesmo assim, o cordão estava apertado demais para Arkady puxá-lo ou afrouxá-lo. Quando ele tentava estender as mãos por trás ou se virar, ela aplicava mais pressão. Ele não conseguia respirar nem gritar porque sua traqueia estava fechada.

Aplausos avultaram e gritos de "Acabe com eles!" e "Jogue-os aos cães!".

Arkady sentiu seu rosto inflar. Ela o mantinha se mexendo para trás e desequilibrado, deixando-o dar golpes e derrubar os panfletos que estavam em uma copiadora. "Marx: Perguntas frequentes". Arkady tinha uma ou duas perguntas. Ela errou um chute na parte de trás do joelho dele. Se ele caísse, ela poderia arrastá-lo pelo pescoço e ele morreria ainda mais depressa.

Aplausos firmes e gritos de "As balas são boas demais!".

O estrangulamento vinha em etapas. Primeira, descrença e uma selvagem tentativa de resistência. Segunda, começo do reconhecimento dos recursos minguando. Terceira, espasmos, dormência, aceitação. Ele estava fundo na etapa dois. Chutou a copiadora e se atirou para trás. No afrouxamento momentâneo, ele bateu a cabeça contra a dela e escutou o estalido de um osso.

Aplausos crescentes e gritos de "Acabe com eles e acabe com eles e acabe com eles de novo!".

Eles começaram a patinar no sangue. Ele conseguiu agarrar uma das mãos dela e afrouxar a corda o suficiente para ter uma respiração mínima, jogou-se para trás, encaixou-a contra as prateleiras e uma cascata de lâmpadas, quadros de avisos, marcadores e tesouras. Ela largou a corda e agarrou uma tesoura que caía.

Aplausos estrondosos e exigências de "Pise neles como vermes!".

Ela o golpeou no pescoço, mas o colarinho levantado amorteceu a penetração. Quando ela girou para atingir seus olhos, ele bloqueou o braço dela e a empurrou sobre a mesa de trabalho. Ela tentou sair de cima da máquina de cortar fotos com a tesoura em punho, mas ele segurou-a pelo pulso e, com uma das mãos, manteve a mão dela presa sobre a máquina de cortar enquanto levantava a lâmina.

Aplausos histéricos, todos de pé, gritando até enrouquecer, agitando os punhos e outra vez aplaudindo com mãos inflamadas.

Ele poderia cortar o pulso dela. A palma. O meio dos dedos. Talvez, para uma harpista, as pontas dos dedos fossem suficientes.

Arkady se viu como em uma foto, observando o sangue escorrer do nariz quebrado de Tanya, sua mão esticada e a maneira como ela fixava os olhos na lâmina de cortar.

— Comporte-se — ele disse em não mais do que um grasnido.

Ela largou a tesoura e caiu no chão, tremeu como se tivesse calafrios e deixou que ele amarrasse suas mãos atrás das costas com um fio de extensão.

— Meu Deus! — Surkov estava parado na porta. Ele acendeu as luzes e um quadro de sangue vermelho tomou forma. — Meu Deus! Meu Deus!

Platonov vinha logo atrás de Surkov, a cada degrau mais lento do que no anterior.

— O que aconteceu aqui? Vocês abateram um porco?

Prateleiras, papéis, a copiadora de cabeça para baixo, tudo estava no chão em uma poça de sangue e vidro quebrado. Tanya estava sentada, encostada em uma impressora, as pernas abertas saindo por sob o vestido manchado de vermelho. Ela mantinha a cabeça para trás para estancar o sangue.

— Meus panfletos! — Surkov tentava separar um "Marx: Perguntas frequentes" ensopado de sangue do outro. — Você está louco, Renko? O que fez com Tanya?

A garganta de Arkady doía demais para desperdiçar palavras com Surkov. Esperando encontrar um caderninho de endereços, ele espalhou o conteúdo da bolsa de Tanya na mesa de trabalho: cigarros, isqueiro, chaves de casa, bolsa de moedas, cartão do metrô, carteiras da academia e de locadoras de filmes estrangeiros e de um cyber café, um passe para o Conservatório, um calendário de santos da igreja do Redentor e documentos em nome de Tatyana Stepanovna Schedrina, uma inocente que não faria mal a uma mosca. Ele estava olhando para a única foto que ela tinha consigo quando luzes de faróis varreram o pátio. Arkady correu para fora, mas só conseguiu ver de relance um carro esporte azul ou preto. É claro que haveria transporte para ela sair dali; ele teria pensado nisso se não tivesse focado toda a sua atenção na fotografia. Era a mesma foto de Tanya que ele vira ampliada no álbum da Cupido. A mesma princesa de neve no mesmo declive em forma de diamante negro. No entanto, o retrato da agência era apenas metade da fotografia. A foto de Tanya incluía seu parceiro de esqui, um homem de peito como um barril com trajes de um vermelho temerário e, embora Arkady experimentasse a surpresa que as pessoas têm quando veem um rosto familiar em um ambiente estranho, não teve dificuldade em reconhecer o detetive Marat Urman.

Ele olhou para os flocos atravessando a luz de um poste. Abriu o casaco para deixar o frio entrar. Mais tarde, cada movimento do pescoço seria uma agonia.

Mas naquele exato momento o entorpecimento era bom.

11

À s 5 da manhã, uma mesa e cadeiras foram levados para um quarto no subsolo em Petrovka. O quarto era marrom, sem janelas, apenas uma privada, um tanque de lavar roupas e um enorme ralo no chão. Arkady sentou-se de frente para o promotor Zurin e um major da milícia. O boné do major era do tamanho de uma sela, cinza com a borda vermelha. Ele o tirou para tomar notas porque tomar notas era coisa séria; mais carreiras foram construídas indo a reuniões e tomando notas do que com triunfos no campo de batalha. Todos eles se levantaram quando um representante do ministro chegou com um par de guardas do Kremlin e tomou a última cadeira. Ele não se apresentou, nem precisava. Pegou o bloco e o papel do major e quando Zurin começou a gravar a sessão, o homem balançou a cabeça e, puf, o gravador desapareceu.

— Isso não aconteceu — ele disse.

— O que não aconteceu? — o major perguntou.

— Nada disso. Os comunistas não querem que seu quartel-general fique conhecido por uma confusão de bêbados.

Não haverá relatório da milícia. Os depoimentos sobre o que aconteceu ontem à noite são tão contraditórios que seria necessário um julgamento para resolvê-los, e a última coisa que permitiremos é um julgamento. Não haverá relatório médico. A moça e Renko receberão os cuidados necessários, mas a causa oficial dos ferimentos é escolha deles. Ela bateu em uma porta e você, Renko, suponho, se feriu acidentalmente ao se barbear. Não constará de sua ficha, mas em algumas semanas você será secretamente rebaixado e uma ocupação adequada será encontrada para você. Cuidar de um farol, algo assim. Enquanto isso, não haverá menção a Stálin. Nenhuma menção a visões de Stálin ou Stálin cantando ou qualquer outra coisa que tenha que ver com Stálin. Isso passou a ser considerado uma questão de segurança de Estado. Se e quando Stálin for reintroduzido ao público, nós o faremos em nossos próprios termos, não como parte de uma briga ou de uma tentativa de estupro. — Ele se levantou para sair. — Este encontro não aconteceu.

Arkady disse:

— Eu não vou. — Ele teve de empurrar cada palavra por sua garganta.

— Você não vai?

— Eu não vou sair de Moscou.

— Nós o despacharemos em um trem de carga para porcos.

— Eu não posso ir.

— Você deveria ter pensado nisso antes de atacar a moça.

— Eu não a ataquei.

Zurin e o major se mexeram em suas cadeiras, colocando alguma distância entre eles e Arkady. No Vaticano, os padres desafiam uma mensagem do papa? O representante do ministro atirou um dossiê sobre a mesa.

— Você matou um procurador.

— Muito tempo atrás. Legítima defesa.

— Então em quem devo acreditar, em um homem com um histórico de violência ou em uma moça? Está se safando muito suavemente. Você quebrou o nariz dela.

— Em legítima defesa.

— Então você de fato a atacou? Foi o que a testemunha Surkov disse.

— Ele não viu.

— Não viu o quê? Que ela o seduziu e depois parou? Naturalmente, você ficou com raiva. As coisas ficaram um pouco violentas, um pouco fora do controle. Você ameaçou cortar as mãos dela fora? As mãos de uma harpista?

Arkady queria dizer que jamais faria isso, mas sua garganta se fechou.

— E você diz que não a atacou. A moça tem um nariz quebrado e você mal tem um arranhão. Vamos ver esse seu famoso pescoço.

Arkady ficou parado enquanto os guarda-costas o seguravam e o representante do ministro desabotoava o último botão do casaco de Arkady, abria bem o colarinho e inspirava amuado. Até os guardas estremeceram, porque, apesar do fato de o colarinho de Arkady ter ficado levantado durante o ataque, em seu pescoço havia o hematoma azul-escuro e a queimadura vermelha da corda de um homem enforcado.

— Oh. — O representante do ministro encobriu sua confusão com um último ultraje: — De qualquer maneira, você deveria se envergonhar de arrastar o nome de seu pai na lama. Renko era um sobrenome respeitado.

A neve tinha parado de cair e deixara uma ressonância de sino no ar. Os sinais de trânsito piscavam, acesos, e o barulho das máquinas de limpar neve diminuíra, mas a meio caminho de casa a dor de dirigir — virar a cabeça para olhar à direita e à esquerda — era mais forte do que Arkady podia suportar, então ele deixou o carro perto do rio e andou o resto do caminho, cabeça baixa, seguindo seus passos, deixando os poucos flocos de neve levantados pela brisa se acomodarem em seu cabelo, derreterem e gelarem sua nuca.

Pelo menos a procura por Stálin havia terminado. O que significava, presumivelmente, que Arkady não teria mais de ouvir as ameaças imaginárias que o grande mestre Platonov maquinava para protelar a ação dos empreiteiros imobiliários. Um prédio de apartamentos em estilo americano com um SPA e um sushi bar logo se ergueria das cinzas do clube de xadrez. Para crédito de Platonov, o velho bolchevique defendera Arkady resolutamente em sua declaração à polícia. Fosse como fosse, Arkady estava livre para descansar até sua tarefa seguinte, que dava a impressão de que seria a leste dos Urais e ao norte do Círculo Ártico.

Arkady se dirigiu para o pátio atrás de seu prédio. A área do estacionamento consistia em três fileiras de cobertura de metal apertadas lado a lado, tão estreitas que o motorista tinha de se contorcer para sair. Garrafas de plástico cortadas protegiam os cadeados da neve, e cinzas haviam sido jogadas no chão para os passantes, mas a lâmpada que em geral iluminava o pátio estava apagada. Arkady hesitou ao lado do parque com barras para brincar cobertas de gelo. Ele ficou imóvel; a rigidez da nuca ajudava-o e as queimaduras em seu pescoço o mantinham quente. Nenhuma luz cegante de farol dianteiro apareceu. Apenas um ponto como o olho de uma mariposa se movimentava em um carro: um cigarro levado aos lábios, tragado e solto. O motorista havia parado no fim da fileira, do lado oposto à vaga coberta de Arkady. Se Arkady tivesse entrado dirigindo como de costume não o teria percebido.

Arkady deu a volta, saindo do pátio, e foi para a frente do prédio, parando. Não se sentia à altura de um confronto físico ou mesmo uma conversa. Tudo que viu sob os postes da rua foi uma equipe madrugadora de trabalhadores mal-humorados reunidos ao redor de um cilindro pesado que afundava no mesmo buraco no qual estiveram trabalhando durante uma semana.

Arkady tomou o elevador dois andares acima do seu próprio e esperou para ver se ouvia algum movimento embaixo antes de descer as escadas. Finalmente, seu pescoço começou a doer tanto que ele não daria a mínima se houvesse víboras esperando do outro lado de sua porta e entrou.

Deixou as luzes apagadas. A primeira coisa que fez foi ir até a cozinha e fazer uma bolsa com cubos de gelo e um pano de prato e mastigar um punhado de analgésicos para a garganta. Ainda no escuro, verificou o armário tateando para saber se a mala e as fitas de Eva ainda estavam lá. Não estavam e ele se perguntou se ela teria ficado sabendo sobre ele e Tanya. Notícias ruins como aquela viajavam rápido.

Sua última esperança era a pequenina luz piscando na secretária eletrônica. Havia uma mensagem. Três mensagens.

"Aqui é Ginsberg. Estou na praça Maiakóvski, no café da calçada, um pouco cedo porque terminei a reportagem sobre o julgamento da pizza mais rápido do que pensei. E agora preciso de um drinque. Na verdade, o que realmente preciso é mijar. Eu poderia mijar entre os carros e ninguém notaria. (Uma tosse nervosa.) Desculpe-me por ligar para o telefone de sua casa, mas o cartão que você me deu se perdeu por aí e não tenho o número do seu celular. Olha, Renko, eu não acho que seja lá uma boa ideia, nós dois nos encontrando. Tudo isso é sobre uma mulher, não é? É o que as pessoas dizem. Não parece que tenha muito a ver com a Chechênia. Parece pessoal. Portanto, vou ficar na minha."

A segunda chamada, recebida cinco minutos mais tarde, caíra, mas era do mesmo número.

A terceira era do mesmo número, dez minutos mais tarde, mas não caiu.

Ginsberg disse: "Sou eu outra vez. Você sabia que, quando Maiakóvski deu um tiro em si mesmo, ele deixou um bilhete, uma admoestação sobre o suicídio. Ele escreveu: 'Eu não o recomendo aos outros.' Portanto, Renko, você deveria ficar feliz. Eu peço perdão pelo meu ataque de covardia e, embora não o recomende a ninguém, vou ajudá-lo. Não cara a cara. Só pelo telefone." Ginsberg ficou em silêncio por um momento e Arkady teve medo de que a secretária desligasse, mas a fita continuou girando. "Eu não tenho de achar nenhum caderno de anotações antigo. Claro, eu sei quem estava com Isakov e Urman no dia da suposta batalha da ponte Sunzha. Eu os vi, todos, do helicóptero e verifiquei a lista de novo quando retornamos à base. Vou levar esses nomes para o túmulo." Arkady ouviu Ginsberg acender outro cigarro.

"A Lista dos heróis: capitão Nikolai Isakov, tenente Marat Urman, sargento Igor Borodin, cabo Ilya Kuznetsov, tenente Alexander Filotov, cabo Boris Bogolovo. Todos oficiais da OMON de Tver e todos em sua segunda ou terceira viagem à Chechênia. Seis Boinas Negras rechaçaram um ataque de quarenta ou cinquenta terroristas pesadamente armados ou assassinaram uma dúzia de rebeldes no acampamento. Como eu disse antes, você escolhe. As duas alternativas são possíveis. Eu vi Isakov em ação. Sob balas voando, ele é o homem mais calmo que já vi, e seus homens o seguiriam a qualquer lugar. Especialmente Urman. Eles formam uma equipe incomum. A filosofia de Isakov é: 'Imobilize seu inimigo e ele é seu.' A de Marat é: 'Corte fora suas bolas, frite suas bolas, faça-o assistir.' Nós éramos amigos na época. Agora, tenha medo de andar nas sombras." Era uma mensagem longa, como se o jornalista estivesse contando uma história enquanto podia. "Isakov disse que eu era o seu espelho. Disse que eu fui feito do jeito que sou para não ser desperdiçado no Exército, e poder observar e relatar a verdade. Quando ele acenou para o helicóptero não descer, abaixei minha câmera porque pensei: 'Ele não quer mais um espelho. Ele não quer ver a si mesmo.' Ainda não entendo. Considerando a pior possibilidade, de que sob as ordens de Isakov seus homens assassinaram rebeldes que ele havia permitido que ficassem no acampamento, eu me pergunto por que os chechenos estavam lá, para começo de conversa. Seja como for, o Destino tem sua maneira de acertar as contas, certo? *Insh'Allah* ...", Ginsberg estava dizendo quando acabou a fita.

Kuznetsov e sua mulher estavam mortos e Ginsberg não tinha temido as sombras o suficiente. Arkady tocou cautelosamente o pescoço. As pessoas não tinham de ir para a Chechênia para serem assassinadas; isso podia acontecer bem ali em Moscou.

O celular de Arkady tocou. Ele atendeu e Victor disse:

— Você está em uma cela com ébrios e viciados vomitando em seus sapatos?

— Não.

— Bem, eu estou. Eles me pegaram do lado de fora do Gondolier. Polícia prendendo polícia, o que está acontecendo com o mundo? Sou eu quem sofre com as ressacas, isso não é o suficiente? As crianças me perguntam: "Por que você bebe?"

— Posso imaginar.

— Você está com uma voz horrível.

— É.

— Seja como for, eu digo às crianças que bebo porque quando estou sóbrio vejo que a vida não é um mar de rosas, não, a vida é uma bosta. Bem, uma trilha com solavancos.

"Crateras." Arkady se aproximou da janela. As mulheres que trabalhavam na rua tinham se atrelado ao cilindro e lentamente o estavam puxando para fora da cratera enquanto o contramestre as exortava. Ele dava a impressão de que não recusaria um chicote emprestado.

— Então eu estava no Gondolier quando quem aparece senão os detetives Isakov e Urman, que, com alguns políticos, distribuíam camisetas nas quais estava escrito "Eu sou um Patriota Russo". Eu peguei uma.

— Eva? — Apesar do gelo em sua nuca, a voz de Arkady era um grunhido.

— Ela não estava lá. Mas dá para imaginar políticos em nosso bar? Você sabe o que isso significa? A foto de Isakov estará em toda parte, e nosso pequeno plano com Zoya Filotova está acabado, depois de tudo o que fizemos.

— Não fizemos muita coisa.

— Alguns fizeram mais do que outros.

Arkady deixou aquela declaração enigmática morrer; ele ainda aguentaria mais umas quatro palavras, talvez.

— Você acha que Eva vai voltar para casa? — Victor perguntou.

— Acho.

— E Zhenya?

— Também.

— A esperança é a última que morre?

— É patético.

Quando Arkady desligou o telefone, um cubo de gelo escapou do pano de prato e bateu na vidraça. O contramestre na rua olhou para cima. Uma das mulheres tropeçou. Moedas e chaves caíram de seu casaco e o cilindro começou a rolar de volta para o buraco, arrastando as mulheres atrás, mas o contramestre só ficou parado olhando a janela.

A intenção de Arkady era cair no colchão e desmaiar, mas lhe ocorreu que Eva não tinha deixado sua chave do apartamento. Eva tendia a encarar a vida como se fosse tudo ou nada. Ela podia ter levado a mala, mas se tivesse realmente ido embora de verdade, teria trancado a porta pelo lado de fora e deslizado a chave por baixo da porta. Ele se viu de joelhos procurando no parquete com uma lanterninha. O que poderia ter acontecido, ele disse a si mesmo, era que Isakov tivesse vindo pegar a mala e ficado com a chave para poder entrar no apartamento novamente quando quisesse, uma possibilidade que Arkady estava disposto a considerar uma boa notícia.

O pequeno feixe de luz varreu o piso como a esperança no fundo de um poço.

12

Entre os lotes de carros e oficinas de lanternagem que se estendiam pela Prospect Leningrado, o cassino Khan Dourado era uma fantasia de domos e minaretes orientais. Do lado de fora, o inverno russo armava o bote. Dentro, havia uma quietude de luxo, de colunas entalhadas na malaquita à volta de um lago para carpas douradas e murais de uma Xanadu de sonho. Uma estátua dourada de um arqueiro mongol presidia um saguão de jogos com mesas de vinte e um, pôquer e roleta americana. Apenas associados e seus convidados passavam pela segurança na porta e se associar custava 50 mil dólares. Assim o clube não tinha de verificar o crédito de ninguém.

Porque o Khan Dourado era mais do que um cassino. Era um clube social para milionários. Mais negócios eram feitos informalmente nos salões íntimos e bares do Khan Dourado do que em qualquer escritório, e nada impressionava mais um cliente do que um jantar no Khan; o restaurante do cassino oferecia steak tartare, naturalmente, e a carta de vinhos mais cara de Moscou, lembrando-se do chefe da máfia que devolvera uma garrafa porque não era cara o suficiente. Uma sala com desumidificadores armazenava charutos em gavetas de mogno com o nome do milionário gravado em bronze. Uma sauna russa e um spa siamês revigoravam o milionário exausto e o devolviam às mesas. Acompanhantes russas e chinesas estavam disponíveis para fazer companhia, confortar ou dar boa sorte ao milionário. Garçonetes deslizavam com pantalonas de harém levando drinques. Na tradição Xanadu, o clube originalmente havia se gabado de uma criação de falcões, pavões e um raro diabo-da-tasmânia. O diabo se parecia com um rato grande que tinha um guincho hediondo e contínuo e competia com os pavões até cair morto de exaustão, enquanto os pavões seguiam os papagaios, que diziam em várias vozes: "Me acerta!"

Às vezes, como um gesto cívico, o Khan Dourado televisionava um concurso de beleza para as vítimas de um ataque terrorista, um show de lingerie para soldados feridos em batalha ou um torneio de xadrez em benefício das crianças de rua. Reconhecidamente, o xadrez era proscrito. Ninguém mais tinha tempo para jogar, embora todo russo soubesse como jogar, concordasse que o jogo era uma medida do intelecto e o considerasse um talento especial russo. Portanto, no que a gerência esperava que fosse uma lenta manhã de inverno — os milionários enfiados em seus lençóis suecos ou utilitários —, era permitida a entrada do público em geral em uma área do saguão onde as mesas de mogno para jogos, com feltro azul e poltronas com braços acolchoados, eram temporariamente substituídas por mesas de dobrar, tabuleiros de xadrez e relógios de jogo. Os papagaios em seus poleiros eram empurrados para o lado. Seguranças, em ternos pretos montavam uma barreira com suportes de bronze e cordas douradas enquanto os jogadores e torcedores entravam: veteranos cheios de astúcia, um time de estudantes universitários serenamente confiantes, garotas adolescentes de olhos evasivos e um menino prodígio arrastando seu banco alto. Cada um deles era uma lenda local, o vencedor de batalhas travadas em dormitórios e parques da cidade. Eles tinham até as 22 horas para se inscrever sob uma faixa que anunciava "Xadrez Blitz para a Juventude de Moscou!". O evento teria sido um desafio perfeito para Zhenya, mas Platonov verificara a lista dos participantes e não encontrara nenhum sinal de que o garoto tivesse mordido a isca. Ainda assim, talvez ele tivesse sido atraído como espectador.

Arkady e Platonov ficaram fora da vista com o produtor do evento, em um furgão estacionado do lado de fora, e observavam os monitores enquanto a apresentadora ensaiava sua marcação. Ela era mignon como uma ginasta e tão animada que parecia uma faísca esperando ser acesa.

O produtor tinha o pequeno rabo de cavalo de um artista de meio período. Ele disse:

— Um mês atrás ela estava concorrendo a Miss Moscou; agora é uma apresentadora. Estamos treinando em gravações de eventos um tanto irrelevantes. Xadrez? Me poupe. — Madonna começou a cantar em seu bolso e ele pegou o celular. — Com licença.

O interior do furgão era frio e apertado, pouco iluminado pelo brilho das telas e cheio dos chiados agudos de áudio, vídeo e equipamentos de transmissão. Platonov havia encontrado uma gravata-borboleta para a ocasião. Arkady usava, debaixo de seu casaco e de sua camisa de gola alta, gaze embebida em unguento; estava aprendendo quantas vezes por dia um homem tinha de virar a cabeça. Caminhar até o carro tinha sido difícil. Dirigir, uma tortura. Falar era quase impossível. Arkady tinha dito olá quando subiu no furgão; depois disso, ficou mudo.

Depois de uma animada conversa ao telefone o produtor começou a mexer como um doido nos botões do equipamento e disse:

— Houve uma mudança. A partida de futebol foi cancelada devido ao tempo e temos de entrar. Entramos no ar em dois minutos. Você deve ter notado que não tem espaço aqui para ninguém de papo para o ar. Portanto, não toque em nada, e fique em silêncio exceto para passar alguma informação sobre xadrez, se eu precisar. Se eu precisar, levantarei minha mão direita. Caso contrário, faça como seu amigo aqui, esse que não tem nada a dizer. — Puxou um fone de ouvido e chegou para trás a fim de ver melhor a apresentadora. — Lydia, Yura, Grisha, tenho novidades para vocês. Teremos de começar mais cedo. Vamos entrar ao vivo.

Na tela, Arkady viu a luz interior da apresentadora aumentar quando ela ouviu a notícia. Os dois cinegrafistas que a acompanhavam terminaram de montar uma câmera elevada sobre a mesa número 1 antes de pegarem suas câmaras portáteis. No furgão, o produtor começou três conversas ao mesmo tempo, coreografando as câmeras e orientando a apresentadora. Em cinco, quatro, três, dois, um, Lydia apareceu perto de uma mesa de roleta para dar as boas-vindas aos telespectadores a "um evento beneficente especial ao vivo do exclusivo cassino Khan Dourado, a meca mundialmente famosa dos jogos de apostas altas".

Na proteção de plástico na janela de trás do furgão havia uma fresta. Através dela, Arkady espreitou um estacionamento que era um labirinto de sulcos na neve velha. Era estranha a geometria da realidade, ele pensou. Como mudava dependendo de onde se estivesse.

Platonov murmurou no ouvido de Arkady:

— O xadrez não é um jogo de azar. Cretinos! Além disso, esse torneio nem sequer é de xadrez. Nós costumávamos jogar em salões de xadrez verdadeiros, com regras verdadeiras. É xadrez blitz. Não é sequer xadrez blitz, é televisão.

Na tela, a apresentadora se perguntou: "Aqueles que não acompanham o xadrez devem estar se perguntando: O que é exatamente blitz?"

— Em um jogo... — o produtor disse.

Ela disse: "Em um jogo de xadrez normal, um jogador tem duas horas para fazer quarenta movimentos. Em uma blitz, ele tem cinco minutos. Neste torneio, para motivação, em caso de empate o vencedor será decidido na moeda. O ritmo, como vocês podem imaginar, é rápido e emocionante."

— Como um furto — disse Platonov.

O produtor disse:

— Arrasador...

Ela disse: "A competição terá um sistema arrasador. Quem joga com as brancas também será determinado na moeda, na verdade uma ficha de cassino. Branco ou preto, quem perder está fora. Temos 16 competidores, jogadores de todas as idades que venceram as partidas preliminares."

Platonov olhava para o monitor.

— Eu reconheço alguns. Punheteiros, diletantes, anarquistas.

O produtor fez uma careta desaprovadora para Platonov.

A apresentadora disse: "O campeão do torneio ganhará mil dólares e o cassino Khan Dourado doará mil dólares aos abrigos de crianças da cidade."

Mil? Essa quantia era varrida em fichas perdidas toda noite, Arkady pensou.

"E há um bônus especial. O campeão do torneio jogará uma partida com o lendário grande mestre", ela parou para ouvir a informação do produtor, "Ilya Platonov. Estão prontos?"

Platonov notou uma pergunta diferente nos olhos de Arkady e disse:

— Eles estão me pagando 500. Um honorário. Disseram que posso falar sobre o clube de xadrez.

Arkady duvidou. Eles exibiam Platonov quando queriam, como um urso bailarino.

Ela soltou uma corda dourada. "Encontrem suas mesas, por favor."

No furgão, o produtor entrou com uma música de fundo enquanto os jogadores perambulavam e procuravam as mesas que lhes foram designadas. Uma câmera mostrou um jogador com mãos trêmulas e mal barbeado, uma garota mastigando o cabelo, um universitário de bochechas rosadas sentado como Buda diante do seu tabuleiro. A outra câmera focou nos torcedores: uma mãe ansiosa que apertava um lenço contra a boca, uma namorada com livros de xadrez empilhados sobre os joelhos na última fila, e, direto da cela de bêbados, Victor. Quinze jogadores estavam em seus postos. Estava faltando um.

"Parece que estamos sem um jogador." A apresentadora encontrou um cartão com o nome na cadeira vazia. "E. Lysenko. Tem algum E. Lysenko aqui?"

Arkady deu um pulo. E. Lysenko era Zhenya. Ele estava lá?

O oponente exigia o cumprimento das regras. Cruzou os braços e informou a ela: "Você terá de me declarar vencedor e me passar para a próxima rodada."

— Teremos de passá-lo para a próxima rodada — disse o produtor em seu microfone. — Comecem os jogos. Vamos, Lydia! Precisamos de ação.

"Parece que teremos de passá-lo para a próxima rodada", ela disse. "Então, você passa pela primeira partida sem ter precisado levantar um dedo."

No furgão, Arkady disse:

— Ainda não são 22 horas. Faltam cinco minutos. Você está começando antes da hora.

O produtor fez um gesto para que ele parasse.

— Ainda não são 22 horas.

O produtor disse para Platonov:

— Gostava mais do seu amigo quando ele estava mudo. Tire-o daqui.

Arkady tirou o microfone da cabeça do produtor e falou diretamente com a apresentadora.

— Espere! Dê uma chance ao oponente.

"Aqui está ele", ela disse.

Com um anoraque com meio capuz levantado, Evgeny Lysenko, apelidado de Zhenya, parecia uma sentinela em um confim miserável. Com 12 anos de idade, ele era baixo e ligeiro e seu modo de caminhar natural era um relutante arrastar de pés. Seu cabelo era acastanhado, os traços, comuns. Geralmente, ele olhava para baixo para evitar chamar atenção, e Arkady percebeu que Zhenya certamente estivera entre os espectadores todo o tempo, esperando na sombra de seu capuz até o último segundo antes de reclamar seu posto.

— Como o nome dele foi parar na lista? — perguntou Platonov.

— Desculpe. — Arkady devolveu o microfone. Sua garganta queimava.

— Vá se foder — disse o produtor.

O adversário venceu na moeda e escolheu as peças brancas. Ele comentou com Zhenya: "Não teve tempo de limpar as unhas?"

As unhas de Zhenya estavam pretas por conta de viver nos vagões ferroviários perto da Três Estações. Ele as observou enquanto seu adversário iniciava com o peão do rei. Zhenya continuou examinando a sujeira que contornava seus dedos. O adversário esperou. Cada segundo era precioso em uma blitz. Os outros tabuleiros estremeciam com os movimentos e a batida no botão do relógio.

O produtor disse a Arkady:

— Depois de tudo isso, seu garoto amarelou.

Um minuto se passou. Jogadores nas mesas vizinhas lançavam olhares furtivos para Zhenya, que deixara o peão branco só e incontestado no centro do tabuleiro. Os primeiros movimentos eram os mais fáceis, mas Zhenya parecia paralisado. Passaram-se dois minutos. O relógio era digital, com dois mostradores LCD embutidos em um plástico duro que os protegia de um perdedor infeliz. A câmera deu um zoom. Era difícil dizer, com toda a movimentação dos outros tabuleiros, quem estava ganhando ou perdendo, mas o tabuleiro e o relógio de Zhenya deixavam claro imediatamente quem estava ficando cada vez mais para trás. Seu adversário não sabia que expressão adotar. No começo, estava contente ao ver Zhenya, como tudo indicava, perdido. Conforme os segundos passavam, ele ficava mais e mais inquieto, como se fosse forçado a dançar sozinho. Alguém estava sendo humilhado; ele já não podia dizer quem. Não disse nada para Zhenya; falar ao tabuleiro depois do começo da partida era contra as regras. Zhenya estava parado e o adversário meio parado, esperando o garoto desistir. Em vez disso, Zhenya tirou seu anoraque, pendurou-o nas costas da cadeira e se acomodou para uma análise mais detida.

Faltando dois minutos, Zhenya entrou em ação. Não era tanto o desenvolvimento das peças pretas que era extraordinário e sim a rapidez com a qual ele revidava cada movimento das brancas. A branca avançava uma peça e mal batia no botão do tempo quando a preta fazia o mesmo, de maneira que o bater dos botões vinha em pares e o enorme tempo de vantagem que as brancas tinham para seus movimentos acabou parecendo inútil, até ridículo. Ele começou a jogar no ritmo de Zhenya, oferecendo dois peões para uma promissora pressão sobre a rainha. Trocou peças com uma pequena desvantagem, viu o ataque à rainha fracassar, foi posto em debandada por uma troca a grande velocidade que esvaziou o tabuleiro e, despojado, assistiu ao peão preto caminhar para a promoção. Câmeras, convidados e jogadores que já haviam terminado suas partidas observaram o rei branco cair. O perdedor se afundou na cadeira, ainda confuso. Era o tipo de derrota que poderia fazer um sujeito desistir de jogar para sempre, pensou Arkady. Zhenya procurou o adversário seguinte.

O veredicto de Platonov no furgão foi:

— Nada além de truques. Se você deixar Zhenya ditar o ritmo, com certeza ele o dominará. Numa blitz, você não joga com a cabeça. Não há tempo para pensar. Você joga com as mãos, e o merdinha tem mãos muito rápidas. Mas agora todos sabem como ele é forte. A vaidade será sua ruína.

O segundo adversário de Zhenya era o menino prodígio. Empoleirado em seu banco alto, o garoto dirigiu um olhar imperturbável para Zhenya, que tinha roído as unhas durante o intervalo. O produtor aproveitou ao máximo a situação.

"Dois garotos de planetas diferentes e nenhum deles é a Terra. Aproxime-se."

Quando o prodígio ganhou na moeda, a câmera deu um close no sorriso que ele tentava esconder no canto dos lábios. Ele tinha a voz de um soprano de coro.

"Brancas, por favor."

Jogando outra vez com as pretas, Zhenya reagiu desde o começo, simplesmente se opondo e movimentando suas peças, encastelando, não deixando nenhuma fraqueza óbvia e sem montar um ataque claro. Combate de trincheira. Ele estava em igualdade de peças até que o prodígio fez com Zhenya o que Zhenya tinha feito com seu primeiro adversário e derrubou dois de seus peões, a primeira fresta na defesa preta. Prometia. Tentando proteger seus homens, Zhenya perdeu a ofensiva, e a falta de ofensiva levou a uma defesa sobrecarregada. Os alvos começaram a aparecer. Era tão difícil escolher que o prodígio contorcia-se no banco. Foi quando só tinha 15 segundos em seu relógio que ele percebeu que Zhenya ainda tinha quase um minuto inteiro. Nesse ponto, as pretas revelaram uma longa diagonal através do tabuleiro e um ataque à rainha branca. Não um ataque sério, não um que não pudesse ser refutado com dois ou três minutos de análise. A mão do prodígio hesitou. Ela ainda estava no ar quando seu relógio marcou meia-noite.

Platonov escarneceu.

— Vitória de merda. Ele enganou um bebê. Administrou o tempo melhor do que um adversário que mal conseguia alcançar o tabuleiro.

— Agora são apenas quatro jogadores — disse Arkady.

— Eu nunca disse que ele não tinha talento. Disse que ele desperdiça seu talento. Ele só joga por dinheiro e isso, isso, isso é a prova. Em um cassino. Olhe para ele. — Platonov apontou para a tela da televisão. Zhenya tinha levantado seu capuz de forma a esconder o rosto. — Ele pensa que é Bobby Fischer.

Durante o intervalo, uma garota da idade de Zhenya ousou invadir sua solidão para lhe oferecer um chiclete com o mesmo cuidado de alguém que alimenta um animal meio selvagem. Quando o intervalo terminou, ela continuou no banco do jogador oposto e ele mascou mais atentamente.

Jogando com as pretas, ela imediatamente desafiou Zhenya pelo controle do centro do tabuleiro. O estilo dela era de tanto sangue-frio quanto o dele, sacrificando um peão para ganhar tempo e ficar no mesmo plano que as brancas. Blitz é uma corrida de velocidade e era difícil distinguir o começo do meio e o meio do final do jogo. Quarenta movimentos em cinco minutos. Sem empate. No outro tabuleiro ainda em ação — o campeão universitário contra um veterano grisalho — a necessidade de rapidez encorajava trocas em nome da simplificação. Em contraste, Zhenya e a garota desenvolviam uma intricada estrutura de peões venenosos, ameaças veladas e ataques fantasmas. O mais leve movimento poderia fazer tudo vir a baixo. Ela estudava o tabuleiro com um olhar penetrante. Zhenya fechava os olhos. Ele gostava de jogar às cegas; Arkady já o vira fazendo isso muitas vezes. Em sua cabeça, Zhenya lhe dissera uma vez, ele via todas as variações em três dimensões. Não analisava. Via.

Zhenya abriu os olhos. Ele jogou. Começando em igualdade material, ele e a garota metralharam o tabuleiro nas cinco jogadas seguintes, terminando em posições que eram idênticas com uma exceção: ela atacava o rei dele com um bispo enquanto ele atacava o dela com um cavalo. Um bispo tinha um alcance maior do que um cavalo, mas um cavalo pulava as linhas inimigas e em um jogo embolado isso fazia a diferença.

Ela percebeu.

"Mate na quinta", ela disse, e colocou seu rei de lado.

— A garota tem possibilidades — disse Platonov.

"Já temos nossos finalistas!", a apresentadora anunciou. "O campeão da Universidade de Moscou Tomashevsky e a surpresa do nosso torneio."

— O que você achou do jogo de Zhenya? — Arkady perguntou.

— O que você achou? — Platonov devolveu a pergunta.

— Você passou dias querendo saber o que ele andava fazendo. Estava se preparando.

Lydia puxou Tomashevsky e Zhenya para a frente da câmera e perguntou o que eles fariam com mil dólares, se ganhassem.

"Vou comprar uma bicicleta nova", disse Tomashevsky. Ele parecia atlético. "E cerveja."

"E você?", Lydia perguntou a Zhenya.

"Um triciclo", Tomashevsky sugeriu.

Zhenya não disse nada. Olhou para uma gaiola de papagaios vistosos que se acotovelavam e piscavam as pálpebras duras.

"Deve ser um segredo", a apresentadora dispensou-o da resposta.

— Esta é a verdade sobre o xadrez — disse Platonov. — As pessoas não ganham uma partida, elas perdem. Elas encontram uma maneira de perder. O xadrez é uma escolha após a outra e as pessoas se cansam de escolher. O corpo se cansa e o cérebro desiste. O cérebro diz: O que você está fazendo aqui se masturbando quando poderia estar gozando a vida, com mulheres e músicas e um bom champanhe?

— Como você acha que o campeão universitário vai se sair? — Arkady perguntou.

— Contra Zhenya? Ele não tem a menor chance.

Platonov estava certo. O jogo foi um anticlímax. Embora jogassem com a câmera sobre eles, os finalistas não revelaram nenhuma estratégia original nem interessante. Os telespectadores observaram a demolição sistemática de um universitário por um garoto que não fez nada além de rapidamente lhe oferecer escolhas, uma atrás da outra. A cada escolha errada, a posição do universitário se deteriorava um pouco. Depois de vinte jogadas ele tinha perdido apenas um peão, mas não tinha para onde ir. Todos os movimentos envolviam alguma pequena perda. Ele estava atado por laços invisíveis que se apertavam conforme ele resistia porque via que a cada movimento sucessivo sua situação ficaria mais óbvia. Diante de seus amigos e admiradores. Professores. Na televisão. Ele fez a única escolha racional e moveu a mesma peça duas vezes.

— Um movimento duplo, desqualificado! — disseram o produtor, Platonov, todos os jogadores e metade das pessoas no salão de jogo.

"Que pena", disse a apresentadora. "A partida é decidida por uma desqualificação, um erro da parte de Tomashevsky, acidentalmente entregando a partida para seu adversário, Evgeny Lysenko. Que maneira terrível de perder o torneio quando ele estava indo tão bem."

O estudante Tomashevsky levantou-se da cadeira atônito, como um homem traído simplesmente por avidez e perplexo com a magnitude de seu erro. Ele só tinha precipitado o inevitável. Acontecia com os melhores jogadores e não havia nada a fazer exceto ser um bom esportista, embora, ao estender a mão para Zhenya, o garoto o tenha olhado com desprezo.

"Bom, temos um campeão." A apresentadora tentou ficar animada. "E, felizmente, também temos uma partida bônus entre o jovem Evgeny Lysenko e o grande mestre Ilya Platonov."

— Você está bem? — Arkady perguntou.

— Um pouco tonto — disse Platonov. — Você tem um cigarro?

Arkady saiu com ele do furgão para a mordida gelada de um vento que lançava flocos, formando arabescos de gelo. Os dois homens tragaram ferozmente seus cigarros.

— Não foi para o torneio que Zhenya se preparou — disse Platonov. — Nunca houve dúvida sobre o torneio.

Na porta do clube, a equipe de segurança acenou e chamou o nome de Platonov.

— Eles estão esperando por você.

— É difícil explicar para alguém que não é jogador — disse Platonov. — Há um momento na vida em que você imagina o xadrez tão perfeitamente que sua intuição é tão sólida quanto qualquer jogo de qualquer livro. Como música, se você consegue escutar a suíte inteira em um momento. Pode parecer que você movimenta suas peças com rapidez, mas está simplesmente seguindo uma partitura. E então um dia esse ouvido mágico desaparece e você se vê vendendo tabuleiros de xadrez para garotos para viver. Ou pior... — A porta do furgão da televisão se abriu e o produtor gritou para Platonov entrar no clube. Platonov encolheu os ombros. — Um dia simplesmente acaba.

Platonov jogou com as brancas. Entre o estacionamento e o tabuleiro, ele parecia ter reencontrado sua arrogância usual e se envolveu nela como em uma capa. Em movimentos rápidos, sacrificou três peões, abriu o centro e desenvolveu suas peças enquanto as pretas ainda estavam digerindo suas presas fáceis. Pela primeira vez desde a abertura do torneio, Zhenya parecia surpreso. Arkady ficou de pé na sombra de uma coluna, fora da linha de visão do garoto, e acompanhava o jogo em uma tela da câmera aérea. Se Arkady esperara que o velho não se arriscasse e tentasse logo uma vitória, estava errado. Platonov dera a Zhenya uma enorme vantagem material. Por outro lado, as peças poderosas de Zhenya não tinham se movido, enquanto os bispos e cavalos do grande mestre já estavam no campo de batalha. Era um ataque muito afoito para xadrez. Era blitz pura.

Zhenya descansou o queixo em uma das mãos e, com a calma de uma jovem gárgula lá do alto, olhou para as peças no tabuleiro. Arkady tentava imaginar como seria ver o jogo como Zhenya o via. O bispo astuciosamente se insinuando na diagonal, o cavalo pulando barricadas, a rainha uma diva, o rei ansioso e quase inútil. Ou isso era romântico demais? Será que Zhenya via o jogo meramente em bytes, como um computador?

Zhenya avançou seu peão para mais perto da briga, uma provocação, e o ataque começou. Tão rapidamente quanto conseguiam bater no relógio, Platonov atacou e Zhenya se defendeu. Eles moviam as peças em vaivém, derrubavam peças, se encastelavam sob pressão, ofereciam e recusavam gambitos. O processo de pensamento não poderia estar envolvido, pensou Arkady; a razão não era suficiente. Aquilo era ritmo, pressão, intuição. A forma no tabuleiro mudava e mudava de novo. Mesmo na enorme tela do clube era difícil seguir o fluxo e refluxo do jogo, e justo quanto Arkady achou que a partida fosse terminar em menos de um minuto, Platonov fez uma pausa para avaliar o estrago. Metade das peças estava fora do tabuleiro e, de alguma forma, como se Zhenya tivesse reembaralhado as cartas, a situação havia sido revertida. Platonov tinha um peão extra e Zhenya, com a força das torres em dupla, controlava o centro.

Segundos se passaram. Platonov parecia um homem tentando manter o portão fechado contra uma força maior. Arkady se perguntou se o grande mestre estaria tentando encontrar, nas centenas de milhares de jogos armazenados em seu cérebro, uma posição similar. Seu precioso peão era um peão isolado mas era sua única chance de vitória e ele destinou uma torre para protegê-lo, abrindo uma brecha que o cavalo de Zhenya imediatamente preencheu. Platonov se protegeu como um ouriço, o que era eficaz no xadrez. A blitz, no entanto, não era feita para ouriços porque os movimentos tinham de ser feitos imediatamente, imediatamente, imediatamente. Ele aparava golpe após golpe e, ao mesmo tempo, cuidava de seu peão em direção à oitava fileira e possível transformação em uma segunda rainha. O rei preto assumiu a caçada, movimentando-se em ângulo através de espaços abertos em direção ao peão. O rei branco foi sufocado por suas próprias defesas.

Quando Platonov fez outra pausa alguém espirrou e Zhenya olhou para as fileiras de espectadores sentados. Ele levantou a cabeça de entre os ombros e olhou de novo. O grande mestre ainda estava estudando o tabuleiro quando Zhenya deitou o rei preto.

Platonov ficou perplexo.

— O que você está fazendo? Você está em vantagem.

— Contei os movimentos. Você ganharia.

O professor em Platonov se sentiu ultrajado.

— Você contou errado. Como poderia fazer isso?

— Você venceu.

— Me acerte — disse um papagaio.

O furgão da televisão tinha partido. Os participantes do torneio e suas torcidas tinham ido embora. A garota que jogara contra Zhenya tinha esperado meia hora no frio mas, tremendo, desistira. Arkady esperou em seu carro na rua no final do estacionamento do cassino, com Victor e Platonov. Eles tentaram esperar dentro do carro mas as janelas embaçavam.

— O merdinha me entregou o jogo — disse Platonov. — É insultante. Depois ele foi ao banheiro e desapareceu.

Victor limpou o nariz e observou os minaretes do Khan Dourado.

— Neva em Samarcanda? Parece o título de uma canção, não parece? "Quando nevar outra vez em Samarcanda".

Apesar de sua garganta, Arkady teve de perguntar a Victor.

— Você espirrou? Quando Zhenya olhou, foi para você?

— Eu tenho alergia.

— A quê?

— Coisas. Determinadas colônias.

O que pedia que se perguntasse se era usando ou bebendo, pensou Arkady.

— Mas, Zhenya não me viu — disse Victor.

— Eu não preciso de caridade — disse Platonov. — E eles não me deixaram falar sobre o clube de xadrez no fim das contas.

— Isso daria um bom programa de televisão. — Victor batia os pés no chão para se manter aquecido. — Oh, veja.

Alguém realmente precisa fazer esse trabalho. Os seguranças da porta da frente receberam pás para retirar neve. Trabalho abaixo da posição deles. Muito triste.

A garganta estava reduzindo a voz de Arkady a um sussurro. Ele perguntou a Platonov:

— Zhenya é bom mesmo?

— Você viu.

— Realmente?

— Complicado.

— Falando do diabo — disse Victor.

Zhenya saiu do Khan Dourado arrastado por um homem que o empurrava entre os seguranças, que se inclinaram sobre as pás e não lhes deram mais do que uma olhada. A alguns metros de distância, Arkady podia ver que um lado do rosto de Zhenya estava muito vermelho. O homem usava um casaco de lona de trabalho que não combinava com suas calças de terno e seus sapatos de bico fino.

A cena estava errada. O rosto de Zhenya estava começando a inchar e transformar o olho em uma ranhura. Arkady nunca o vira chorar antes. Era difícil acreditar que ninguém na porta tivesse perguntado por quê. Na metade do caminho até Arkady, o homem enfiou a mão em uma lata de lixo, tirou uma toalha imunda e desembrulhou um revólver. Havia câmeras de segurança em cima dos postes por todo o estacionamento: alguém ia ter de notar. Victor e Platonov continuaram ao lado de Arkady.

O homem tinha um rosto fino, nariz comprido e cabelo louro em mechas. Exatamente como Zhenya seria quando crescesse, Arkady percebeu. Aquele era o pai ausente, Lysenko *père*. Os olhos do homem eram diferentes, queimados, como se ele

192

tivesse olhado demais para o sol, e de perto seu casaco de lona exalava o cheiro acre do alcatrão. Ele era o Homem de Alcatrão, o contramestre da equipe de trabalhadores que havia labutado tão inutilmente na rua que passava em frente ao edifício de Arkady. Zhenya tentou se soltar e o homem o sacudiu como a um ganso preso pelo pescoço.

O Homem do Alcatrão gritou ao caminhar em direção a Arkady:

— Ele rasgou o cheque. Ele me viu e abandonou o jogo e quando lhe deram o cheque ele o rasgou. Uma parte daqueles mil dólares é minha. Fui eu que ensinei ele a jogar xadrez.

— Então o dinheiro é seu. Metade-metade? — Arkady estava amável. Queria negociar antes de aparecer ajuda demais.

— Quinhentos dólares, agora.

— Me dê o revólver. — Era outro Nagant antigo, como o de Georgy.

— Primeiro a grana.

— Primeiro a arma — insistiu Arkady. — Teremos de ir até o banco para pegar o dinheiro.

— Preciso dele agora.

Então precisava dele agora, pensou Arkady. Escutou gritos vindos do cassino. A última coisa que ele queria era Zhenya no meio de um entrevero entre um maluco e guardas fortemente armados.

— Vamos deixar o garoto aqui e você e eu vamos diretamente para o banco. Garanto a você.

— Eu sei quem você é. Você é o cara que o esconde.

Esconde? Arkady pensara que Zhenya estava tentando encontrar o pai. De qualquer maneira, esse não era o rumo que Arkady desejava.

— Você e eu pegaremos o dinheiro e depois tomaremos uma vodca. — Arkady se aproximou.

— Eu o procurei o ano todo.

— Primeiro me dê a arma porque os guardas estão vindo, e se eles o virem com ela, sabe como vão reagir. — Arkady estendeu a mão. — Você não quer levar um tiro na frente do seu filho.

— Um filho que foge?

— Não está funcionando — disse Victor.

O pai de Zhenya pressionou o revólver contra a cabeça de Arkady. O cano da arma fez cócegas em seu cabelo.

Platonov tentou ficar do menor tamanho possível, talvez do tamanho de um átomo. Essa era a diferença, Arkady pensou, entre a realidade e o xadrez. Não havia outra partida depois. O trânsito passava cegamente ao lado. Seu carro, alguns metros adiante, estava longe demais para se proteger atrás dele. A mão de Victor deslizava lentamente para seu coldre.

— Me dê a arma.

— Isto é um disparate — o pai de Zhenya disse depois de considerar, e atirou.

Arkady teve a sensação de uma pequena ondulação em um lago, mas uma ondulação que se expandia a uma velocidade incrível, cada vez maior e maior e maior.

13

— O cérebro está intacto, mas está sangrando. Muito. Podemos drenar, mas não parar o sangramento. Simplificando tanto quanto possível, o cérebro é uma massa gelatinosa e o crânio é osso. O cérebro se expande, o crânio não. Neste momento, o cérebro macio de nosso paciente está preso e comprimido contra as arestas afiadas do interior de seu crânio. O que é o menor dos problemas, porque a pressão sozinha provoca mais sangramento, o que só aumenta a pressão e provoca ainda mais sangramento até o cérebro dele fisicamente se deslocar para um lado ou ter uma hérnia, e nesse caso o jogo está praticamente perdido. Podemos manter sua cabeça para cima, bombear oxigênio, drenar e enxugar, mas não saberemos mais até que ele atinja o pico do sangramento em, estimamos, 12 horas. Se ele sobreviver a isso, então poderemos começar a nos preocupar com suas faculdades. Ele pode ser o homem que era ou pode não ser capaz de contar até 10. Enquanto eu introduzo a sonda, Natasha, pegue a broca, por favor, e me passe a fibra ótica.

— Ele consegue ouvir?

— Sim, mas não significará nada para ele. Está em um vácuo. Sem dúvida está perdendo neurônios. Quando o cérebro se desconstrói, quem sabe o que revela? As maiores alegrias, os piores medos? Ele não estava consciente quando chegou, e isso não é um bom sinal. Sinais vitais?

— Pulso, 75. ECG normal. Pressão sanguínea 16 por 8.

— Quando os neurocirurgiões vão chegar?

— Estão todos ocupados. Crianças, vocês estão no time. Quando há trauma cerebral, não esperamos por ninguém nem nada. Procurem e vocês encontrarão. Aqui, dentro do ponto de entrada, entre o osso occipital e a dura-máter, uma bala, fragmentos de osso e um coágulo de bom tamanho. Gaze, por favor. Este não é um caso perdido. Maria, agora que você o entubou, por favor, mantenha esse homem sedado.

— Não tenho halotano, estou usando éter.

— Éter? Maravilhoso, a escolha do século XIX.

— Elena Ilyichnina, não foi para isso que treinei você.

— Vocês todos estão fazendo um excelente trabalho. Queremos ter certeza de que tudo está direito e limpo. Temos de remover o coágulo antes de estancar o sangramento. Corrijo, os sangramentos. Valentina, entre ou saia.

— Vou ficar.

— Faça isso, então. Delicadamente. Você não está perfurando petróleo.

— Eu não entendo. Quando ele foi preparado havia pólvora no cabelo. O tiro foi à queima-roupa, mas a bala penetrou apenas no crânio?

— Evidentemente, é um cabeça-dura.

— Você viu as marcas de enforcamento no pescoço? Sei que o estrangulamento às vezes é um jogo sexual.

— Como você sabe essas coisas, Tina?

— Só de ouvir dizer, ele foi enforcado e levou um tiro na cabeça e ainda está vivo. É um homem de sorte.

Silêncio.

— Veremos. Depende do que você chama de sorte.

Cortes e o zunido dos monitores.

— Ótimo. Broca, por favor. Lembre-se, o cérebro não tem terminações nervosas; não sente dor. Sucção, por favor, e para a testa uma ponta menor na broca.

— A testa?

— Para monitorar a pressão no cérebro. Não é bonito, mas dá para o gasto.

— Você tem certeza de que ele não ouve?

— Tomara que não. Ele ficaria muito desanimado.

Arkady começou procurando Zhenya entre as toalhas de piquenique. Em vez disso, viu seus pais, que estavam sentados com um cesto aberto em uma toalha cheia de garrafas de champanhe.

— Se apresentando? — o General perguntou.

Arkady cumprimentou-o:

— Me apresentando, senhor.

— O acampamento está seguro?

— O acampamento está seguro.

— Você ouviu isso, Belov? Arkasha vai ser meu novo ajudante de ordens. Você está dispensado.

— Sim, senhor — disse o sargento.

— Mas é melhor checarmos. — Com facilidade, ele colocou Arkady nos ombros e correu pelo gramado. Eles chamavam de gramado o que na verdade era um prado abandonado com flores silvestres confinadas em um lado da *datcha* (uma cabana de quatro quartos e varanda) e, na parte mais baixa, bétulas e salgueiros e os lampejos de um rio.

Seu pai fustigava a grama alta e as cabeças brancas das margaridas e Arkady, mesmo de calças curtas, sentia-se como um cossaco com um sabre.

— Você está ficando grande demais. — O pai pôs Arkady no chão e eles estavam na toalha com a mãe de Arkady e Belov, desfrutando dos sanduíches. Eles tomaram champanhe, ele, limonada. O gramado estava coberto de toalhas e da algazarra dos oficiais e de suas famílias. Nenhum era tão elegante quanto o pai de Arkady em seu uniforme bem talhado, com estrelas nas ombreiras, ou tão bonita quanto sua jovem esposa, a mãe de Arkady. Vestindo renda branca, os cabelos pretos caindo até a cintura, ela estava envolvida em uma aura de sonho.

— Sabe o que você me lembra? — o pai disse para a mãe. — Durante a guerra, passei alguns dias em um lugar indefinido onde se contava uma linda lenda sobre um lago para onde todos os cisnes iam. Um lago que só os verdadeiramente inocentes podiam encontrar, e por isso ninguém o vira em centenas de anos. Mas você é o meu cisne, meu cisne redentor.

Ele se inclinou sobre a toalha para dar-lhe um beijo e então virou-se para Arkady.

— Quantos anos você tem, Arkasha?

— Sete, no mês que vem.

— Já que tem quase 7, tenho um presente de aniversário antecipado para você.

O General deu uma caixa de couro para Arkady.

A mãe disse:

— Kyril, você vai deixá-lo mimado.

— Bom, se ele vai ser meu guarda-costas...

Pelo cheiro de óleo de arma, Arkady soube o que era o presente antes de abrir a caixa, mas era melhor do que imaginara, uma arma do seu tamanho.

— Vocês dois são terríveis — disse a mãe

O pai disse:

— Uma arma de mulher para começar. Não se preocupe; quando crescer terá armas maiores. Experimente.

Arkady mirou em um pequeno pássaro marrom que trinava em um poste de madeira.

— O tentilhão é do coro do Deus — disse a mãe.

O pássaro explodiu em penas.

— Ele está morto? — Arkady ficou chocado.

— Saberemos melhor em 12 horas — disse o pai.

— Eu vou dar um passeio. — A mãe se levantou. — Vou procurar borboletas.

O pai disse:

— Tenho de bancar o anfitrião, não posso ir com você.

— Arkasha cuidará de mim. Sem o revólver.

Arkady e sua mãe caminharam por entre hortênsias carregadas de flores cor-de-rosa. Com uma rede de borboletas como arma, ele atirava em agentes americanos quando eles saltavam das moitas. Ela caminhava absorta, olhos para baixo, sorrindo para algo que só ela ouvia.

Quando chegaram ao rio, ela disse:

— Vamos catar pedrinhas.

1822. PIC: 18 mm Hg. PS: 16/8. PC: 75.

— O que isso significa?

— Posso ter a ficha do paciente de volta? PS é pressão sanguínea, PC é pulsação cardíaca e PIC é pressão intracraniana.

A PIC normal é até 15 milímetros de mercúrio. Os danos começam nos 20 e a morte começa em 25. Você é da família?

— Um colega. Eu estava lá quando ele levou o tiro. Pensei que tivesse morrido.

— A bala penetrou o crânio mas não o envoltório do cérebro. Não sei como.

— A balística concluiu que a arma era tão antiga que podia ser da época da guerra, assim como as balas dentro dela. A pólvora se deteriora. Um tiro tão antigo mal consegue passar pelo cano. Quando ouvi isso pensei que Renko sairia caminhando em um ou dois dias. Então cheguei aqui e...

— É proibido fumar aqui.

— Desculpe. Eu cheguei aqui e ele está respirando por meio de aparelhos com um cateter no braço e tubos saindo por todos os lados da cabeça.

— O cérebro está sangrando e inchado.

— Ele vai viver?

— Saberemos melhor em 12 horas.

— Você não vai fazer nada até daqui a 12 horas?

— Ele está sendo monitorado e observado o tempo todo. Tem sorte de estar vivo. Estamos só com a metade da equipe por causa do tempo. Quando ele chegou, tive de organizar um grupo de residentes.

— Residentes?

— Enfiar um tubo em uma traqueia tão contundida não foi uma tarefa simples. Também é proibido beber aqui. Guarde a garrafa. Detetive, primeiro deixe-nos devolvê-lo vivo a vocês, então poderá jogar fumaça na cara dele ou colocar vodca no lugar do soro, o que quiser. Fui claro? Estamos nos entendendo?

— OK.

— A família foi avisada?

— Tem uma mulher que não é esposa e um garoto que não é filho dele. O garoto estava na cena do crime. Meu amigo está ouvindo tudo isso?

— Sim e não. Ele está em coma induzido para preservar as funções cerebrais. Palavras são apenas sons.

— Posso falar com ele?

— Seja positivo.

— Arkady, sobre Zhenya. O pilantrinha se mandou depois que você levou o tiro. Ninguém o viu desde então. Mas veja que curioso: o sobrenome do cara que atirou é Lysenko. O mesmo de Zhenya.

— Não consegue pensar em algo mais positivo? Suponho que esse agressor, Lysenko, tenha sido detido.

— Ele levou três tiros no peito e dois na cabeça. Para mim, parece positivo.

Arkady caminhou rio acima enquanto procurava, de forma que quando cutucava as pedras com os dedos dos pés, os sedimentos que levantava eram levados pela água. Embora a superfície da água brilhasse com a luz, sua sombra revelava uma multidão de peixinhos coloridos com listras vermelhas ou azuis, verdes ou pretas, que iam e vinham sobre um leito de pedras redondas.

— Você prefere pegar borboletas ou pedras? — a mãe perguntou.

— Coelhos.

— Antes você detestava caçar coelhos.

— Mudei de ideia.

— Bem, hoje serão pedras. Veja, a minha rede já está cheia.

Ela chapinhava descalça na água como Arkady, segurando os babados de seu vestido com uma das mãos e a rede de borboletas com a outra. De tempos em tempos, parava para receber mensagens. Não de Arkady, mas de pessoas que só ela escutava. O barulho das águas cobria a conversa.

— O que eles dizem? — ele perguntou.

— Quem?

— As pessoas com que você conversa.

Ela lhe deu um sorriso confidencial.

— Eles dizem que o cérebro humano flutua em um mar de fluidos cerebrais.

— O que mais?

— Para não ter medo.

2322. PIC: 19 mm Hg. PS: 17/8. PC: 70.

— Entendo. Entendo. Ele vai morrer e, se viver, será um vegetal.

— Não necessariamente.

— Mas, com certeza, não será capaz de enfrentar os rigores de uma investigação criminal.

— Ele pode ter permissão médica para voltar ao trabalho. Isso também dependeria de você. Você é o promotor.

— Exatamente. Meu departamento não é um centro de reabilitação.

— Você não acha que estamos colocando o carro um pouco na frente dos bois? O momento crítico será esta noite. Se ele conseguir passar por ela, então poderemos avaliar os danos.

Francamente, é uma surpresa não ter visto você aqui antes. Um de seus investigadores leva um tiro, talvez fatal, salvando um garoto de um lunático armado e ninguém de seu departamento vem ver como ele está?

— Tudo o que sabemos com certeza é que ele levou o tiro do lado de fora de um cassino. As circunstâncias do incidente são obscuras. Ele pode ouvir?

— Não.

— Então, qual é a razão para ir? Me telefone de manhã se ele ainda estiver vivo.

Arkady e sua mãe observavam a distância enquanto os oficiais decoravam a varanda.

Ela suspirou.

— Lanternas de papel. Espero que não chova. Não queremos que nada estrague a festa do seu pai.

— O que vamos fazer com as pedras? — perguntou Arkady. Seus bolsos estavam tão cheios que era difícil andar.

— Pensaremos em algo.

— Visitas não são permitidas. Como você entrou?

— Sou médica, mas não dele.

— Então, o que você é dele?

— É uma relação pessoal. Você perfurou?

— E drenei.

— PIC?

— Cinco milímetros acima do normal e não estamos nem perto da maré alta. Outros 5 e o resultado será fatal ou, pelo menos, danos permanentes. Leia a ficha. Tudo o que podia ser feito foi feito.

— Os outros sinais vitais não estão tão ruins.

— Nem tão bons. Você disse "pessoal", mas não parece abalada. Por favor, não me diga que você terminou o relacionamento recentemente. Depressão pode ser um elemento muito ruim nesse momento. — Silêncio. — Entendo. Você está disposta a mentir pelo menos por um tempo?

— Mentir é a minha especialidade.

— Pensei que você fosse médica.

— Exatamente. Minto o dia inteiro para crianças que estão morrendo. Eu lhes digo que elas têm uma chance de correr e brincar quando sei que não viverão mais de uma semana. E gravo suas vozes como se fosse um jogo quando na verdade a fita é para suas famílias guardarem de lembrança. Uma recordação. Portanto, tenho pouca consideração pela verdade se uma mentira funciona melhor. O problema é que um investigador tem um excelente ouvido para mentiras.

— Você é ucraniana?

— Sim.

— Como se conheceram?

— Em Chernobyl.

— Que romântico.

O orgulho de seu pai era um lago, 60 por 40 metros e fundo o suficiente para nadar. Barragens no rio traziam água fresca suficiente para comunidades de peixinhos dourados e percas, rãs e libélulas, tabuas e juncos. Um barco a remo ficava amarrado em um cais. Uma balsa amarela e uma boia branca flutuavam no centro do lago. Todas as manhãs, o General caminhava de roupão por um estrado de abetos até seu lago e nadava por meia hora. À tarde, todos eram bem-vindos. Era uma época dourada, quando o pai de Arkady esperava por sua longamente adiada promoção a marechal do Exército, que as pessoas diziam estar finalmente chegando. Eram dias de badminton no gramado e mesas compridas cheias de convidados e brindes intermináveis.

Quando estavam sozinhos, seus pais remavam, levando piqueniques até a balsa. Uma noite, eles levaram um gramofone e dançaram na balsa.

0120. PIC: 20 mm Hg. PS: 19/9. PC: 65.

— Ainda mais uma hora.

— Maria, tudo que tenho feito é olhar para aquele monitor idiota, tentando conseguir que a pressão diminua pela força da minha vontade, mas não estou fazendo um bom trabalho. De qualquer maneira, vocês, crianças, se saíram bem: estou orgulhosa de vocês. Onde está Valentina? Vocês não iam voltar para casa juntas?

— Ela está lá fora.

— Sozinha?

— Não poderia estar mais segura. Está conversando com um detetive.

A mãe sorria enquanto remava como se ela e Arkady tivessem se lançado em uma aventura secreta. Pedras molhadas e a rede de borboletas estavam aos seus pés. As pedras enchiam de maneira desconfortável os bolsos de Arkady e ele jogou uma na água.

— Oh, não, Arkasha — disse a mãe. — Vamos precisar de todas.

0403. PIC: 23 mm Hg. PS: 14/22. PC: 100.

— Você voltou e está bêbado.

— Não preciso de uma médica para me dizer isso. A questão é, Elena Ilyichnina, se é que posso usar seu patronímico, que não estou bebendo no local. Nem mesmo fumando. Apenas visitando.

— Por que você está aqui?

— Pergunte a meu amigo Arkady. Sou a sombra dele. Posso ser a sombra bêbada dele, mas ainda assim sou sua sombra. Portanto, não vou embora.

— Eu posso chamar a segurança.

— Não tem segurança aqui. Já olhei.

— É uma vergonha. Você está tão bêbado que mal consegue ficar em pé.

— Então me arrume um lugar. Me dê uns travesseiros.

— Meu Deus, para que é isso?

— Isto é para atirar nas pessoas. E as balas são novas.

Arkady subiu desajeitadamente a escada, tentando não perder nenhuma pedra. Esvaziou os bolsos na balsa e ajudou com as pedras que sua mãe lhe passava do barco. Eram maiores e mais definidas do que as dele.

Ela se sentou ao lado dele enquanto a balsa girava lentamente, acompanhando o ziguezague das libélulas, das tabuas, losnas e salgueiros que apareciam ao longo das margens do rio sob o céu cor de pêssego do final do outono. A *datcha* desaparecera atrás das fileiras de abetos.

— Não vai durar — ela disse. — Não é um lago natural. Vai acabar se transformando em um buraco de lama, um pântano estagnado.

— O que fazemos com as pedras?

— Deixe-as aqui.

— Por quê?

— Veremos.

— Quando?

— Você tem de ser paciente.

— É uma surpresa?

— Não, acho que não é uma surpresa de jeito nenhum. Agora, vou remar e levar você de volta para o cais. Quando você chegar em casa, não incomode seu pai. Limpe-se, coloque roupas limpas sozinho e depois pode se juntar à festa. Você consegue fazer isso?

Embora as mangas e a barra do vestido de sua mãe também estivessem molhadas, ele não disse nada. Mas quando chegaram ao cais, antes que ela remasse outra vez para a balsa, ele perguntou:

— Como você se sente?

Ela respondeu:

— Maravilhosamente bem.

0750. PIC: 24 mm Hg. PS: 21/10. PC: 55.

— Detetive, acorde. Detetive Orlov, acorde. Alguém está...
acorde. As luzes se apagaram. Você está no hospital. Que homem mais inútil. Acorde!

Arkady limpou a sujeira com uma toalha, vestiu roupas limpas e
foi se unir à multidão na varanda, onde o ponche de frutas estava
"batizado" com vodca e um trio cigano tinha sido expulso pelos
oficiais do estado-maior para dar espaço para o mambo, uma popular importação cubana. Arkady foi puxado para uma fila de
conga que circulava para dentro e para fora da casa. Não viu a
mãe, mas aquele era exatamente o tipo de evento que ela detestava.

O sargento Belov puxou-o para um canto e perguntou:

— Arkasha, onde está sua mãe? O General está procurando por ela.

— Ela está vindo.

— Ela te disse isso?

— Sim.

Arkady voltou para as festividades. Agora que a noite tinha caído, fogos de artifício estavam começando. Ele esperava
ansioso pelas rodas de Santa Catarina e pelos foguetes que sal-
picavam cores na noite.

Meia hora mais tarde, seu pai o puxou para fora da dança.

— Onde está sua mãe? Procurei por toda parte. Pensei que
você tivesse dito que ela estava vindo.

— Foi o que ela me disse.

— Arkasha, onde foi que ela disse isso a você?

— No lago.

— Me mostre.

Seu pai organizou um grupo de oito, incluindo Arkady. Eles passaram pelos abetos com lanternas que varriam as sombras à esquerda e à direita. Arkady meio que esperava que ela saísse em disparada de trás de uma árvore, mas eles chegaram ao cais sem sinal dela.

O barco estava amarrado na balsa.

— Ela nadou de volta? — alguém sugeriu.

O General tirou as botas e mergulhou na água. Segurando a lanterna no alto, nadou com a outra mão até a balsa, onde mexeu as pernas para se manter na superfície e dirigiu a luz para debaixo dos barris da balsa. Ele se arrastou para cima da escada e disse:

— Nada aqui. — Sua voz atravessava a água. Direcionou o foco de luz para o lago e para as margens de tabuas e juncos. — Nada ali.

— Onde estão as pedras? — perguntou Arkady. — Eu a ajudei a encontrar pedras.

— Pedras para quê?

— Não sei.

Seu pai olhou para o céu e então direcionou a luz da lanterna para a boia branca. Quando a balsa balançava os barris faziam um som de engolir. Arkady desejou estar em outro lugar, qualquer outro lugar. Seu pai subiu no barco e remou até o cais.

— Só o menino.

Arkady sentou-se na popa enquanto seu pai remava.

— Pegue a lanterna.

Eles deslizaram os últimos metros.

Sua mãe flutuava virada para baixo sob a superfície, uma das mãos amarrada com um cordão de algodão na âncora da boia, de um bloco de escória de metal preso por uma corda. A luz em seu vestido branco a tornava leitosa e luminosa. Ela ainda estava descalça. Seus olhos e sua boca estavam abertos, o cabelo alvoroçado e, com partículas movendo-se ao seu redor, ela parecia um anjo voando. Não deixara nenhuma saída. Não apenas amarrara uma das mãos no bloco de escória, mas enchera a mão com a rede de borboletas cheia de pedras.

— As pedras são aquelas?

— Sim.

— Você as juntou?

— Eu ajudei.

— E não veio me contar?

— Não.

Sem dizer mais nada, seu pai girou o barco e remou até o cais, onde seus oficiais do estado-maior esperavam, sem sapatos e camisas. O sargento Belov ajudou Arkady a sair.

Seu pai disse:

— Leve-o para casa, para qualquer lugar, antes que eu o mate.

0830. PIC: 17 mm Hg. PS: 12/8. PC: 75.

— Esses números são bons, não são?

— Não graças a você, detetive. Alguém veio à UTI na noite passada. Felizmente, não devem ter reparado que você estava em um estupor alcoólico.

— Completamente bêbado. Então, Renko superou a crise? Ele está bem?

— Ele está vivo. De que maneira, ninguém sabe.

14

Arkady estava em uma enfermaria com oito camas, cada uma com uma cortina para privacidade, uma mesinha de cabeceira sem abajur e um botão de chamada que estava desligado. Por outro lado, Elena Ilyichnina vinha toda manhã checar suas incisões. Era uma mulher grande, de olhos bonitos, e com seu jaleco de laboratório e touca alta branca parecia um mestre padeiro.

— Não fale. Suas vias aéreas ainda estão feridas. Faça sinal de sim ou não com a cabeça ou escreva no bloco. Eles estão lhe dando bastante água? Canja de galinha? Ótimo. — Ela sorriu ternamente, mas Arkady a vira aterrorizando a equipe de enfermeiras com ameaças do que faria se algum de seus pacientes ficasse sem atendimento. — Você está se recuperando muito bem.

Ele apontou para a testa.

— Sim, você tem um pequeno buraco na cabeça. Não seja infantil. Em três meses ninguém perceberá. Você tem buracos muito maiores na parte de trás da cabeça, acredite. Também um pouco de titânio. Quando seu cabelo crescer novamente ninguém saberá. Veja pelo lado bom. Praticamente nenhuma morte cerebral, e como o trauma foi uma bala, não um tumor, a recuperação deve ser completa.

Arkady escreveu: "Dor de cabeça."

— Dois dias depois de uma cirurgia cerebral, não é surpresa. Vai passar. Enquanto isso, não se sente muito rapidamente. Há risco de desmaio; no seu caso, muito pequeno. Vamos lhe dar algo para a dor. O principal agora é não espirrar. Aí você vai saber o que é uma dor de cabeça.

Arkady escreveu: "Espelho."

— Não, não é uma boa ideia.

Ele sublinhou: "Espelho."

— Você não é uma princesa de conto de fadas. Como posso dizer isso gentilmente? Você é um homem com um buraco na cabeça, um machucado preto ao redor do pescoço e sem cabelo. Não vai gostar do que verá. Conheço seu tipo. Você é o investigador dedicado que vai voltar direto para o trabalho. As balas ricocheteiam em você. — Ela pegou uma caixa de lenços de papel. — Que formato é este? Escreva.

Arkady ficou perplexo.

— É um quadrado — ela disse.

Ela deixou a caixa de lenços e tirou uma laranja do jaleco.

— Que formato é esse?

O formato era familiar, mas ele não conseguia se lembrar do nome.

— Que cor é esta? — ela perguntou.

A palavra estava na ponta da língua.

— A área do cérebro que a bala afetou processa a informação visual, isto é, formas e cores. Se os seus neurônios estiverem apenas avariados, gradualmente eles poderão se recuperar.

Arkady olhou para o paciente na cama ao lado, uma vítima de acidente com a perna em tração. Ele tinha um gesso em forma de algo e estava bebendo um suco de alguma cor através de alguma coisa. As palavras estavam bem ali, atrás de uma vidraça.

— Qual é a última coisa da qual você lembra?

Ele escreveu: "Indo para o cassino."

— Você não se lembra do homem que atirou em você?

Ele balançou a cabeça. Lembrava-se de chegar ao cassino e entrar no furgão da televisão com... Quem era? Que tipo de cérebro era aquele? Ele começou a se levantar da cama, mas parou, com náusea e tontura. Elena Ilyichnina o segurou e ajudou-o a se deitar de volta no travesseiro.

— Isso foi ambicioso. Tem um problema. A bala também atingiu o cerebelo, que controla o equilíbrio. Não tinha ideia de que seria um paciente tão difícil. Você sobreviveu a uma bala na cabeça e acha que é o mesmo homem que era antes. — Ela mostrou novamente a laranja. — De que formato eu disse que isso era?

Nada veio à mente de Arkady.

— Que cor eu disse?

A resposta era uma neblina.

— Por falar nisso, quando eu estava com você e seu amigo Victor na unidade de tratamento intensivo, o elevador se abriu e eu tive a nítida impressão de que alguém veio até a UTI. Não escutei passos, simplesmente tive a impressão de que chegaram até a porta e depois se foram. Devem ter visto Victor. Victor estava bêbado e desmaiado, mas acho que não perceberam.

O que acontecia com Victor com frequência, Arkady pensou.

'Voltar ao trabalho", Arkady escreveu no bloco.

Ela balançou a laranja sobre seu peito.

— Pratique.

Victor perguntou:

— Elena Ilyichnina contou a você sobre a outra noite? Eu estava como El Cid, morto, preso a minha sela, cavalgando para enfrentar os mouros uma última vez.

Arkady escreveu: "Porre completo?"

— Pois é. Mas funcionou. Fosse quem fosse, se mandou.

"Homem morto", Arkady escreveu. "O homem que atirou em mim."

— O agressor no cassino era Osip Igorivich Lysenko. Recentemente liberado da prisão, 18 meses por vender metanfetamina. Quando saiu, conseguiu seu primeiro emprego no conserto de vias públicas. Trabalhou por toda a cidade. Conversei com as mulheres de sua equipe. Elas disseram que estavam fazendo um conserto em seu quarteirão quando Lysenko começou a agir de modo estranho, como se estivesse no comando. Ele era esquisito, para início de conversa, acredite em mim. Eu fui até seu muquifo, um buraco miserável com pratos de lixo e pilhas de livros sobre xadrez de Kasparov, Karpov, Fischer, todos os campeões. Anotações em todos os livros: as melhores jogadas. Pelo menos, era o que ele pensava. Era um viciado, então deve ter pensado um monte de coisas.

"Zhenya."

— Havia uma foto dos dois jogando xadrez, o que mais? Era o golpe da família, o golpe trans-siberiano. Osip Lysenko costumava levar o pequeno Zhenya no trem. Você sabe como é uma longa viagem de trem. Você fica cansado de olhar pela janela. Fica cansado de ler. Dois dias passados e mais quatro dias de viagem adiante e você está cansado. Então você percebe que a porta de um dos compartimentos está aberta e dentro pai e filho estão jogando xadrez. É uma cena bonita e você para um segundo a fim de observar.

"O menino vence e o pai informa a você e a todos os demais que o menino nunca perde. Você se diverte. Você é um hidrologista ou um engenheiro ou um minerador de ouro de Kamchatka. O pai diz: 'Se não acredita em mim, jogue você com ele.' O menino tem 8, 9 anos, parece mais novo. Aí ele engana você direitinho. Você, um homem da ciência ou um rigoroso aventureiro, leva um chute público no traseiro dado por um menino, porque a essa altura o corredor está lotado. Isso é diversão, a única diversão em milhares de quilômetros. Lysenko deve ter feito um acordo com o encarregado do vagão para ele ficar longe, cuidando do seu samovar.

"Aí você começa a levar o negócio a sério. O primeiro jogo não conta. Como o menino se sairia se houvesse dinheiro na jogada? Ele lhe dá uma segunda surra, o que leva ao dobro ou nada. Logo, é isso o que lhe resta, nada, e o próximo otário se aproxima. O pai alerta que o menino nunca perde. Eles são avisados e isso é justamente o que os atrai.

"Os Lysenko faziam duas viagens de ida e volta por mês durante um ano. Quase não saíam do trem. O golpe só acabou quando eles tentaram aplicá-lo nos mesmos mineradores em duas viagens seguidas. Mineradores azarados. Deram um corretivo para valer em Osip. Foi aí que ele começou a vender metanfetamina.

"Mãe?"

— Nada. Sinto que ela se mandou. É claro que não vamos conseguir nenhuma informação de Zhenya porque ele desapareceu. Não me pergunte por que ou para onde. O menino pode estar escondido em centenas de lugares.

"Ontem. Bêbado?"

— Oh, não apenas bêbado, fantasticamente bêbado, bêbado em um novo nível. Tenho que agradecer a seu amigo Platonov. Pegamos os quinhentos dólares dele e fomos direto para o Aragvi. Cozinha georgiana, blinis, caviar, champanhe de qualidade, mulheres histéricas. Foi um belo gesto. — Victor soluçou. — Bebemos a você.

É como se rezassem por mim, pensou Arkady.

Ele pegou no sono no meio da visita de Victor e quando acordou eram 16 horas e as camas eram aeródromos de moscas. Elas giravam, mergulhavam, faziam nós no ar enquanto os pacientes mofavam. Alguns homens mofavam com membros da família atrás de cortinas discretamente cerradas, outros mofavam flagrantemente, expostos em camisolas de hospital de tamanho único sem vodca e cigarros, a vida perdia o propósito. O último prazer e conforto deles fora-lhes tirado e, com certa determinação severa, eles mofavam e pensavam em como tornar a vida das enfermeiras mais difícil. As enfermeiras, por sua vez, abaixavam o volume da televisão para um murmúrio ininteligível e aumentavam o volume do rádio em seu posto. Caminhar era permitido apenas no corredor central que levava às outras alas. Os pacientes cambaleavam, empurrando os suportes de soro. Ele escutou o barulhos de uma maca que passava pela porta. Elena Ilyichnina o alertara de que a irritabilidade era um efeito colateral da medicação. Como alguém poderia não ficar irritadiço depois de levar um tiro na cabeça?

Havia algo mais do que apenas irritação. O cérebro era o espaço sideral; 1 bilhão de galáxias, poesia, paixão, memória, imaginação, o mundo e mais habitavam ali. Então um cirurgião cheio de boas intenções vem e fura o crânio com uma broca como se fosse apenas um balde com uma massa pastosa rosa-acinzentada. Arkady sentiu-se curiosamente desnudo e ao mesmo tempo queria gritar: esse não sou eu!

Pegou o bloco e o lápis para anotar tudo o que Victor havia lhe dito. Spassky... Karpov... Fischer... xadrez. Era tudo de que se lembrava.

Havia uma laranja em sua mesinha de cabeceira.

De que cor?

Quando ele despertou era noite. Um copo plástico com um caldo morno e um canudo tinham se juntado à laranja. Ele levantou a cabeça milímetro por milímetro, estendeu a mão e delicadamente apalpou a atadura na nuca. Elena Ilyichnina tinha dito que se o fluido se acumulasse ele o escutaria se mover, então ele realmente se lembrava de algumas coisas.

Uma jovem enfermeira verificou sua pressão sanguínea e trocou seus curativos; ela não conseguia tirar os olhos de sua testa, e ele decidiu que provavelmente era melhor mesmo não ter espelho. Quando ela saiu, os olhos dele se voltaram para a televisão, onde um desenho animado foi seguido pelo noticiário: condições melhores na Chechênia, solidariedade fraternal com a Bielo-Rússia, reavaliação moderada na Ucrânia.

Internacionalmente, havia alívio pela Rússia ter reassumido seu papel tradicional de liderança e ter restabelecido o equilíbrio da ordem mundial. Na própria Rússia, pesquisas mostravam que a confiança pública aumentava e o povo se unia contra os terroristas. Nikolai Isakov discursou em um comício ao ar livre dos ultranacionalistas Patriotas Russos.

— Tver outra vez. — Elena Ilyichnina voltou para a cabeceira da cama de Arkady.

— Como você sabe? — tudo o que ele via na tela era uma multidão.

— Sou de Tver.

A cidade de Tver ficava na estrada de Moscou para São Petersburgo. Fora isso, Arkady nada sabia sobre Tver.

— Você vai lá com frequência?

— Pego o trem toda sexta-feira depois do trabalho.

— É um trem lento no meio da noite. Por que não vai dirigindo no sábado de manhã?

— Se tivesse um carro, eu iria. Parece um luxo.

— Você tem um amigo lá?

— Não. Minha mãe está no hospital, não exatamente morrendo, mas a caminho disso. Trabalho lá nos fins de semana para ter certeza de que a equipe a trata bem. E basta de falar sobre mim. — Ela redirecionou a atenção dele para a televisão, onde um pelotão de meninos estava vestido com a camuflagem do Exército. — Tver é muito patriótica.

Bandeiras eram agitadas, uma imagem colorida, embora Arkady não conseguisse nomear as cores.

15

O travesseiro em forma de anel que protegia a incisão na nuca de Arkady permitia apenas uma posição.

Dentro dessa vista restrita Elena Ilyichnina assomou.

— Fiquei sabendo pelas enfermeiras que você está pedindo para ir para casa. Afinal, já se passaram quatro dias inteiros desde a cirurgia cerebral, quatro dias desde que você chegou aqui quase estrangulado e com um tiro na cabeça. Não admira que você queira retomar a vida normal.

Ele murmurou:

— Eu quero um espelho.

— Ainda não. Quando você puder andar, tem um espelho no banheiro dos homens.

— Me coloque em uma cadeira e me empurre.

— Você está cheio de fios e tubos.

— Você não tem um espelho com você?

— Não nos meus plantões. Você dormiu bem? — ela perguntou.

Arkady mencionou umas batidinhas que escutara durante metade da noite, batidas irregulares que pareciam vir de um lado da sua cama e depois do outro. A médica dissera que era dentro de sua cabeça. Era preciso aceitar, ela devia saber.

— Preciso de um telefone.

— Mais tarde. Com sua garganta, não quero que você fale demais, nem que transforme isso aqui em um escritório.

— Eu ainda gostaria de um espelho.

— Amanhã.

— Você disse isso ontem.

— Amanhã.

Ele exercitava a memória lendo uma página de uma revista, *Men's Health* ou *Bebê russo*, o que estivesse disponível; esperava cinco minutos e testava o que se lembrava, quando se lembrava de testar. Ou tentava recordar números de telefones e associá-los a nomes. Os números mais antigos vinham à cabeça primeiro, restabelecendo sua precedência: passaporte, carteira do Exército, números de telefones de rostos que ele não via fazia anos. Números mais recentes, como o do celular de Eva, eram fiapos de neblina.

O tempo mordiscava durante a tarde. Partículas de poeira se levantavam e flutuavam em circulação regular.

O homem na cama à sua frente morreu. Seu vizinho, uma traqueostomia, apertou o botão de chamada com urgência. Pelo canto do olho, mais ao fundo da enfermaria, Arkady via os médicos fazerem sua ronda, sempre perguntando pelo fígado; cuidados com o fígado eram preeminentes na terra da vodca.

Ele continuava a lutar com sua memória. Alguns números de telefone emergiam inteiros, alguns em parte: 33-31-33, por exemplo, era a maior parte de um número de telefone ou a combinação completa de um cofre.

Telefone de quem?

Cofre de quem?

— Nós examinamos sua incisão e a contagem de glóbulos brancos no sangue e chegamos à conclusão de que você está tendo uma cura excelente e nenhuma infecção. Quer colocar tudo isso em risco por uma caminhada?

— Preciso de um passeio, Elena Ilyichnina. Um pouco de exercício.

— Eu não o tomaria por um fanático por exercícios. Deixe-me falar sobre exercícios. Estamos preocupados com seu equilíbrio e, Deus nos livre, uma queda. Então, seu primeiro "passeio", quando estiver livre dos cateteres, será em uma cadeira de rodas. Depois, uma perambulação aqui dentro com alguém pronto para ampará-lo se você tropeçar. Depois, caminhadas curtas em seu bairro com amigos.

— E depois?

— Fique longe do metrô, não dirija, não beba, não nade, não corra, não jogue futebol, não seja estrangulado, não seja atingido na cabeça. Talvez você deva considerar outra área de trabalho. Para alguém nas suas condições, não consigo pensar em um trabalho pior. O problema é que você não sabe quem você é. Encontrará brechas inesperadas e mudanças em diferentes capacidades. Mudanças de humor. Mudanças no olfato e no paladar. Limites na solução de problemas. Você ainda não sabe o que não tem. A bala provocou uma onda de choque por todo o cérebro. Você tem de deixar que ele se restabeleça.

— Eu mal vou usá-lo.

Elena Ilyichnina não se impressionou.

— Eu perguntei sobre depressão?

— Não. As coisas já não estão ruins o suficiente?

— Há algum histórico de depressão em sua família?

— O normal.

— Algum suicídio?

— O usual.

— Sua atitude tem muito que ver com a sua recuperação.

— Vou me recuperar se ninguém mais me der um tiro.

À noite, a enfermaria mergulhava em um torpor narcótico. As enfermeiras de plantão esfregavam os olhos e remexiam na papelada. Um apito do micro-ondas anunciava que alguma coisa estava quente.

Arkady se levantou tão lentamente quanto um mergulhador de grandes profundidades se aproximando da superfície da água. A cama quase não rodopiou, e, quando conseguiu controlar a náusea, deslizou até ficar de pé no chão, colocou o travesseiro em forma de anel na cama e deixou que sua cabeça se acostumasse com a altitude. Arrancou o cateter do braço e, exceto por algumas gotas, estancou o sangue com o polegar. Para não fazer barulho, ele saiu sem os chinelos, embora deslizasse os pés ao caminhar. A distância até o banheiro era um vácuo interminável. Suas pernas tremiam. Quem imaginaria que ficar de pé exigiria tanto esforço?

Quando chegou à porta do banheiro, o envelope de papel que era sua camisola de hospital tinha aderido ao suor em seu corpo. Primeiro, ele teve medo de que uma luz se acendesse automaticamente quando abrisse a porta e depois teve medo do breu quando fechou a porta atrás de si. Tateou com as duas mãos até achar o interruptor.

O banheiro tinha um vaso, uma pia e um espelho. Ele urinou e, ao sair, viu uma criatura com a cabeça raspada e um anel violeta ao redor do pescoço. Arkady virou o suficiente para mostrar a ponta de uma sutura preta e o palhaço exibiu uma exatamente igual. Juntos, Arkady e o palhaço tiraram a atadura da testa para revelar uma fileira de suturas como pestanas.

Arkady cambaleou para longe do espelho e passou pela porta, apoiando uma das mãos na parede do corredor para se equilibrar. Percorreu certa distância antes de perceber que tomara a direção errada, que não estava na enfermaria e sim em uma área totalmente diferente do andar. Não tinha sequer certeza de qual direção tomara.

Quais eram suas alternativas? Esquerda, direita ou ficar onde estava com sua camisola de papel o resto da noite até que houvesse luz suficiente para encontrar o caminho de volta. Nenhuma enfermeira notaria sua cama vazia antes disso? Se isso era o máximo que seu novo cérebro conseguia fazer ele estava terrivelmente desapontado.

Tentou escutar o som de um elevador; os vãos dos elevadores sempre estão acesos e servem de ponto de referência. Ou de um piso sendo limpo; a pessoa da limpeza poderia ser uma alma gentil que lhe mostraria o caminho. Em vez disso, escutou a batidinha, o som que tinha aparecido e desaparecido de sua consciência durante boa parte da semana.

Arkady seguiu o som por mais duas portas. A maçaneta girou facilmente e a porta se abriu para uma sala com uma mesa de exame, uma pia e desenhos mostrando o aparelho digestivo humano. Zhenya estava no chão em um amontoado de cobertores de hospital jogando xadrez em um tabuleiro de plástico computadorizado, à luz de um abajur que trouxera consigo. Ele olhou para Arkady. Outro garoto talvez tivesse gritado.

— Continue. — Arkady se sentou em uma cadeira de rodas. — Acabe. Eu tenho de me sentar.

Jogando com as peças pretas, Zhenya estava no final de um jogo. As brancas tinham mais peças, porém elas estavam espalhadas, enquanto o cavalo de Zhenya levava o rei branco ao pânico. Zhenya terminou com uma torre bloqueada, um peão de isca e uma série rápida de xeques, cada movimento acompanhado rapidamente pela batida simulada em um relógio de jogo, clique-clique, clique-clique, clique-clique. Mate.

O rosto de Zhenya hesitou na pequena poça de luz emitida pelo abajur. Seus olhos estavam enormes e iluminados de baixo. Ele estava quieto em seu anoraque.

— O que você está fazendo aqui? — Arkady perguntou.

— Visitando.

— De noite?

— Estou aqui no hospital, talvez fique por aqui. É fácil. Só tenho de ir de uma sala de espera para outra. Elas têm máquinas de Coca-Cola.

Vindo de Zhenya, aquilo era um discurso.

— Da próxima vez, me visite nos horários de visita, quando eu estiver acordado.

— Você está com raiva?

— Por causa do... — Arkady apontou para a bagunça geral que era sua cabeça. — Não de você.

— Eu fugi. Meu pai atirou em você e eu fugi.

— Eu já fiz coisa pior.

224

Os olhos de Arkady avistaram um telefone. Quando tirou o fone do gancho, escutou o sinal.

— Para quem você está ligando? — Zhenya perguntou. — Já é bem tarde.

— Não é apenas tarde, é a hora em que os homens com cabeças de berinjela caminham sobre a terra. — Arkady discou 33-31-33, esperou e desligou. Estava exausto.

— Como Baba Yaga.

— A bruxa que come criancinhas? Claro.

— Como meu pai.

Baba Yaga vivia na floresta em uma casa sobre pés de galinha em um quintal rodeado por uma cerca de ossos humanos. Zhenya em geral não dizia nada e Arkady inventava aventuras sobre crianças que escapavam.

— O que você quer dizer? Todo fim de semana costumávamos sair para procurar seu pai.

Zhenya não disse nada.

A rotina do silêncio. Zhenya podia interpretar aquele papel como um artista; podia passar uma semana antes que ele dissesse outra palavra.

— Seu pai tentou me matar e teria matado você, mas você nos fazia procurá-lo todo fim de semana. Por quê?

Zhenya deu de ombros.

— Você sabia o que ele ia fazer?

Zhenya jogou as peças de xadrez em uma sacola de camurça por ordem de valor, começando com os peões pretos, outro de seus rituais. Arkady lembrou-se de como, no parque Gorky, um Zhenya mais novo dava quatro voltas mágicas ao redor da fonte.

— Você cuida bem de suas peças.

Zhenya colocou a torre no saco.

— É como se elas estivessem vivas, não é? — disse Arkady. — Você não está apenas jogando com elas, vocês as ajuda. E não é só você pensando, elas também pensam. Elas são suas amigas. — Os olhos de Zhenya dardejaram, embora Arkady estivesse simplesmente usando a chave que Zhenya lhe dera. — Você disse que seu pai era Baba Yaga? É contra ele que seus amigos lutam?

Eram 2 horas da manhã no relógio digital no punho magro de Zhenya. Uma hora suspensa no escuro.

— Elas não estão vivas — disse Zhenya. — São apenas de plástico.

Arkady esperou.

— Mas eu cuido delas — Zhenya acrescentou

— Como você faz isso?

— Eu não as perco.

— O que acontecia se você perdesse?

— Eu ficava sem jantar.

— Isso acontecia muitas vezes?

— No começo.

— Ele era muito bom?

— Mais ou menos.

— Quantos anos você tinha quando o derrotou de verdade?

— Nove. Ele disse que estava orgulhoso. Eu quebrei um prato e ele me bateu com um cinto. Ele disse que era por causa do prato, mas eu sabia. — Zhenya se permitiu um sorrisinho.

— Onde estava sua mãe?

O sorriso desapareceu.

— Não sei.

— Sei que seu pai gosta de viajar de trem. Devia ficar longe por muito tempo.

— Ele nos levava junto.

— Você jogava xadrez no trem?

Sem resposta.

— Você jogava xadrez com outros passageiros?

— Meu pai queria que eu humilhasse eles um pouco. Isso era o que ele sempre dizia, humilhe eles um pouco.

— Alguém alguma vez perguntou por que você não estava na escola?

— No trem? Não.

— Ou por que você não tinha um pouco de cor nas bochechas?

— Não.

— Alguma vez você perdeu?

— Algumas.

— O que o seu pai fez?

Sem resposta.

— Por fim, uns mineradores de ouro o reconheceram.

— Eles espancaram meu pai e jogaram meu estojo de xadrez para debaixo das rodas.

— De um trem?

— Foi.

— Seu pai recuperou o estojo?

— Ele me mandou pegar. Eu teria ido, de qualquer maneira.

— Então, você passou um ano indo e voltando de Moscou a Vladivostok, jogando xadrez em uma cabine de trem? Um ano de sua vida?

Zhenya desviou o olhar.

— Você e seu pai alguma vez tiraram uma folga, foram à praia, correram na grama? — Arkady perguntou.

Zhenya não disse nada, como se uma infância assim fosse uma fantasia. Mas Arkady sentiu que havia alguma outra coisa faltando.

— A primeira vez que perguntei sobre as viagens do seu pai, você disse: "Ele nos levava junto." Quem, além de você?

Zhenya não disse nada e não esboçou nenhuma expressão.

— Era sua mãe?

Zhenya balançou a cabeça.

— Quem?

Zhenya permaneceu em silêncio, mas seus olhos se alarmaram quando Arkady pegou o rei branco da sacola de camurça. Arkady girou a peça nos dedos e a escondeu no punho, abriu a mão e deixou que o garoto pegasse a peça de volta.

— Dora.

— Quem era Dora?

— Minha irmãzinha. Ela não era boa no xadrez. Ela tentava mas perdia.

— O que acontecia?

— Ela ficava sem jantar.

Uma clareza atingiu Arkady, e era uma clareza esmagadora. Durante um ano ele pensou que estava ajudando Zhenya a procurar um pai amoroso, e durante todo aquele tempo Zhenya estivera caçando um monstro.

— Então, todas aquelas vezes que fomos atrás do seu pai, por que você queria que eu fosse junto?

— Para matá-lo.

Arkady tinha de repensar tudo.

16

Zurin organizou uma festa de despedida para Arkady, uma reunião tranquila no escritório do promotor, só expressos e doces com outros investigadores. Que o investigador sênior Renko estava sendo mandado embora era tudo o que as pessoas sabiam. Não realmente rebaixado, mas com certeza não promovido. Posto de lado. Realocado.

— A escolha de seu posto — disse Zurin. — A escolha de seu posto em uma bonita...

— Cidadezinha do interior — disse um espertinho.

O promotor continuou:

— Uma cidade histórica como Suzdal, um local tranquilo longe do estresse de Moscou. Faz apenas um mês que o investigador Renko levou um tiro cumprindo o seu dever. Ninguém se preocupou mais com sua recuperação do que eu. Falo por todos do departamento quando digo: bem-vindo de volta.

— E adeus, parece — disse Arkady.

— Por enquanto. Reavaliaremos suas condições de saúde periodicamente. Sei que é preciso um ano para uma recuperação completa. Enquanto isso, mãos mais jovens terão sua vez no remo e ganharão experiência. É claro que todos nós esperaremos ansiosos pelo seu retorno. No seu caso, o mais importante é não ficar esperando sem rumo. Não perder tempo.

Arkady olhou para os rostos do pessoal do departamento, os funcionários temporários que se moviam a meia velocidade, os esgotados e amargos, os arrivistas que imitavam a pose de Zurin. E o que eles viam nele a não ser um homem pálido cujo cabelo negro estava crescendo misturado ao grisalho e com uma pequena cicatriz lívida na testa? Lázaro mal retornado dos mortos e já sendo mandado embora.

— Minha escolha de realocação?

— Foi aprovada pelo promotor geral.

— Você não acha que devido às visões de Stálin alguém está querendo me manter longe dos repórteres?

— De maneira nenhuma. Na verdade, nós o invejamos. Ficaremos tropeçando em cadáveres enquanto você estará entrando em contato novamente com a verdadeira e autêntica Rússia.

Arkady pensou em Suzdal enquanto dirigia. Suzdal, farol sagrado dos ônibus nos feriados. Suzdal, a 200 quilômetros de Moscou. Suzdal, o lugar perfeito para um homem avariado passar uma temporada no campo.

Manteve o pé no acelerador, criou uma nova pista entre as duas legítimas, diminuiu a velocidade em Pretrovka e depois mergulhou no tráfego em direção ao rio. Como no xadrez, a posição era tudo. Uma caixa de papelão com restos de provas, objetos pessoais e uma caderneta espiral com uma alegre capa de margaridas balançava no banco de trás do Zhiguli.

A neve tinha derretido na temperatura anormalmente amena, oscilando de um extremo ao outro sem nenhuma parada no meio. Seria por causa do aquecimento global? Não importava, a cidade se aquecia ao sol de sua falsa primavera, em brisas balsâmicas que provocavam os narcisos e descobriram Igor Borodin.

Borodin fora descoberto em um bueiro no parque Izmailovo, uma garrafa de vodca vazia ao seu lado. Os peritos não encontraram sinal de violência. O conteúdo de seu estômago correspondia ao que ele havia consumido depois de sua absolvição por atirar no entregador de pizza um mês antes. Seu médico confirmou que Borodin sofria de depressão e quase se matara de tanto beber duas vezes antes. Daquela vez, com tanto a celebrar, ele conseguira. Parecia apenas adequado que os detetives responsáveis por investigar o caso, Isakov e Urman, tivessem servido com o morto na OMON.

Pelo que Arkady sabia, ninguém fizera uma conexão entre a briga doméstica fatal de Kuznetsov com a mulher e os excessos de Borodin. Tudo o que as mortes pareciam ter em comum era álcool e a formidável equipe de Isakov e Urman, cuja taxa de solução era motivo de alegria.

Em uma feira ao ar livre, Zhenya entrou no carro com um punhado de CDs e DVDs piratas. Arkady esperava que o garoto não os tivesse roubado; a máfia tinha regras sobre esse tipo de coisa. Enquanto se dirigiam para o clube de xadrez, Arkady exercitava sua memória visual com o que via. Um caminhão azul. Um cartaz retangular. Um guarda de trânsito cinza. Um domo dourado em camadas. Alguma coisa verde. Um ônibus azul. Um padre que parecia um cone preto. Um padrão de tabuleiro de damas de tijolos marrons e outra coisa. Uma coisa preta com listras de alguma cor. Ele lembrou que Elena Ilyichnina tinha dito que os neurônios danificados podiam se recuperar, mas os mortos nunca voltavam. Portanto, um cérebro levemente aparado.

Eles encontraram Platonov sentado nas escadas do porão do clube. Embora semanas tivessem se passado desde sua comemoração dos 500 dólares, o grande mestre ainda estava um trapo.

— Estou orgulhoso por ter desprezado a banalidade de uma poupança, mas a libertinagem teve seu preço. Devo dizer que seu amigo Victor se manteve ao meu lado, ombro a ombro, em minha resolução. A maioria dos homens teria me procurado e dito: "Meu querido Ilya Sergeevich, guarde algum para os dias de vacas magras." Victor, não. Você vai se encontrar com ele logo?

— Esta tarde.

— Senhor Deus, faça-o sofrer. Meu fígado está tão frágil quanto um balão e eu tinha planejado fazer algumas pequenas melhorias aqui no clube. Não que eu esteja me queixando para alguém que foi, você sabe... bang!... na cabeça.

Escada abaixo, a mesma janela suja do porão permitia que a mesma luz tenebrosa entrasse. Uma luz fluorescente tremeluzia acima de uma dúzia de jogos tão profundamente avançados que os jogadores pareciam sonâmbulos. Em estojos de vidro nem um único conjunto de xadrez, relógio de jogo ou camada de pó parecia perturbado. Cabeças se viraram, no entanto, quando Zhenya sentou-se silenciosamente na frente do tabuleiro reservado para o jogador mais forte da sala. Ele abriu sua mochila e sua sacola de camurça e farejou o ar como se procurasse uma presa.

Platonov disse:

— Se o merdinha induzir algum membro a jogar por dinheiro, vai ficar sabendo que nenhum membro deste clube tem nada. Eles são cuidadosamente filtrados para serem puros e pobres.

— Como um anticassino.

— Exatamente. Renko, eles não vão me cobrar imposto sobre os 500 dólares, vão? A grana passou tão rapidamente pelas minhas mãos. E nem é como se eu tivesse ganhado o dinheiro de maneira justa. Zhenya me entregou o jogo.

— Até onde ele pode ir?

— Difícil dizer. — Platonov abaixou a voz. — Ele é como um garoto que nasceu com o dom. Pode perdê-lo quando sua voz mudar. Ele tem uma inteligência comum. Seus ídolos são os Boinas Negras, o que é normal para um garoto da idade dele. No tabuleiro de xadrez ele é uma criatura diferente. Enquanto os jogadores mais inteligentes analisam a situação, Zhenya vê. É como o Mozart pirralho, que compunha música tão rápido quanto conseguisse escrever porque ela já estava completa em sua cabeça.

— Algum Boina Negra em particular?

— Um capitão Isakov parece ser seu herói principal. Você sabia que ele liderou seis Boinas Negras contra uma centena de terroristas chechenos?

— Você acredita nisso?

— Por que não? Em Stalingrado tínhamos atiradores que matavam alemães aos montes. Veja só. Tínhamos o rio Volga às nossas costas. Stálin disse: "Nenhum passo atrás!" Um passo atrás

233

e nos afogaríamos. Então, como vai indo a recuperação? Você parece bem, considerando tudo. Voltou a ser você mesmo?

— Como vou saber?

Arkady pediu água mineral e Victor uma cerveja em um café na calçada sob uma árvore sem folhas no bulevar Ring. Árabes passavam em direção a suas embaixadas. Bebês eram empurrados em seus carrinhos. Victor leu a caderneta de anotações de Arkady e, quando terminou, acenou para o garçom.

— Não dá para entender a insanidade desta caderneta só com cerveja; merece vodca. Para começar, Arkady, você ficou louco? Isso é resultado do tiro?

— Essas notas são apenas para estimular minha memória sobre certos casos.

— Não. Essas notas cobrem casos que nunca foram seus. Kuznetsov atingido por um cutelo de açougueiro, sua esposa sufocada com a própria língua, o jornalista Ginsberg atropelado e Borodin bêbado. Esses casos foram resolvidos pelos detetives Isakov e Urman como briga doméstica, um escorregão no gelo, os perigos de beber sozinho e não compartilhar. Mas você insinua assassinatos.

— Estou apenas sugerindo que eles não foram investigados adequadamente.

— Você viu Ginsberg sendo atropelado?

— Não.

— Havia alguma evidência de jogo sujo com Borodin?

— Não.

— O que eles têm a ver com os Kuznetsov?

— Isakov e Urman.

— Você está percebendo a circularidade do seu argumento?

— As notas são só para o meu uso.

— É melhor que sejam mesmo, porque se Isakov e Urman ouvirem rumores sobre isso, seu corpo será encontrado, mas não a caderneta. Sinto-me péssimo. Eu o envolvi com Zoya Filotova tentando matar e esfolar o marido. E isso explodiu na nossa cara.

— As notas não estão bem organizadas.

— Bom, você colocou todo mundo junto.

— Tentei dar a cada um sua própria página e uma lista de fatos e quase fatos. Para começar, Isakov e Urman. Depois a equipe de vídeo dos Patriotas Russos, Zelensky, Petya e Bora, cada um tem uma página.

— Hoje eles estão fazendo campanha em Tver. — Victor parou reverentemente quando uma pequena garrafa de vodca chegou, depois pegou a caderneta e folheou-a. — Você dedicou uma página a Tanya.

— Namorada de Urman e garroteia bem. Pontos de bônus por tocar harpa.

— Aqui está o pai de Zhenya, Osip Lysenko? O que diabos ele tem a ver com isso?

— Qualquer um que atira em mim automaticamente ganha uma página.

— Se você continuar com isso, vai levar outro tiro. Quem sabe? Talvez Isakov e Urman achem o seu corpo. Pensei que você tivesse uma viagem para fora da cidade.

— É o que dizem.

Victor virou outra página.

— O resto das notas é maluquice. Setas, diagramas, referências cruzadas.

— Conexões. Algumas estão só esboçadas.

— Você me preocupa, Arkady. Acho que está se desfazendo.

— Queria estar completo.

— Verdade? Sabe que nome eu não vi? Eva. Doutora Eva Kazka. Eu acho que ela merece uma página.

Arkady ficou atônito com a omissão. Escreveu o nome de Eva em uma página em branco e se perguntou o que mais teria deixado escapar sobre ela.

— Acho que agora estão todos aí — disse Victor.

Arkady observou um ônibus passar com o anúncio de uma viagem de um dia para Suzdal. "Conheça a alma da Rússia." A viagem incluía o almoço.

— Há um número — ele disse.

— Que número?

— Eu não me lembro do tiroteio e há outros trechos em branco, então eu estive trabalhando com números de telefones, endereços, nomes. O que 33, 31, 33 significam para você?

— Fala sério? Não significam nada.

— O que poderiam significar?

Victor tomou o primeiro gole de vodca como um açougueiro amolando sua faca.

— Não é um número de telefone; teria de ter sete dígitos. Talvez a combinação de um cadeado ou de um cofre. Direita duas vezes para 33, esquerda para 31, direita para 33, vire o trinco e abra, só...

— Só que eu não sei de quem é o cofre ou onde ele está.

— Visualize o número. Escrito à máquina? À mão? Quem o escreveu, você ou outra pessoa? A mão de um homem ou de uma mulher? Onde o número estava escrito originalmente? Em um guardanapo de papel ou um descanso de copo? É o número de uma placa de carro? O número vencedor de um prêmio da loteria? Como você pode lembrar e não lembrar?

— Elena Ilyichnina disse que pedaços da minha memória voltarão. Tenho de ir.

Arkady pagou a vodca de Victor, o preço de seus conhecimentos.

— Você acha que eu bebo demais? Seja honesto.

— Um pouco.

— Poderia ser pior. — Victor olhou para a direita e para a esquerda. — Elena Ilyichnina disse alguma coisa sobre mim?

— Não.

— Ela me reconheceu?

— Por que reconheceria?

Victor puxou para trás o cabelo nas têmporas e mostrou uma pequena cicatriz franzida de cada lado.

— Você sempre me assombra — disse Arkady. — Você também?

— Um pouco diferente. Eu tive um pequeno problema com drogas cerca de dez anos atrás, então me enfiaram umas brocas.

— Brocas?

— Com anestesia local. Eu conversei com o médico enquanto ele tirava um pouco de tecido cerebral de cada hemisfério. Uma coisinha. O procedimento era um exemplo maravilhoso da ingenuidade russa. Agora está proibido por lei porque Elena Ilyichnina o denunciou, mas funcionava. Estou limpo desde então.

— Parabéns. E a bebida?

Victor arrumou o cabelo no lugar.

— Preenche o vazio. Me completa. É meu verniz. Todo mundo tem um verniz, inclusive você, Arkady. Todos veem um homem pacífico. Não tem nada de remotamente pacífico em relação a você. Nós começamos, você e eu, investigando dois detetives. Agora você está atrás dos Boinas Negras.

— Aconteceu alguma coisa na Chechênia.

— Coisas horríveis, sem dúvida; é a guerra. Mas por que heróis como Isakov e Urman voltariam para Moscou e matariam seus amigos e antigos camaradas de armas? Você percebe para onde essa caderneta leva? Confundir desejos com a realidade. Pergunte a você mesmo de quem você está atrás: Isakov ou Eva? Eu falo como o homem que matou aquele que atirou em você. O que o faz pensar que Eva está infeliz com ele? — Quando Arkady não respondeu, Victor forçou um semissorriso. — Foda-se, esqueça tudo isso. Estou divagando. Estou bêbado.

— Você me parece sóbrio. Pense em 33, 31, 33. Fico me perguntando por que meu cérebro se fixou nesse número específico.

— Talvez a essa altura seu cérebro odeie você.

Com o degelo, um caminhão de mudança por fim entregou a mobília de Arkady e seus bens materiais, incluindo um catre, embora Zhenya mantivesse sua independência dormindo no sofá com uma mochila pronta para uma partida imediata. Ele ainda trazia a marca da subnutrição infantil, mas começara a levantar pesos e desenvolvera pequenos músculos, duros como nós em uma corda.

Fazia os trabalhos de escola rapidamente para poder ligar a televisão e assistir ao canal de nostalgia, que exibia documentários do tempo da guerra sobre o cerco a Leningrado, a defesa de Moscou, a carnificina e o valor de Stalingrado, renomeado

Volgogrado, mas para sempre Stalingrado. Também filmes de guerra sobre pilotos, tripulação de tanques e atiradores que compartilhavam instantâneos de mães, esposas e crianças antes de atacar casamatas com metralhadoras, pilotar um avião em chamas, arrastar-se com um coquetel Molotov em direção a um tanque inimigo.

— Sinto muito — disse Zhenya.

Arkady ficou um pouco assustado. Ele estava sentado na escrivaninha escrevendo na caderneta, e não tinha escutado Zhenya se aproximar.

— Obrigado. Sinto muito pelo seu pai.

— Você viu?

— Não, na verdade não.

— Você não se lembra? — Zhenya perguntou.

— Não.

Zhenya assentiu, como se essa fosse uma boa opção.

— Você se lembra de ir ao parque Gorky?

— Claro.

— Se lembra da roda-gigante?

— Sim. Seu pai era o encarregado.

Osip Lysenko tinha conseguido uma situação perfeita para negociar as drogas: jovens pagando em dinheiro por um passeio de cinco minutos na privacidade de uma gôndola ao ar livre. Que ninguém tenha tentado sair voando lá em cima na roda-gigante era um milagre.

— Ele nunca estava lá — disse Zhenya.

Graças a Deus, pensou Arkady. Cada um tinha ido ao parque com uma falsa suposição. Arkady pensava que o garoto estava procurando o pai ausente. O garoto pensava que Arkady estava levando um revólver.

Um minuto era em geral o tempo limite de conversa com Zhenya, mas ele continuou onde estava, animado.

— O inverno é uma merda.

— Com certeza pode ser.

— No pátio de manobras dos trens a gente podia morrer congelado. Cheirar cola durante o dia e ficar azul à noite. Esse era o momento em que a gente tinha de ir para o abrigo.

— Como o inverno na Crimeia.

— O problema é que se um dos pais aparece, eles entregam você, mesmo que seja alguém como o meu pai. Ele dizia que a lei estava do lado dele; eu nunca conseguia escapar.

— Você o viu aqui?

— Bem do outro lado da rua. Ele estava com a equipe que estava consertando um buraco.

— Foi só azar.

— Estava nevando. Eu não o vi quando saí do prédio e passei direto por ele. O vento jogou meu capuz para trás e ele disse meu nome. Ele disse: "Você ainda joga xadrez?" E então viu minha sacola de livros e disse: "Você está com seu estojo de xadrez aí?"

— Você estava? — perguntou Arkady.

Zhenya assentiu.

— Então ele me disse para dar o estojo para ele guardar e que iríamos retomar de onde tínhamos parado. "Parceiros outra vez", ele disse. Foi então que eu fugi. Ele estava usando botas de borracha, mas escorregou no gelo e caiu. Ele gritou. Ele disse: "Vou torcer seu pescoço como o de uma galinha! O juiz vai me dar você e eu vou torcer seu pescoço como o de uma galinha!" Eu o escutei por vários quarteirões.

— Para onde você foi?

— Para o lugar onde Eva trabalha. Ela me disse para ficar longe do apartamento.

— Faz sentido.

— E para não contar para você, porque isso iria acabar mal. Ela conhecia pessoas que poderiam arranjar as coisas para ninguém se machucar.

— Essa é uma habilidade especial. A quem ela se referia?

— Não sei.

Arkady deixou a mentira passar. Zhenya já tinha desabafado bastante.

— Eva estava certa — ele admitiu. — Não acabou bem.

E não estava melhorando. Ele não tinha nenhuma lembrança de escrever 33-31-33. Talvez fosse um número imaginário e sua caderneta fosse uma ficção inventada para difamar um homem bom. Ele considerou até onde chegara, lançando suspeitas sobre a investigação da morte de Kuznetsov e, sem nenhuma prova, tentando ligar Isakov à morte solitária de Borodin na floresta.

Mesmo bêbado, Victor tinha acertado na mosca. Eva o deixara. O que o fazia pensar que ela não era feliz?

A Grande Guerra Patriótica foi interrompida para o noticiário da noite. Com cinco minutos de telejornal Arkady percebeu que uma manifestação dos Patriotas Russos em Tver estava sendo televisionada. Nikolai Isakov estava na fileira da frente ajudando a carregar uma bandeira que dizia: "Restaurar o Orgulho Russo"! Ao lado de Isakov, Marat Urman continuamente examinava a multidão, e na segunda fileira estava Eva, elegante e exótica entre os rostos redondos.

Por um megafone, Isakov anunciou: "Eu fui um rapaz de Tver, servi na OMON de Tver e representarei Tver com lealdade nas mais altas instâncias do governo."

O dia estava ameno o suficiente para que muitos usassem camisetas dos Patriotas Russos, deixando os americanos, Wiley e Pacheco, ainda mais visíveis com suas parcas. Enquanto abria páginas na caderneta para os dois consultores políticos, Arkady lembrou-se do café da manhã no hotel Metropol, os olhos fechados da harpista e o telefone do hotel escrito com caneta esferográfica na parte de dentro de uma caixa de fósforos.

Arkady foi até o armário e rasgou a caixa de papelão que trouxera do escritório até encontrar a caixa de fósforos que tomara de Petya, o cinegrafista faz-tudo de Zelensky. "Tahiti — Clube de Cavalheiros" estava impresso em letras vermelhas em um campo plástico cor-de-rosa. O número do Metropol estava escrito à mão dento da aba. Não havia um número de telefone para o clube, inicialmente, mas ao se aquecer entre seus dedos a marca impressa de uma mão aberta apareceu na frente e o verso revelou o número de telefone 33-31-33. Como um desses anéis que mudam de cor com o calor do corpo. Um dígito a menos que em Moscou. Ele não tinha a lembrança consciente de ter visto o número antes; sua mente, por força do hábito, guardara. O código de área de Tver era 822.

Ele ligou do celular. No décimo toque, uma voz profunda disse:

— Tahiti.

Arkady ouviu ao fundo metais, risos, discussões, o tinido social de copos.

— Em Tver?

— Isso é uma piada?

Confiando na sorte, Arkady perguntou:

— Tanya está?

— Que Tanya?

— A que toca harpa.

— Ela chega mais tarde.

— O nariz dela está melhor?

— Eles não vêm aqui ver o nariz dela.

Arkady desligou. Pegou um copo pequeno de vodca e um cigarro. Estava começando a se sentir ele mesmo. Zhenya assistia à guerra outra vez. Os hitleristas estavam batendo em completa retirada. Seus caminhões e carros de munição chafurdavam na lama. Cavalos mortos e tanques queimados alinhavam-se na estrada. Arkady pegou o celular e ligou para um número em Moscou.

— Sim?

— Promotor Zurin.

— É você, Renko? Droga, esta é minha linha de emergência. Não pode esperar?

— Decidi sobre meu próximo posto e quero ir para lá assim que possível. Sem demora, como você diz.

Zurin se reorganizou.

— Hm, bem, esse é o espírito certo. Então, para Suzdal. Invejo você. Muito pitoresco. Ou talvez você tenha pensado em algum outro destino tranquilo. Qual vai ser?

— Tver.

Uma longa pausa. Ambos sabiam que se durante a longa associação profissional dos dois o promotor tivesse encontrado qualquer desculpa para mandar Arkady para Tver, já o teria feito. Agora que Arkady se voluntariava para o abismo, o promotor prendeu audivelmente a respiração.

— Está falando sério?

— Tver é minha escolha.

Isakov era de Tver. Os Boinas Negras da ponte Sunzha eram todos de Tver. Tanya era de Tver. Como, Arkady se perguntava, ele poderia ir para outro lugar?

— O que você está tramando, Renko? Ninguém escolhe ir para Tver. Você investigando algum caso?

— Como poderia estar? Você não me passou nenhum.

— É verdade. Muito bem, Tver será. Não me diga a razão. Apenas diga adeus a Moscou.

Na tela da televisão, um Exército Vermelho vitorioso carregava os estandartes nazistas de cabeça para baixo e aclamava o homem no Túmulo de Lênin.

Sentindo-se estimulado, Arkady acrescentou Stálin a sua caderneta, por precaução.

17

Rumo a Tver, Arkady deixou Moscou e entrou na Rússia.

Nada de Mercedes, nem Bolshoi, nem sushi, nem mundo pavimentado; em vez disso, lama, gansos, maçãs caindo de uma carroça. Nada de belas casas em comunidades fechadas, mas chalés divididos com gatos e galinhas. Nada de bilionários, mas homens vendendo jarras na estrada porque a fábrica de cristal onde trabalhavam não tinha dinheiro para pagá-los, então pagava-os com mercadorias, fazendo de cada homem um comerciante que segurava uma jarra com uma das mãos e espantava moscas com a outra.

Para um dia de inverno, o clima estava anormalmente quente, mas Arkady dirigia com os vidros fechados por causa da poeira que os caminhões levantavam. O Zhiguli não tinha ar condicionado nem rádio, mas o motor podia funcionar à base de vodca se necessário. De tempos em tempos, a terra era tão plana que o horizonte abria-se como um leque, e prados e lodaçais se estendiam em todas as direções. Uma estrada de terra se ramificava por um punhado de chalés e uma igreja que parecia um bolo de Páscoa inclinado, emoldurada por bétulas.

No banco do carona, Elena Ilyichnina olhava com tristeza para a paisagem do campo que passava. Para espanto de Arkady ela aceitara a oferta de uma carona até sua cidade natal para ver a mãe. As aldeias no caminho estavam definhando, esvaziadas pela evacuação em massa dos jovens, que iam para Tver, para Moscou ou para São Petersburgo em vez de sofrer o que Marx chamara de "a idiotia da vida rural". Uma loja da aldeia vendia galochas e casacos de lona. Moscou oferecia supermodelos e fliperamas. Uma geração inteira fora para a cidade ganhar dinheiro, adquirir conhecimentos de computação, tentar, vagabundear, fazer trabalhos temporários, usar um boné de papel e fritar frangos, fazer parte — de um jeito ou de outro — do futuro. A morte de uma aldeia podia ser rastreada pelo número de casas que, sem pintar, ficavam cinzentas e desapareciam entre as árvores; na maioria das aldeias, o cinza era epidêmico.

Durante a guerra, Tver se chamava de Kalinin, em homenagem ao presidente da Rússia. Kalinin tinha um respeitável cavanhaque e, mais importante, era uma máquina de elogiar o secretário. Na opinião de Kalinin, Stálin era "nosso melhor amigo, nosso melhor professor, o desbravador das eras, o gênio da ciência, mais brilhante que o Sol, o maior estrategista militar de todos os tempos". Stálin tentou fazer com que Kalinin, por favor, parasse, bastava, mas ele não parou. Assim que a União Soviética desmoronou, Tver reivindicou seu antigo nome de volta.

Embora o dia estivesse quente, as orelhas de Elena Ilyichnina estavam vividamente rosadas e Arkady de repente percebeu que ela era o ideal de muitos homens: uma grande mulher, Victor dizia com frequência, era um rochedo em mares revoltos. Ela preparara um almoço salsichas e pão para comer no caminho.

A conversa nunca engrenou realmente. Eles eram como dois dançarinos tão fora de sintonia que finalmente abandonaram o salão. Também, Elena Ilyichnina havia trabalhado em um plantão em Moscou e estava prestes a começar outro em Tver e aproveitou a oportunidade para tirar uma soneca, o que pareceu ótimo a Arkady. Ela podia ser uma presença amistosa, desde que não falasse.

Ao se aproximarem de Tver, ele percebeu que ela acordara e o observava. Ela disse:

— Soube que você é um investigador que não carrega uma arma. Qual é a filosofia por trás disso?

— Nenhuma filosofia. Em algumas situações a arma torna-se um problema. Você começa a se preocupar com o momento em que vai mostrá-la, com quando usá-la. É como uma locomotiva; ela o leva aonde você quer ir.

— E então alguém tem de tirar uma bala de dentro da sua cabeça.

— Não é um sistema incontestável. Você está querendo me dizer que vou precisar de uma arma em Tver?

— Não.

— Então, me diga como é Tver.

— Patriota. Em Moscou, as pessoas pagam os médicos para inventar razões pelas quais seus preciosos filhos não podem cumprir o serviço militar obrigatório. É claro que o Exército é brutal e estúpido, mas em Tver, onde os garotos são igualmente preciosos, todos cumprem.

— Moscou parece impopular.

— Eu arranjaria uma placa nova para o carro.

Aquilo lhe pareceu desnecessário — afinal, ele não sabia sequer quanto tempo ficaria em Tver — e, mudando de assunto, perguntou sobre a saúde da mãe dela.

— É um dia de cada vez. — Ela pareceu subitamente exausta. — Voltarei para Moscou amanhã. Aqui está o hospital.

Eles dirigiram até a entrada de carros de um prédio lúgubre de seis andares, uma estrutura de placas de vidro e concreto pré-moldado que um dia pareceu moderna. Grãos de areia cobriam o vidro e o concreto estava manchado pela ferrugem de vigas de aço vagabundo.

— É melhor do lado de dentro — Elena Ilyichnina rabiscou algo em um cartão e o entregou a Arkady. — Acrescentei o número do meu celular. Em caso...

— Só por via das dúvidas — ele concordou.

Ao voltar para a estrada, um grupo de motociclistas passou por Arkady, talvez uns vinte em combinações sujas e desleixadas de óculos escuros, pelos faciais e jaquetas de couro. As motocicletas reluziam como pedras preciosas incrustadas em aço cromado. Com cabelos ruivos compridos e bandana, o líder do grupo poderia ser confundido com um bucaneiro. Sua máquina era baixa, alongada, cor de rubi, e, ao ultrapassar, ele fez sinal para que Arkady abaixasse o vidro da janela.

— Foda-se Moscou! — o motociclista gritou.

O bando seguiu em frente.

Arkady resolveu trocar a placa do carro.

— Bem-vindo a Tver. — Sarkisian, o promotor da cidade, fez a frase soar como uma única palavra sibilante. Conduziu Arkady pelo escritório, para que ele pudesse ver os certificados profissionais, pinturas a óleo do monte Ararat e, no lugar de honra, fotografias do promotor vestindo um quimono de judô, ao lado do próprio presidente. Fora isso, o escritório era igual ao de Zurin, o tapete soviético vermelho, painéis escuros, cortinas marrom-escuro. Uma janela dava para uma praça com uma estátua de Lênin supervestido para o inverno.

— É uma pena você ter perdido o almoço. Você vai descobrir que essa é uma cidade muito amigável. Com nossos altos e baixos, mas quem não os tem? Depois que você se instalar, é o lugar mais amigável do mundo. Não existem segredos em Tver. — Sarkisian apertou o ombro de Arkady. — Você veio para Tver voluntariamente?

— Sim.

— Tive uma conversa com Zurin, de promotor para promotor. Você tem a reputação de ser um, digamos, investigador excepcionalmente ativo. Gosta de ir até a cena do crime.

— Acho que sim.

— Eu tenho uma abordagem diferente. Penso em meus investigadores mais como editores do que como escritores. Deixe que os detetives façam o trabalho de fuçar. Seu papel é pegar o que eles descobrirem e transformar em um caso que eu possa levar ao tribunal. É como gansos voando para o sul. Eles não voam cada um em uma direção. Eles voam em formação. Correto?

— Sim.

— Menos desgaste e lágrimas, também. Os médicos já liberaram você para o trabalho?

— Completamente curado.

— Excelente, mas antes de voltar ao trabalho, tire uns dias para aprender a configuração da cidade. Eu insisto. Você conhecerá os homens mais tarde. Se eu tivesse tido mais tempo para preparar sua chegada, teríamos feito uma cerimônia adequada. Do jeito que ocorreu, tivemos sorte de conseguir um quarto para você dormir.

— Tver está tão cheia assim?

— Ah, Tver é uma cidade movimentada. Colocamos você no Barqueiro. Vou lhe passar o endereço. — O endereço já estava impresso. — Portanto, como eu disse, tire os próximos dias para se acomodar. Isso lhe dará a chance de decidir se realmente quer se transferir para cá. Então, conversaremos sobre trabalho.

Sarkisian levou Arkady até o corredor. Perto do elevador, um armário de vidro exibia medalhas de judô, troféus, faixas.

— Nós trabalhamos juntos e nos divertimos juntos. É assim também em Moscou?

— Nós bebemos juntos. — O elevador, um Otis do pré-guerra com um ascensorista armado, finalmente chegou. Arkady entrou mas segurou a porta: — Moscou não parece ser muito querida aqui.

Sarkisian encolheu os ombros para o óbvio.

— Moscou quer ser o único porco no cocho. Para Moscou, o resto de nós pode morrer de fome. Portanto, aqui em Tver, nós cuidamos de nós mesmos.

Tver fora uma cidade elegante com um palácio imperial, e no Volga, um rio que era uma inspiração para os poetas. Então, veio a Revolução, a guerra, a implosão soviética e a pilhagem econômica e, pareceu a Arkady, Tver se tornou um par de bulevares de arquitetura clássica — o teatro era um templo grego adornado de rosa — cercados por lojas desconexas, fábricas ociosas e prédios cinza do pós-guerra. Arkady dirigiu pela cidade para conhecê-la enquanto ainda era dia porque os mapas russos eram uma coisa e a realidade, muitas vezes, outra completamente diferente. Havia desvios, obras na rua, ruas de mão única, ruas vigiadas, ruas que não existiam, todo tipo de surpresa.

A memória de curto prazo era um problema para Arkady. Três vezes ele se viu, inesperadamente, diante da estátua de Lênin. Comeu uma *pirog* que comprara em um quiosque enquanto contemplava Lênin, que estudava um pombo. Finalmente, Arkady caminhou até o rio.

Ali a imperatriz Catarina tinha construído um palácio para seus amantes. Ali o poeta Puchkin tinha caminhado ao longo do rio enquanto entrelaçava "emoções, pensamentos, e sons mágicos." Em qualquer inverno normal, o Volga teria congelado e Arkady poderia caminhar sobre o rio, mas o Volga que ele encontrou estava cheio pela neve derretida e fluía rápido.

Quando era garoto, Arkady tivera aulas de piano com sua mãe, e uma das primeiras peças que ele aprendera fora "Os barqueiros do Volga". Os barqueiros se ofereciam como animais de carga com cintas cruzadas no peito para puxar chatas e barcos, medindo sua força contra a implacável corrente do rio. "Puxem, vamos! Força, vamos!" A mão esquerda de Arkady batia dramaticamente enquanto ele procurava a melodia com a direita, expressando o fatalismo dos homens cujo único alívio era a vodca e cujas camas eram os trapos em suas costas.

No hotel do Barqueiro, caminhoneiros de carretas compridas mantinham a tradição, dormindo em lençóis sebosos, tomando banho de água fria, vestindo-se diante de um espelho quebrado. O papel de parede era um mural de manchas. Uma lata de spray de inseticida estava em cima de uma cômoda como um buquê de flores.

Arkady colocou no chão uma mochila e sacolas de ginástica e perguntou ao gerente da noite:

— O promotor Sarkisian reservou isso?

— Pessoalmente.

Arkady olhou novamente para o homem. O gerente da noite tinha a cabeça raspada e ligeiramente achatada. Segurava uma folha de plástico na mão.

— Você é o ascensorista do elevador do escritório dele. Você tem dois empregos.

— O que o procurador quiser, eu faço.

Arkady passou os dedos pelas queimaduras de cigarro no móvel da televisão.

— Não me leve a mal, mas acho que vou procurar outra acomodação.

O gerente da noite sorriu.

— Não importa. Você passou pela porta, tem que pagar.

— Quanto?

— Mil rublos por uma noite.

— Uma noite de quê?

— Não importa. — O gerente da noite estendeu o plástico no chão, embora Arkady achasse que era um pouco tarde para ser meticuloso. — Este quarto foi reservado para você.

— Não por mim.

— Você passou pela porta.

Era difícil argumentar com um homem de tão poucas palavras. Arkady tampouco estava se sentindo brilhante, mas um raio cósmico que atravessou seu cérebro fez cócegas em sua memória.

— Já vi você antes. Você lutava boxe.

— E daí?

— As semifinais, Torneio Internacional de Boxe, 1998. Você e um cubano. Depois de dois rounds você estava na frente, mas no terceiro você sofreu um corte e a partida foi interrompida. Foi uma grande luta. Qual era mesmo o nome do cubano? Qual era o nome dele?

O gerente da noite estava satisfeito.

— Martinez. O nome dele era Martinez.

— Ele deu uma cabeçada em você, não deu?

— É, ninguém se lembra disso, só lembram que eu perdi. Houve uma contemplação geral da injustiça da vida. Arkady pensou em sua arma, trancada no cofre em Moscou.

O gerente da noite teve de sacudir a cabeça.

— Você tem uma memória e tanto.

— Vai e volta. Então é isso que você faz agora, quebra ossos?

— De vez em quando. — O gerente da noite estava constrangido, como um mestre carpinteiro que recebesse a encomenda de uma gaiola. Deslizou um soco inglês pela mão.

— Artrite.

— Dói muito?

— Um pouco.

— Bom, isso pode arder. — Arkady pegou a lata de inseticida e borrifou no rosto do gerente.

— Merda!

Arkady golpeou a cabeça dele com a lata. O sangue escorreu pelo rosto do gerente. Ele se cortava com facilidade.

— Canalha!

O gerente da noite tentou dar alguns passos e ficou emaranhado na folha de plástico.

— Filho da puta!

Do hotel do Barqueiro Arkady dirigiu até a estação ferroviária, um lugar onde um homem esperando dentro de um carro não chamaria atenção. O cheiro enjoativo do inseticida o seguiu e ele abaixou o vidro da janela. Não sabia o que o gerente da noite pretendera — um mero susto, alguns socos nas costelas, um lábio cortado. Arkady sentiu que uma porta realmente tinha sido atravessada. Em um dia ele passara de investigador sênior em Moscou a sem-teto em Tver. Quis provocar uma reação e teve seu desejo atendido.

O celular tocou. Era Eva.

— Não acredito — ela disse. — Você deu uma toalha para o homem?

— Acho que sim.

— Você joga spray no sujeito que ia atacar você e depois dá uma toalha para ele limpar os olhos? Isso fez você se sentir melhor?

— Um pouco. — Ele escreveu a identificação da ligação na caderneta enquanto se lembrava. O número e "hotel Obermeier". — Como você ficou sabendo?

Houve silêncio do outro lado antes de Eva dizer:

— O importante é que você vá embora de Tver.

— Ainda não.

— Nikolai prometeu que não vai encostar um dedo. Não vai acontecer de novo.

— Não vai encostar um dedo em mim ou em você?

— Em você. Até a eleição, pelo menos.

— Você acha que ele vai ganhar?

— Ele tem de ganhar.

— Pela glória ou pela imunidade?

Outra vez uma pausa.

— Por favor, Arkady, vá para casa:

Ela desligou.

Imunidade seria a cereja no bolo de Isakov. O senador Isakov se tornaria um homem à prova de bala. A Lei protegia os legisladores de serem presos por qualquer crime a menos que fossem presos em flagrante, digamos, de assassinato ou estupro. Quanto aos casos antigos, como o dos Kuznetsovs, o de Ginsberg e o de Borodin, não haveria remexer nas cinzas. Esses casos já estavam concluídos e logo seriam esquecidos.

O celular tocou. Ele desejou que fosse Eva, mas o visor mostrou Zhenya, a última pessoa com quem Arkady gostaria de falar. Ele não estava no espírito de conversar sobre xadrez e com Zhenya tudo se relacionava a xadrez, livros sobre xadrez e campeonatos de xadrez. Então ele deixou o telefone tocar. Não queria ser o treinador de xadrez de Zhenya nem seu pai nem seu tio. Ser amigo já bastava. O telefone tocou. Por que Zhenya estava sendo tão insistente? Era meia-noite. Tocou até Arkady se render e atender.

Zhenya sussurrou:

— Você está perto do lago Brosno?

— Não faço ideia.

— Descubra se você está perto do lago Brosno — disse Zhenya.

— OK.

— Passou um programa na televisão a noite passada que dizia que o lago Brosno era perto de Tver.

— Então deve ser — disse Arkady. — O que tem o lago?

— O lago Brosno tem um monstro como o do lago Ness, só que melhor. Eles têm fotos e todos os velhos já viram.

— O que faz o monstro melhor?

— O monstro do lago Brosno sai para a terra.

— Bem, aí está.

— Durante a guerra ele saiu e agarrou um avião fascista em pleno ar.

— Um monstro patriota — Stálin não apenas recrutara a Igreja Ortodoxa e todos os seus santos, Arkady pensou, mas também os monstros da nação. — Ele é muito grande?

— Do tamanho de uma casa — disse Zhenya.

— Ele tem pernas?

— Ninguém sabe. Os cientistas vão levar um equipamento eletrônico em um barco e ver se acham alguma anomalia.

— Anomalia? — Uma boa palavra.

— Não seria legal se o monstro saísse?

— E devastasse o campo e espalhasse pânico e medo?

— Teríamos de jogar uma bomba nele. Ia ser muito maneiro.

— Zhenya, a esperança é a última que morre.

Depois do telefonema, Arkady estava ansioso demais para conseguir dormir. Os bondes não circulavam mais. Ele deixou o carro na estação de trem e saiu caminhando sem rumo. Não havia por que se hospedar em outro hotel; não havia muitos em Tver, e Sarkisian poderia avisá-los em poucos minutos. Ou Arkady poderia dirigir de volta para Moscou.

A rua levava, como todas as ruas em Tver pareciam levar, ao rio. O Volga juntava-se a dois rios menores no centro da cidade e, alimentado por eles, corria veloz pela barragem em direção ao distante mar Cáspio. Não era de espantar que ele tivesse sido atraído. Palácio, parques, estátuas, duas pontes iluminadas, quase tudo em Tver olhava para o rio, rostos familiares olhando-se em um espelho de prata.

Havia duas abordagens: atacar Isakov ou ir atrás de Eva. Ambas eram audaciosas, mas de maneiras diferentes. Já que não possuía as provas nem a autoridade para ir atrás do detetive de maneira oficial, ele teria de induzir Isakov ao erro. Ou podia esquecer Isakov e a justiça e se concentrar em Eva. Ela tinha dormido com outro homem? Na idade dele, isso importava cada vez menos. As pessoas tinham passado.

Ele poderia manter sua dignidade ou a dela.

A escolha era dele.

18

Sofia Andreyeva disse:
— Não mostro bons apartamentos para qualquer um. Sempre presto atenção nos sapatos. Se não cuidam dos próprios sapatos, como vão cuidar de um apartamento?

— É claro — disse Arkady, embora não merecesse nenhum crédito por isso; qualquer filho de um general do Exército automaticamente mantém os sapatos engraxados.

Ela piscou para ele enquanto dirigia e cantarolava consigo mesma. O carro dela era o Lada mais limpo que Arkady já tinha visto. Nada de maços de cigarro, latas de cerveja, jornais amassados ou ferrugem no assoalho. Mais ou menos como a própria Sofia Andreyeva. O que antes fora um nariz distinto com o tempo se transformara em um nariz adunco, mas ela tinha passado ruge nas maçãs do rosto e, enrolada em um xale negro, parecia alegremente consternada. Era corretora de imóveis, o que queria dizer que ela recebia todos os trens que chegavam na estação de Tver e estudava os passageiros que desembarcavam antes de oferecer "Apartamentos para alugar. Garantimos a melhor oferta". Outros corretores de imóveis usavam placas-sanduíches, coisa que ela considerava *déclassé*.

Gostara de Arkady logo que o vira. Barbeado, sem aparentar estar de ressaca já de manhã cedo. E ficara satisfeita por ele, apesar de ter seu próprio carro, ter ido à estação de trem em vez de a algum escritório abafado e caro.

Sofia Andreyeva mostrou-lhe um apartamento estúdio, com detalhes dinamarqueses e conexão wireless, e também um espaçoso apartamento na rua Sovietskaya, o bulevar central da cidade. Nenhum dos dois atendia às necessidades de Arkady. Enquanto caminhavam pela Sovietskaya, Sofia Andreyeva o surpreendeu ao cuspir casual e deliberadamente em um portão. Antes que ele perguntasse a razão, ela disse:

— Há mais um apartamento, de um amigo querido. Ele está de licença na universidade. Telefonou para mim ontem para dizer que com o euro como está, uma renda extra não faria mal. De qualquer maneira, o apartamento ainda não está pronto para ser mostrado, e os objetos pessoais dele estão espalhados por toda parte mas se tiver lençóis novos pode se mudar ainda hoje. Você fala francês?

— Não. É uma condição?

— De maneira nenhuma, não. — Ela suspirou. — É só, bem, uma pena.

O apartamento ficava no segundo andar de um conjunto habitacional com roupas secando nas sacadas. O saguão estava imundo e as caixas de correspondência, arrombadas. O apartamento, no entanto, abrigava uma fantasia. Pôsteres de Piaf e Alain Delon nas paredes. Guias Michelin enchiam as prateleiras. Um maço de Gitanes estava em cima da mesa, e o cheiro de um queijo esquecido impregnava tudo. Ela fez Arkady tirar os sapatos e colocar pantufas na porta.

— Os tapetes.

— Compreendo. — Não era realmente incomum trocar de sapatos se as pantufas estivessem disponíveis.

— A menina dos olhos do professor. — Ela apontou para o tapete mais puído do assoalho. — Um tapete menor, com certeza, mas comprado com salário de professor. — Ela fungou. — Que ambiente. Talvez seja uma boa ideia abrir a janela.

Arkady observou a foto de um homem de meia-idade fazendo pose com uma boina enfiada na cabeça e um cigarro pendurado no lábio inferior.

— Ele tem família?

— O filho do professor é anarquista. Viaja pelo mundo incendiando carros em protestos em conferências internacionais. Repare na televisão e no videocassete. Dois quartos, um banheiro. Carpetes, é claro. O banheiro e a cozinha foram reformados. O gás e a eletricidade estão ligados. Sinto dizer que o telefone foi desligado, mas com certeza você tem celular. Todo mundo tem.

Mudar-se para um apartamento completamente mobiliado era como usar as roupas de outra pessoa, mas uma vantagem era o prédio em frente ser comercial e não um poleiro de *babuchkas* curiosas. No térreo havia duas saídas, a porta da frente, que dava para a rua e a garagem, e a porta dos fundos, que dava para um pátio com playground e bicicletário. Do outro lado do pátio havia uma série de pequenos negócios — um café com internet, uma academia de levantamento de peso e um salão de beleza. Dois sujeitos vestidos com roupas de ginástica matavam o tempo na porta da academia. Sofia Andreyeva estava disposta a alugar mês a mês por uma fração do que um hotel custaria.

— Gostei. Alguma chance de o filho pintar por aqui? — disse Arkady.

— Duvido. Está na prisão em Genebra. Mas no caso de haver problema... — Ela rasgou um pedaço de jornal e escreveu um número de telefone. — Meus cartões de visita ainda estão na gráfica. Pode ligar à tarde e perguntar pela doutora Andreyeva.

— Médica? Dois empregos?

— Para ter o que comer.

— Vou procurá-la se pegar uma gripe.

— Espero que não, para o seu próprio bem. Você é casado?

— Não.

— Talvez você não saiba, mas homens da América, da Austrália, do mundo inteiro, vêm para cá atrás de noivas russas. Acho que não precisamos de um contrato por escrito. As chaves valem mais que qualquer documento. Vai receber correspondência aqui?

— Não, as cartas irão para o escritório.

— Bem melhor.

Sofia Andreyeva abotoou o casaco, pronta para sair. Arkady disse:

— Antes de ir, qual é mesmo o nome do professor?

— Professor Golovanov. Ele gosta de dizer que seu fígado é russo e o estômago, francês. Eu, em certo sentido, também estou no meio do caminho entre ser russa e francesa.

— Polonesa?

— Sim.

— Achei que tinha percebido algo. Um certo jeito.

— Sim, sim.

Ele estava encantado, mas gelou ao ouvir passos no corredor. Um pedaço de papel deslizou por baixo da porta e os passos se afastaram.

— O que é isso?

— Um panfleto de um comício político.

Um lado do panfleto prometia música e palhaços, enquanto o outro exibia uma foto de Isakov de uniforme, de pé em cima do para-choque de um carro de combate.

— Política. — Sofia Andreyeva pronunciou a palavra como se fosse lixo. — É claro que temos de registrar seu novo endereço na milícia. Mas já que você é um investigador da procuradoria, deixo isso por sua conta.

— É claro.

Arkady compreendeu perfeitamente. Às vezes era melhor não fazer muitas perguntas. É claro que havia a possibilidade de um professor Golovanov ressuscitado voltar de suas férias no sul da França, embriagado com vinho e cantando a Marselhesa. De qualquer forma, Arkady raramente tinha visto a lei ser quebrada com tal élan.

O dia estava confortavelmente fresco, parecia mais Páscoa do que inverno, os muros de tom pastel da praça Lênin brilhando ao sol. Um conjunto de balalaicas tocava em um palco decorado de branco, azul e vermelho, as cores da bandeira russa. Palhaços se equilibravam no alto de pernas de pau. Adolescentes de patins distribuíam camisetas "Eu sou um Patriota Russo". Voluntários faziam algodão-doce rosa e branco. Técnicos instalavam cabos e a cada instante os alto-falantes emitiam sons agudos de estática. Um telão de vídeo montado em um caminhão, sobre elevadores hidráulicos, aparecia atrás do palco enquanto uma equipe de câmeras trabalhava sobre uma plataforma na frente do palco, Zelensky na câmara e Bora operava uma vara com um microfone. Zelensky estava emaciado como sempre. Bora parecia estar no limite de suas habilidades técnicas. Arkady avistou Petya manejando uma câmara móvel no chão. Arkady pegou uma das camisetas dos Patriotas que estavam sendo distribuídas. A foto de Isakov, impressa nas costas, era semelhante a outra que ele vira antes, só que naquela o herói segurava uma pá em vez de um rifle, e a cabeça de tigre da OMON tinha sido substituída por um emblema com a estrela vermelha, uma rosa e um terceiro elemento que Arkady não conseguiu identificar.

Havia mais pessoas do que Arkady esperara. Além dos habituais aposentados com dentaduras de metal, o comício tinha atraído trabalhadores das minas de carvão e veteranos das guerras do Afeganistão e da Chechênia. Mineiros e veteranos eram homens sérios. Alguns dos veteranos estavam em cadeiras de roda, acentuando o fato de Isakov ser um candidato que não usara subterfúgios nem subornara ninguém para fugir do dever de servir a seu país. Os discursos tinham sido programados para começar à 1 da tarde e durar uma hora. Às 2 horas, os candidatos menos importantes começaram, embora a equipe do palco ainda tentasse controlar a microfonia e o pessoal do telão ainda estivesse ajustando o ângulo. Mas prevalecia uma atmosfera festiva. Era um evento gravado, não ao vivo. Fora Arkady, ninguém prestava muita atenção no tempo. Ele queria comprar um carro com placa de Tver antes do fim do dia. Um Zhiguli branco com placa de Moscou era fácil demais de localizar.

Quando a multidão aumentou, Arkady foi para o lado de modo a poder ver também os bastidores de ângulos diferentes. Dois trailers, do tipo que acomodava atores em uma filmagem, estavam estacionados de cada lado do caminhão. Um se destinava aos candidatos menos importantes; os Patriotas Russos tinham muitos deles para apresentar ao público, chamarizes escolhidos para compor a chapa. O único candidato autêntico do partido era Isakov, parado do lado de fora do outro trailer com Urman e dois tipos que Arkady não via desde o hotel Metropol, os dois marqueteiros americanos, Wiley e Pacheco. Isakov estava vestido todo de preto. O preto era a cor favorita da Nova Rússia para os carros alemães e os ternos italianos, mas ele também estava tranquilo como um ator de cinema descansando com sua comitiva. O cabelo ralo e fino de Wiley subia e descia com o vento.

Arkady se perguntou por que eles estavam ali fora. Por que não aproveitavam o trailer?

Ligou para o celular de Eva e observou o grupo.

No primeiro toque, Urman e Isakov olharam para o trailer.

No segundo, olharam um para o outro.

— Alô.

— Sou eu — disse Arkady.

— Você está em Moscou? — perguntou Eva. — Me diga que você voltou para Moscou.

— Não exatamente. Você está bem? — Para Arkady, parecia uma pergunta bem adequada para se fazer a uma mulher que vivia com um assassino.

— E por que não estaria? Só preciso de tempo para acertar as coisas.

— Você disse que conversaríamos.

— Depois da eleição.

Naquele instante o alto-falante do palco emitiu um som agudo. Eva apareceu na janela do trailer. Ela tinha escutado o mesmo que ele.

— Você está aqui?

— Isso aqui é melhor que ir ao circo.

— Vá para casa. Estará a salvo se for para casa.

— Quem disse isso a você?

Quando Isakov entrou no trailer, Eva sumiu de vista. Palavras foram murmuradas. Arkady ouviu Isakov dizer "por favor" e sentiu o telefone sair da mão de Eva.

— Renko?

— Sim.

— Fique onde está — disse Isakov.

Arkady observou Isakov abrir a porta para falar com Urman, que pegou o celular e deixou um número. Arkady descobriu qual era quando a teleobjetiva de Zelensky percorreu a multidão e se fixou nele como a mira de um rifle.

A imagem de Arkady saltou na tela, apenas por um segundo, porque Isakov entrou no palco.

— Vocês me conhecem. Sou Nikolai Sergeevich Isakov de Tver e estou do lado da Rússia.

Aplausos calorosos, como costumam dizer, pensou Arkady.

Isakov descreveu uma nação cercada por fanáticos religiosos e alianças obscuras. Pelo mundo afora havia ogivas nucleares, homens-bomba e amigos das épocas boas. Perto de casa havia um círculo de vampiros que tinham despojado a Rússia de seus tesouros e, pior, subverteram seus valores e suas tradições. Era uma arenga vagabunda, mas o que as pessoas realmente tiravam de eventos como aquele?, Arkady divagou. Que Nikolai Isakov se saía bem na tela grande. Que era bonito de um modo antiquado. Que estava acostumado a comandar. Que era um deles, um filho de Tver. Que eles tinham se levantado e tocado um herói.

Urman parou ao lado de Arkady.

— Acho que aquela bala deve ter mesmo avariado seu cérebro. Você devia estar o mais longe possível daqui.

— Cheguei a pensar nisso, mas queria ouvir Isakov pessoalmente.

— Então, o que achou? — perguntou Urman.

— Ele está indo do assassinato para a política. Será que isso é um degrau acima ou abaixo? O que os americanos acham?

— Eles estão felizes. Eu disse a eles que você era inofensivo. Você é inofensivo?

— Como um bebê.

— Você foi um bebê ontem à noite no Barqueiro? Está fodendo comigo?

— Ah, eu não foderia com você. Não quero engolir minha língua.

— Eu posso acabar com a sua raça agora mesmo.

— Duvido. Não, não no meio de um comício dias antes da eleição. Wiley é um especialista. Ele pode explicar para você o efeito negativo que um assassinato tem em um comício. Na verdade, acho até que tenho um pouco de espaço para respirar aqui. — Arkady tinha se desligado do discurso de Isakov, mas contribuiu com palmas educadas. — Que dia perfeito para um evento como este. Você é um sujeito de sorte. Mas o que você é exatamente? Na Chechênia você era o segundo no comando. É parceiro dele no esquadrão de detetives. Agora é o chefe de campanha dele? E depois? Capacho de pés? Lambe-sola?

Urman meio riu, meio suspirou.

— Você está tentando me provocar?

— Bem, os mongóis têm um histórico de violência, Gêngis Khan, Tamerlão e tudo mais.

— Você está ficando maluco.

— Talvez. O engraçado disso de levar um tiro na cabeça é...

— Você devia estar morto.

— É isso aí. Devia.

— Deu uma olhadinha no outro lado? Viu um túnel e uma luz?

— Vi um túmulo.

— Sabe, isso foi o que eu sempre pensei.

As pessoas se aglomeravam ao redor. Fazendeiros de 80 anos com ternos de 40 eram seguidos em marcha rápida por homens e rapazes com uniformes camuflados e *babuchkas* mancando. Um adolescente passou correndo com o pai e o avô. Os três compunham um quadro encantador, três gerações vestindo uniformes camuflados com insígnias nos ombros idênticas: uma estrela vermelha, um capacete e uma rosa.

— Um clube de caminhadas ao ar livre?

— Coveiros.

— Por que são chamados assim?

Urman deu de ombros.

— Eles cavam. Eles cavam e amam Nikolai; são o que Wiley chama de base de Nikolai. Precisam de alguém como ele.

— Um assassino em série?

— Essa é uma acusação infundada feita por um sujeito com o cérebro danificado. É o que o promotor Zurin vai dizer. É o que o promotor Sarkisian vai dizer, e nós também.

No palco, Isakov chegava ao clímax: "O sacrifício de sangue da Rússia, de 20 milhões de vidas, deteve os invasores fascistas. Lembranças dessa luta ainda podem ser vistas por toda a Tver."

Aplausos esmagadores.

— Por que os americanos estão aqui? — perguntou Arkady.

— A campanha de Nikolai tem ímpeto. Os americanos dizem que o ímpeto é muito importante na política. Eles achavam que estavam armando um candidato de papel para foder com a oposição. Agora estão tendo outra visão de Nikolai.

O Isakov real e o projetado diziam em uníssono: "É nosso dever moral proteger a segurança da Rússia, racionalizar os ganhos econômicos, acabar com a corrupção, identificar os ladrões e seus cúmplices que roubaram as propriedades do povo, liquidar impiedosamente o terrorismo, reconstruir nossas defesas sem pedir desculpas para ninguém, rejeitar a intromissão dos hipócritas estrangeiros em nossos assuntos internos, promover os costumes e os valores russos tradicionais, proteger nosso meio ambiente e deixar um mundo melhor para os nossos filhos. E sempre me lembrarei de que sou um de vocês."

Ainda não tinha terminado. Uma menina subiu no palco com o buquê de costume e alguma coisa que Isakov prendeu na lapela do paletó. No telão, a câmara fechou sobre o emblema da estrela, do capacete e da rosa. Isakov também era um Coveiro.

Aplausos delirantes e apaixonados. O público aplaudindo de pé. Gritos de "Isakov! Isakov!"

— O que diabos foi aquilo? — perguntou Arkady.

— Um bom encerramento de campanha — disse Urman. — Está com tudo.

— Como uma salada de frutas. Você acha mesmo que Isakov tem chances?

— Ele é um vencedor desde que o conheço. Desde que entramos nos Boinas Negras. São 12 candidatos. Ele só precisa da maioria relativa.

Isakov não tinha saído do palco. Carregava a menina de um lado para o outro enquanto rosas caíam a seus pés. Urman se uniu ao aplauso ritmado.

— Por que ele largou os estudos? — perguntou Arkady.

— Do que você está falando?

— Quando você e Isakov se conheceram, na OMON, ele tinha acabado de largar a universidade.

— Estava de saco cheio. Não aguentava mais livros. Na OMON nos ensinaram uma coisa muito útil: bata primeiro e depois continue batendo.

— Bom conselho. Mas ele era um aluno brilhante, um dos melhores da turma, e, na última semana, jogou fora todo o árduo trabalho. Isso não me soa como saco cheio. Alguma coisa aconteceu.

— Você nunca desiste — disse Urman.

— É uma pergunta inocente. De qualquer maneira, você vai me matar logo que receber o sinal.

Urman se aproximou para falar confidencialmente.

— Você sabe como eu mato um inimigo? Primeiro arranco os testículos...

— Aí frita e come, etc. etc. Já ouvi essa história. Mas na ponte Sunzha você simplesmente atirou nas pessoas pelas costas.

— Estava com pressa. Com você, levarei o tempo que for necessário. — Urman confortou Arkady com um tapinha nas costas e sumiu.

A multidão não estava indo embora. Um aplauso rítmico continuava e havia tantas crianças nos ombros dos pais que pareciam uma segunda fileira de entusiasmo. Os alto-falantes tocaram o hino nacional soviético, a versão da época da guerra que incluía: "Stálin nos educou com fé no povo, inspirando-nos para o trabalho e para façanhas gloriosas!" O aplauso dobrou quando Isakov voltou ao palco para dizer informalmente, como se fosse um lembrete pessoal: "A escavação contará a história!"

Talvez, Arkady pensou. Talvez Urman o fizesse implorar por piedade, embora Arkady tivesse treinado com um mestre.

— A pele é sensível.

Arkady tinha 12 anos de idade. No Afeganistão. Tinha voltado para o acampamento coberto de mordidas de formiga, cada uma delas ardendo e latejando, e com o rosto inchado.

Seu pai sentou no catre e continuou.

— Já fizeram experimentos. Cobaias foram hipnotizadas; disseram a elas que estavam queimadas e bolhas apareceram em sua pele. Outros pacientes que sentiam dor eram hipnotizados e a dor desaparecia. Não completamente, talvez, mas o suficiente.

O General afrouxou a gravata e abriu os dois botões de cima da camisa. Suspirou fundo pelo nariz e tomou um gole do seu uísque.

— A pele cora de vergonha, fica pálida de medo, treme no frio. A questão é: por que você estava passeando de motocicleta fora da base? Fora da base é perigoso e proibido, você sabe disso.

— Não vi nenhuma placa.

— E precisa haver placas colocadas para você? O que estava fazendo na moto quando caiu?

— Só dando uma volta.

— Um pouco rápido demais, talvez? Fazendo alguma acrobacia?

— Talvez.

O General esvaziou o copo e se serviu novamente. Acendeu um cigarro. Tabaco búlgaro. Para Arkady, a chama do fósforo evidenciou a dor das mordidas.

— No que diz respeito aos nativos, nós somos engenheiros convidados para construir uma pista de pouso sob um tratado de amizade e cooperação. Por isso estamos usando roupas civis. Por isso compramos romãs e uvas deles, porque queremos cimentar nossa amizade e ser ainda mais bem recebidos. Mas esta ainda é uma base militar soviética e eu ainda sou o comandante. Compreendido?

— Sim.

O fumo do cigarro era aromático e azul como uma nuvem de trovoada.

— Havia nativos lá? Algum deles viu o acidente?

— Sim.

— Quem?

— Dois homens. Tive sorte de eles estarem lá.

— Tenho certeza — seu pai apagou o cigarro quando a chama chegou aos seus dedos. — Deve ter doído.

— Sim, senhor.

— Você está com 13 anos?

— Doze.

— Vinte mordidas é muito em qualquer idade. Você chorou?

— Sim, senhor.

O General tirou uma lasca de fumo do lábio.

— As pessoas que vivem aqui ao redor desta base são duras. Essas pessoas lutaram contra Alexandre, o Grande. São guerreiros, e seus filhos são treinados para serem guerreiros e, não importa o que aconteça, nunca chorar. Compreendido?

Nunca chorar. — O rosto de seu pai ficou vermelho. Arkady não achava que fosse por vergonha. As veias saltaram na testa e no pescoço do General. — Eu sou o comandante desta base. O filho do comandante não cai da moto na frente dos nativos, e se cair e for mordido por cem formigas, não chora.

Os dois nativos tinham se deitado languidamente sob a sombra de um halóxilon para fumar cigarros e observar Arkady com sua motocicleta perseguir esquilos pelo deserto. Os rapazes eram irmãos com barbas negras, curtas e encaracoladas. Usavam turbantes, calças largas, camisas grandes demais e óculos escuros.

— Eles observam — disse o general. — No instante em que parecermos fracos, estaremos cercados. É por isso que rodeamos o acampamento com minas e desencorajamos os nativos a se aproximarem, e é por isso que jamais deixamos eles entrarem para ver nossos equipamentos eletrônicos, até hoje, quando vieram carregando meu filho por causa das mordidas de formigas.

— Desculpe — disse Arkady.

— Você sabe quais são as consequências? Eu poderia perder meu comando. Você poderia disparar uma mina e perder sua vida.

Um lagarto tinha atravessado no caminho de Arkady. Ele girou o guidom sem pensar e, quando a traseira da moto derrapou, voou por cima da máquina e mergulhou de cara no monte arenoso do formigueiro.

— Você sabe o que tornou Stálin um grande homem? — perguntou seu pai. — Stálin foi grande porque, durante a guerra, quando os alemães aprisionaram seu filho Yakov e propuseram uma troca, Stálin recusou, mesmo sabendo que ao recusar estava assinando a sentença de morte do filho. — O General tragou o cigarro e o fez brilhar. Apesar das mordidas das formigas, Arkady sentiu um calafrio. — O tabaco queima a 190 graus centígrados. A pele sabe disso. Então eu vou dar uma escolha a você: sua pele ou a deles.

— De quem?

— Dos homens que o trouxeram, seus amigos nativos. Ainda estão aqui.

— Minha pele.

— Resposta errada. — Do bolso da camisa, seu pai tirou duas fotos, uma de cada irmão, sem turbantes e despidos até a cintura, deitados em uma poça de sangue. — Eles não teriam sentido nada.

19

O sol estava se pondo e a aldeia era um retrato da civilização indo dormir: um punhado de chalés, metade deles abandonados, a rede elétrica e o domo de uma igreja. Uma mulher se arrastava sob o peso de baldes de água. Um gato cor de fumaça a seguia. Quando a velha o enxotou, o gato disparou pela estrada e se enfiou entre pilhas de metal e cintas de borracha, no meio de montes de para-choques e pneus. Arkady manteve a velocidade do Zhiguli até o gato se espremer para passar debaixo das portas fechadas de uma garagem.

Arkady tinha passado o dia procurando o carro certo, algum que tivesse placa de Tver e fosse tão sem graça que não chamasse atenção. Tinha visto Volgas, Ladas, Nivas de todas as cores e com todas as variedades de batidas e, por uma ou por outra razão, nenhum deles servia.

Depois de bater na porta sem obter resposta, Arkady entrou na garagem e imediatamente piscou com a luz que vinha de um bico de solda de acetileno. Uma figura de máscara de soldagem e avental de couro soldava o que parecia ter sido um tanque de combustível no meio de polias e correntes, tornos e grampos de uma oficina. Itens indistintos sob várias capas protetoras pareciam mover-se sob o clarão. O gato pulou até uma prateleira de capacetes de motociclista e pestanejou com as faíscas.

— Rudenko? — Arkady teve que gritar. — Rudi Rudenko?

O soldador diminuiu a chama e levantou a máscara.

— Sou eu, o que você quer?

— Esta é a oficina de Rudenko?

— Por quê?

— Você tem carros usados?

— Não. Aqui é uma oficina de motos. Feche a porta quando sair. Obrigado. Tenha um dia de merda.

Arkady se dirigiu para a porta. Parou. No caminho de Tver, ele observara pelo retrovisor para ver se estava sendo seguido e podia dar uma breve descrição de cada carro que tinha se aproximado. Até encontrar aquele grupo de motocicletas, ele ignorava as motos, quase eliminando-as de seu campo de visão. Motos pequenas, em particular, eram como mosquitos ocasionais.

— Você ainda está aí? — perguntou Rudenko.

— Você tem alguma moto para vender?

— Primeiro você quer um carro, depois quer uma moto. Que tal a porra de um gato? Eu tenho um.

— Você tem alguma moto?

— Não vejo você em cima de uma das minhas motos. Seria como ver um velho trepando com uma mulher bonita. Estou ocupado.

— Posso esperar.

— Não tenho sala de espera.

— Espero no carro.

— Aquele carro? — O soldador olhou pela porta.

Ele apagou a solda e tirou a máscara, liberando um rabo de cavalo de cabelos ruivos. O ânimo de Arkady afundou. Rudi era alto e anguloso, com uma cara de bife e um bigode ralo. Era o motoqueiro que dera as boas-vindas a Arkady em Tver com um sonoro "Foda-se Moscou".

Arkady disse:

— Às vezes as pessoas trazem motos para consertar e nunca voltam. Você tem uma dessas?

Rudi pegou uma pá e a segurou como se fosse um machado.

— Primeiro deixe eu ajeitar o seu carro.

— Só quero uma moto. — A última coisa que Arkady queria era brigar com alguém maior e mais feio.

— Tudo bem! — Rudi gritou de repente para algo além de Arkady, que viu um velho vindo de trás dele com um forcado. O velho devia ter encolhido, pois suas roupas pareciam penduradas nele. — Tudo bem, vovô! Obrigado!

— É um Fritz? — perguntou o velho.

— Não, não é um Fritz.

— Preste atenção nos tanques.

— Estou com os olhos bem abertos, vovô.

— Bem, eles vão voltar. — O velho sacudia o forcado enquanto voltava para dentro.

— Desta vez estaremos preparados.

— Para quê? — perguntou Arkady.

— Alemães — disse Rudi. — Se os alemães voltarem, ele está preparado. Onde estávamos?

— Vim atrás de uma moto — Arkady lembrou a ele.

Rudi olhou na direção em que seu avô tinha ido.

— Fique parado. — Rudi deixou de lado a pá e revistou Arkady, encontrando sua identidade. — Um investigador sênior de Moscou. Você está me investigando?

— Não.

— E como é que sabe o meu nome?

— Você está na lista telefônica.

— Ah, está bem, sem problemas.

Arkady gostou daquilo. Rudi tinha os braços de quem levantava motocicletas pesadas. No ombro direito havia um BMW redondo tatuado e no ombro esquerdo, o tridente da Maserati. Nenhuma tatuagem de garotas ou armas, nem cabeças de tigre da OMON.

O velho voltou até a porta, usando um casaco com medalhas de guerra. Fez continência para Arkady e disse:

— Rudenko se apresentando.

Quando Arkady retribuiu a continência, Rudi disse:

— Não o encoraje. Ele acha que conhece você.

— De onde?

— Sei lá. De algum lugar no passado dele. Ignore. Você realmente quer uma moto?

— Quero.

— Tenho três. — Rudi tirou as capas de uma Kawasaki vermelho fogo, de uma Yamaha tigrada e de uma Ural com *sidecar* cor de lama.

— Lindas. As motos japonesas, quero dizer. Duzentos quilômetros em linha reta, rugindo como um jato.

— E a Ural?

— Quer ir rápido em uma Ural? Só caindo de um precipício.

Era verdade que a Ural não era um cavalo de corrida. Era a mula do transporte motorizado, com o *sidecar* usado para carregar cestos de galinhas ou a mulher de um agricultor. As pessoas a chamavam de Cossaco, por sua falta de charme.

— Tem placa de Tver?

— Tem, pode ver — disse Rudi. — Dois mil euros por qualquer uma das motos japonesas preparadas, 200 pela porra da Ural.

— Precisa de um novo pneu dianteiro.

— Tenho um recauchutado por aí. — Rudi apontou vagamente o monte de pneus do lado de fora. — Você realmente gosta de se arriscar, dá para perceber.

— Você inclui um capacete com viseira frontal?

— Sem problema. — Rudi remexeu em uma lata de lixo e pescou um capacete com uma rachadura no meio. — Ligeiramente usado.

— Pode entregar hoje à noite? Lá pelas 22 horas?

— Me livrar disso? Em qualquer lugar. Sugiro a estátua de Puchkin na barragem. De noite os gays ocupam o pedaço e a milícia cai fora. — Rudi ficou subitamente alarmado. — Cuidado, vovô. Não, não. Não entre.

Carregando um saco de papel, o velho tropeçou em um monte de pás e varas que estavam encostadas num canto e caíram barulhentamente no chão.

— Vovô, por que sempre faz isso?

— Você me parece familiar — o velho disse para Arkady. — Você estava aqui em 1941?

— Eu ainda nem era nascido em 1941.

— Sabe dizer se isso aqui é de um Fritz? — O velho abriu o saco e tirou de dentro uma caveira com um buraco na nuca.

— Todos os alemães são Fritz para o meu avô — disse Rudi.

Arkady respondeu:

— Não faço a menor ideia.

Rudi disse:

— Chame-o de Grande Rudi. Ele era muito maior.

— Formalidades são desnecessárias entre velhos camaradas. — O avô de Rudi achou um dente frouxo, um molar amarronzado, e o arrancou do maxilar da caveira. — Nunca entendi isso. Os alemães eram uns tipos grandões e sadios mas tinham dentes muito ruins.

— Onde você conseguiu isso? — perguntou Arkady.

— Por aí. Acredite em mim, não há nada pior do que combater com dor de dente. Eu mesmo arranquei meu dente. — Ele guardou o dente no bolso. — Não se aborreça, Rudi, eu arrumo as pás. Você viu meus óculos?

— Você perdeu esses óculos faz dez anos.

— Estão por aqui em algum lugar.

— Gagá — Rudi disse para Arkady. — Vive no passado.

Arkady ajudou o velho a arrumar as pás. Entre elas estava um detector de metais de fabricação caseira, com uma bobina de indução e um medidor. Enquanto Rudi remexia gavetas procurando os documentos para a venda sua camisa levantou e deixou à mostra uma arma enfiada na parte de trás dos jeans.

O gato pulou em uma prateleira de capacetes nazistas, alguns inteiros e outros com perfurações. Em uma bancada de trabalho, uma caixa de metralha com instruções em alemão era a ponta explosiva de uma granada de mão tipo "espremedor de batatas". Os vidros embaçados de uma antiga máscara antigás olhavam do alto de um armário. Uma túnica camuflada pendurada em um gancho tinha o mesmo emblema — estrela, capacete e rosa — que Arkady tinha visto no comício em Tver.

— Você foi ao comício hoje? — Arkady perguntou para Rudi.

— Por Isakov? Ele é um fascista de merda.

— Parece que é popular.

— Ainda assim é um fascista de merda.

— Conheci Stálin — disse o avô de Rudi.

Arkady levou um instante para se ajustar a tamanha mudança de assunto. Era possível, pensou Arkady. O Grande Rudi tinha idade para isso.

— Quando? — perguntou Arkady.

— Hoje.

— Onde?

— No morro aí atrás. Olhe pela janela, ele está lá agora.

A luz era suficiente para que Arkady visse que não havia Stálin nem morro, só o restolho do pasto de inverno.

— Demorei demais. Ele sumiu. Disse alguma coisa? — Arkady perguntou.

— Só para irmos para a escavação. — O velho se animou. — Venha conosco amanhã. Stálin vai estar lá.

— Isakov também?

— Talvez. Não importa — disse Rudi. — Você não é um Coveiro. É só para os membros.

— Por quê? — Arkady perguntou.

— Um, você ia ficar no caminho. Dois, já que não ia saber o que estava fazendo poderia se machucar ou machucar alguém. Três, é estritamente contra as regras. Quatro, não pode ir nem fodendo. Por que você ainda pergunta? O que espera ver por lá?

Arkady não sabia. Sinais? Talvez revelações?

— O monstro não apenas derrubou um avião fascista invasor — disse Zhenya —, ele saiu do lago Brosno e expulsou os invasores mongóis centenas de anos atrás. Agora os cientistas querem descobrir se é o mesmo monstro ou um descendente. É disso que trata a expedição. Eles têm uma imagem dele, uma fotografia, não um desenho. Vi na televisão.

Arkady trocou o celular de orelha; quando Zhenya ficava empolgado sua voz tendia a ficar esganiçada. E nada o empolgava mais que o monstro do lago Brosno.

— Como ele era? — perguntou Arkady.

— Estava meio borrada. Podia ser um tipo de apatossauro. Definitivamente. Os cientistas saíram em um barco com equipamento especial e detectaram alguma coisa realmente estranha sob a superfície.

— E o que eles fizeram?

— Jogaram uma granada.

— É o que qualquer cientista faria. — Pela janela do apartamento, Arkady observava os telhados de Tver. Viu torres de igrejas mas nenhum domo em forma de cebola que desse graça ou fantasia à cidade. Por outro lado, Arkady agradecia ao monstro local por transformar Zhenya de mudo virtual em tagarela. — E o que o monstro fez depois disso?

— Nada. Escapou. Seria legal se ele engolisse o bote.

— E teria sido uma prova.

Zhenya disse:

— Eu queria ver o vídeo disso.

— Quem não queria?

A estátua de Puchkin tinha uma cartola, pose de aço, talvez um sorriso afetado. O estilo não combinava com o de Arkady. A cada poucos minutos homens diferentes saíam do escuro, passavam por ele e pela estátua de modo especulativo e continuavam seu caminho. Quinze minutos atrasado, Rudi chegou dirigindo a Ural até a estátua de Puchkin, seguido por outro motoqueiro em sua moto vermelha.

Rudi desceu, tirou o capacete e sacudiu o rabo de cavalo. Para enfrentar o frio da noite, ele usava casacos camuflados, verde-oliva, não o azul do OMON.

— Desculpe o atraso. Tive de vir por caminhos alternativos para que ninguém me visse de triciclo.

— Compreendo. Você tem uma reputação a zelar.

O companheiro de Rudi era um tipo troncudo, estofado de couro e correntes. O nome dele era Misha. Misha acelerava impaciente enquanto Rudi contava o dinheiro.

— O capacete? — perguntou Arkady.

— No *sidecar*. Também enchi o tanque.

Era mais do que Arkady esperava. Levantou a capa do *sidecar* e viu um capacete de motociclista com visor, usado mas sem rachaduras.

— Obrigado.

— Você conheceu meu avô.

— O Grande Rudi com o forcado?

— Isso. Ele realmente tem certeza de que viu Stálin. Ouviu falar de um sujeito em Moscou que levou um tiro na cabeça. Stálin apareceu e o sujeito levantou e foi embora.

— Que história.

Misha disse:

— Rudi, vamos embora ou não?

Rudi acenou para que ele esperasse e disse para Arkady:

— Coloquei também um pneu novo. Com cravos, para ação radical.

— Foi muita generosidade sua. — Arkady não tinha planos de dirigir de forma radical.

282

— Você sabe que saiu ganhando nesse negócio, Renko.

— O que você quer?

— Você é um desconfiado da porra.

— Sou mesmo.

— OK, meu avô quer ver você novamente. Seria muito importante para ele e eu pessoalmente nos consideraria quites. Ele insiste que viu você durante a guerra.

— Eu não tinha nem nascido.

— Faça o velho feliz. Ele vive no passado e se lembra das coisas antigas melhor do que das novas. Às vezes ele se confunde. Ele viu você e ficou todo animado. Grande coisa, você dá uma passada na oficina para uma visita. Uma hora do seu precioso tempo, porra.

— Na escavação.

— Não posso fazer isso. Como eu já disse, você não é um Coveiro.

— Converso com o Grande Rudi na escavação. Em nenhum outro lugar.

— Já expliquei, não é permitido. Você tem de ser um Coveiro.

— Azar — disse Arkady.

— Que filho da puta.

— A escavação.

Rudi e Misha montaram na moto vermelha, que ganhou vida com um vibrato que avisava ao mundo para sair da frente enquanto Rudi dava voltas em torno de Arkady.

— Você sabe, Puchkin não é o único aqui com colhões de cobre.

Rudi deu outra volta.

— Saímos às 6 para a escavação.

Assim que Rudi se foi, Arkady verificou sua nova aquisição. Nova para ele. A Ural devia ter pelo menos uns 30 anos. Um estepe estava amarrado atrás do *sidecar*, que parecia uma enorme sandália e tinha os acessórios principais: uma pá e um quebra-vento. O suporte da metralhadora fora cortado. Arkady tinha notado, quando viu a moto pela primeira vez, que havia estrelas estampadas em vários lugares, denunciando sua fabricação em uma linha de montagem militar.

Os engenheiros de Stálin puseram as mãos em algumas BMWs alemãs, desmontaram-nas, reforçaram aqui, simplificaram ali e quando montaram as motos, novamente elas já eram russas. As cossacas podiam ser agora um mero transporte de batatas, mas já tinham levado heróis até Berlim.

Arkady rodou por Tver. O motor da Ural não era sinfônico, mas era regular, a potência dedicada não à velocidade, mas à tração, e como o *sidecar* estava acoplado à moto, ela se comportava como um carro. Sem inclinações. Passou por um restaurante às escuras após outro, de uma praça vazia até outra, como uma peça de xadrez solitária no tabuleiro. Se metade da cidade estava rastejando, ele estava olhando embaixo das pedras erradas. Voltou pela barragem, ganhou velocidade ao longo do rio e ainda estava para ver um estabelecimento aberto, fora um cassino 24 horas, que, comparado com os de Moscou, exercia a mesma atração que um fliperama.

Estava parado em um sinal quando um Porsche conversível parou ao seu lado. Urman estava ao volante, parecendo mais um detetive de Miami do que de Moscou. Ele estava preocupado demais em ajeitar o cabelo desalinhado pelo vento e só olhou Arkady de soslaio; talvez não tenha visto nem a moto. Quando o sinal abriu, o Porsche disparou como um foguete. Seis quadras adiante, Urman estava entrando em um hotel quando Arkady passou por ele.

Arkady fez a volta e estacionou perto de um parquinho com gangorras, gnomos e quiosques na frente do hotel. O Porsche estava na entrada. O hotel Obermeier era uma fortaleza de tijolos. O térreo, entretanto, era todo em painéis de vidro e fontes, e Arkady tinha uma visão total do balcão da recepção, do concierge, do saguão dos elevadores, do bar e do restaurante. Tudo estava escuro, a não ser uma mesa à janela do restaurante, onde Urman juntou-se a Isakov, Eva e o promotor Sarkisian. Dois garçons estavam debruçados em uma mesa no canto.

O grupo já estava na etapa do conhaque e do charuto, provavelmente havia horas, mas Sarkisian se mantinha firme. Urman riu e encheu uma taça. O assunto seria homicídio humorístico ou as chances do herói local na eleição? Isakov escutava estoicamente, enquanto Eva não fazia nenhum esforço para disfarçar o descontentamento. Sarkisian colocou o dedo ao lado do nariz, gesto que representava os poderes de perspicácia dos armênios. Quando ele levantou a taça, Isakov e Urman imediatamente fizeram o mesmo, enquanto Eva se levantou e foi até a janela fumar um cigarro. Arkady acreditava que do lado deles os painéis de vidro deviam ser espelhados. Isakov acenou para que ela voltasse à mesa. Ela o ignorou e apoiou a testa na janela. Não era uma cena feliz.

Isakov fez novamente menção para que Eva se juntasse ao grupo na mesa e ela continuou a ignorá-lo. Urman disfarçou a situação divertindo Sarkisian até que, finalmente e sem uma palavra, Eva foi até o saguão dos elevadores, apertou um botão e desapareceu atrás das portas de metal. Os homens ficaram estupefatos com a sua deserção. As luzes se acenderam em um quarto no segundo andar. Os garçons continuaram dormindo, a cabeça enterrada nos braços.

Sarkisian apontou a direção por onde Eva se fora e aparentemente disse algo nada elogioso, porque Isakov pegou um garfo e o pressionou contra o pescoço do promotor. Arkady lembrou-se do que Ginsberg dissera sobre a calma de Isakov; o movimento do detetive foi calculado e ele não parecia ter levantado a voz, mas transmitia convicção. Parecia dizer a Sarkisian o que ele jamais devia fazer ou dizer novamente e o promotor assentia, concordando enfaticamente. Os garçons continuavam dormindo.

Urman foi até a janela na frente da qual Eva tinha ficado em pé e olhado pelo vidro. Ele viu algo, porque atravessou o restaurante e o saguão e foi até as escadas do hotel para checar o parquinho. Os gnomos pareciam maiores à noite e mais ameaçadores, como se estivessem marchando. O que parecia menor era o quiosque. Será que o pneu da frente da Ural estava aparecendo? Ou a traseira? Arkady percebeu que Urman estava esperando um carro passar. Estava esperando pelos faróis.

Urman teve de interromper a busca quando Isakov saiu do hotel, meio brincando, meio carregando Sarkisian até o Porsche. Estavam todos amiguinhos novamente, apesar de os olhos do promotor estarem brancos de terror. Juntos, os dois detetives puseram Sarkisian dentro do conversível e colocaram o cinto nele.

Arkady ouviu o promotor dizer:

— ... todo esforço.

Isakov disse:

— Ele não pode estar longe.

Sarkisian disse explosivamente algo que Arkady não conseguiu ouvir.

— Prefiro achá-lo primeiro — disse Urman.

Urman sentou-se ao volante e deu a partida no Porsche, o que abafou o resto da conversa. O carro arrancou, o câmbio gemendo pela rua.

Isakov voltou para o hotel, esgotado. Parou no restaurante para acordar os garçons e pagá-los, generosamente, a julgar pela reação deles, e pegou o elevador. As luzes no quarto no segundo andar ainda estavam acesas. Brilharam brevemente quando uma porta se abriu e depois fechou, e Arkady teve a impressão de corpos em movimento.

Mais ele não queria saber.

20

Um mundo opaco surgiu na escuridão: um campo de trigo abandonado no inverno, cercado de capim e sarça por três lados, e no fundo, por uma estrada de terra que levava aos salgueiros e ao nevoeiro.

Os Rudenko deixaram seu caminhão junto a um portão quebrado. Arkady os seguira na Ural e os três caminharam com lanternas e um carrinho de mão cheio de sacos de juta e ferramentas até um monte de terra solta. O Grande Rudi parecia rejuvenescido pelo ar matinal: talvez louco, pensou Arkady, mas não o vovô senil da noite anterior. O velho iluminou o monte de terra com a lanterna enquanto Rudi escolhia uma pá e começava a trabalhar, tirando a terra solta e colocando-a de lado. A Ural não tinha nada tão sofisticado quanto um hodômetro, mas Arkady calculava que eles estavam uns 14 quilômetros ao sul de Tver.

Quando o sol surgiu no horizonte foi possível ver o contorno e as dimensões do campo, equivalentes a mais ou menos dois campos de futebol de grama esmagada e terra encharcada, uma lembrança de que o inverno tinha começado com neve pesada. As sombras dos homens pareciam estar sobre pernas de pau e uma enorme sombra se espalhava a partir de um maciço de pinheiros no meio do campo. As árvores deviam ter sido um obstáculo para o maquinário agrícola; Arkady se perguntou por que não haviam sido arrancadas quando novas.

Uniformes militares camuflados eram o traje exigido para o dia, e Arkady tinha pegado emprestado um de Rudi, que disse:

— Renko, você parece um prisioneiro de guerra.

— Não, um general — insistiu o Grande Rudi.

O sol já se levantara havia uma hora, Rudi estava usando uma picareta para soltar a terra ao redor de um esqueleto deitado de lado.

— Nosso ou deles? — perguntou Grande Rudi.

— Não dá para dizer ainda — disse Rudi. E acrescentou, em benefício de Arkady: — Esse clima é fantástico. Nessa época do ano o chão geralmente está totalmente congelado. Aqui está como cortar um bolo.

— Veja os dentes.

— Presentes e conferidos.

— Mas você acha que é de dezembro de 1941? — perguntou o Grande Rudi.

Qualquer estudante sabia que, em dezembro de 1941, Stálin tinha realizado seu maior milagre. O Exército Vermelho já tinha perdido 4 milhões de homens, entre mortos e feridos. Os alemães estavam nos subúrbios de Moscou. Leningrado estava sob cerco, sua população morrendo de fome. Tver, que era o centro do front, já tinha sucumbido. E então, inacreditavelmente, os russos contra-atacaram. Stálin movera secretamente centenas de tanques e milhares de tropas da

Sibéria para as colinas baixas perto de Tver. Esse novo exército, aparentemente saído do nada e lançado no meio de uma tempestade de neve, foi uma completa surpresa para a inteligência alemã. O Exército Vermelho cruzou o Volga congelado e perseguiu a Wehrmacht por 200 quilômetros. Não apenas Tver foi libertada e milhares de alemães mortos ou capturados, como eles já não pareciam uma super-raça. O perfil do front mudou. A natureza da guerra mudou. O inimigo atolou fora de Moscou e não ameaçou mais a cidade.

Duas mulheres se curvaram e, protegidas por seus xales, andavam pelo extremo do campo catando batatas mirradas que tinham sido deixadas para apodrecer. Corvos perambulavam atrás delas. Quando as mulheres viram Rudi, se persignaram e foram embora. Arkady imaginou se o Grande Rudi tinha estado no mesmo cenário com tanques expelindo fumaça negra e fuzileiros siberianos cruzando o rio.

— Existem Coveiros Vermelhos e Coveiros Negros — disse Rudi. — Os Coveiros Vermelhos procuram os corpos dos soldados russos para que os restos possam ser enviados às famílias. Os Coveiros Negros procuram cadáveres, alemães ou russos, e roubam as medalhas, fivelas, artefatos da SS, qualquer merda que possam vender pela internet.

Quando o contorno de um esqueleto apareceu a seus pés, Rudi cutucou o fundo do buraco com um bastão de metal preso a uma vara de madeira.

— Lembre que você não está só desenterrando ossos, está desenterrando também bombas não detonadas, minas, granadas de mão, armadilhas, coquetéis molotov. Antes de cavar em qualquer lugar, pegue o bastão e verifique ao redor. Com a prática dá para saber o que o bastão toca, se madeira, metal ou vidro. Todo ano alguém tem uma grande surpresa. Bem, nós estamos provocando, não é? Provocando o passado.

Satisfeito, Rudi trocou o bastão por uma pá e raspou as paredes do buraco a fim de ter espaço para se mover. O cara era uma escavadeira humana, Arkady pensou. O amigo de Rudi, Misha, chegou com um detector de metais e começou a varrer o campo, mas não sem antes apontar para carros e caminhonetes que chegavam pela estrada de terra. — Coveiros.

Rudi disse:

— Tudo bem. Eles tiveram de se abastecer de kebabs e cerveja. Nós chegamos antes e o pássaro madrugador é o que pega a minhoca, certo?

— É o que dizem — murmurou Arkady.

— Tem o bastante para todo mundo. Um monte de esqueletos para serem desenterrados. — Rudi escavava com uma pazinha. — Corpos em trincheiras, abrigos, latrinas, você nunca sabe onde. O primeiro que vi estava pendurado em uma árvore. Eu estava esquiando sozinho. Acho que o corpo ficou emaranhado nos galhos, a bétula cresceu e o levantou, até o corpo ficar rindo lá de cima. Eu tinha 8 anos.

Homens e rapazes atravessaram o portão em direção ao campo como um exército com mesas portáteis, cestos de comida, sacos de dormir e barracas, detectores de metais e violões. Nem todos estavam com uniformes camuflados, mas essa era a melhor maneira de se integrar.

Arkady disse:

— Se não encontrarem nada, vão ficar muito decepcionados. Como eles sabem onde cavar?

— Eles seguem o Rudi — disse o avô.

— E como você sabe? — Arkady perguntou a Rudi.

Rudi soltou uma clavícula e pegou um furador de gelo para trabalhar ao redor de uma caixa torácica cor de chá:

— Estudo planos de guerra antigos, mapas e relatórios de combates. Rodo bastante por aí de moto e sei o que procurar. Moitas de lilases onde antes havia uma casa. Depressões onde a terra se acomodou. Qualquer coisa fora do lugar, como pinheiros no meio de um campo de trigo. Árvores eram a maneira preferida de esconder valas comuns. Além do mais, eu posso sentir.

— Essa vala é muito grande?

— É. Antes de se mandarem, os malditos alemães mataram um monte de prisioneiros. De qualquer maneira, os Coveiros vão escarafunchar um pouco por aí, cultivar o apetite, acender fogueiras, se embebedar e cantar. Amanhã é o grande dia, quando vamos cavar no bosque.

— Por que esperar até amanhã?

— Televisão. Tivemos de nos adaptar aos horários deles.

— É um Fritz? — O Grande Rudi observava o fundo da cova.

— Bem, vovô, não achei nenhuma identificação, medalha ou divisas. — Rudi se ajoelhou. O uniforme era uma gaze marrom que se desintegrava em suas mãos. — Mas não era da tripulação de um tanque. Grande demais. Eles tinham de ser pequenos e de ombros largos para caber dentro do tanque e ter força suficiente para abrir a escotilha. Então, quem é você? — Rudi perguntou aos ossos. — Você é um Fritz ou um Ivan? Tem a foto de uma Helga ou de uma Ninochka?

— Veja se tem panos em volta dos pés — sugeriu o Grande Rudi.

Os soldados russos tinham panos amarrados nos pés em vez de meias.

— Sem pés — informou Rudi. — Sem pernas. Amputadas na altura dos joelhos. E não foi um trabalho bem-feito. Provavelmente explodiram e depois apararam as pontas. Pobre coitado, passar por isso no meio de uma batalha. Foi o que aconteceu.

— O que você acha? — o Grande Rudi perguntou a Arkady.

— Não sei dizer.

— Vá em frente — disse Rudi. — Você é o investigador de Moscou.

— Não sou patologista.

— Não tenha medo. Não vai morder você.

Arkady se acocorou na beira do buraco.

— Bem, era um homem razoavelmente jovem, em boa forma com pouco menos de 2 metros de altura. Bem nutrido. O dedo anular da mão esquerda está faltando, então suponho que fosse casado e tivesse uma aliança de ouro. Quanto às pernas, suspeito que foram amputadas por causa das botas.

Rudi disse:

— Não é preciso arrancar as pernas para pegar as botas.

— A menos que estejam congeladas. É preciso aquecer as botas em uma fogueira. E como você não vai querer arrastar um cadáver pelo acampamento, serra as pernas e as leva. Especialmente se forem botas de couro feitas sob medida. Então, diria que era um jovem oficial alemão, recém-casado, que planejava passar o Natal em casa. Mas é só um palpite.

Rudi disse:

— É mesmo um monte de merda, isso sim. E de Moscou, ainda por cima.

— Deve ser mesmo — concordou Arkady. — Vire-o.

Misha detectou alguma coisa.

Rudi puxou as costelas. A terra cedeu aos poucos, mas o esqueleto rolou e deixou à mostra uma colher de metal em uma corrente presa à coluna vertebral. Na corrente havia uma colher negra com uma suástica gravada no cabo. Rudi esfregou na colher um pano de camurça. A prata brilhou. Ele quebrou o pescoço com as mãos, liberou a corrente e a colher e enrolou-as no pano. Olhou para Arkady e disse:

— Ainda é um monte de merda.

Arkady fez uma pausa. Se afastou do buraco e caminhou pelo campo para tentar telefonar para o major Agronsky pelo celular, apenas para descobrir o óbvio, que a área ao redor de Tver estava à margem da cobertura de celular e ele tinha de lutar contra ondas de estática. Berrou o número dele no fone algumas vezes e desistiu. O major tinha chefiado a comissão de condecorações do Exército e Arkady queria lhe fazer uma pergunta: por que o capitão Isakov e seu pelotão de Boinas Negras não receberam nenhuma medalha ou promoção por seu heroísmo na ponte de Sunzha?

Segurando seu chapéu, o Grande Rudi se aproximou:

— Quero pedir desculpas pelo Rudi. No fundo ele é um bom rapaz.

— Não precisa pedir desculpas. É um monte de bobagem, tenho certeza. Bobagem profissional, a melhor.

— Ele foi enganado por uns distribuidores de motos de Moscou.

— É isso aí.

— Ele e os Coveiros fazem um bom trabalho. Ainda é importante saber quem é quem.

Arkady compreendia. Por ordem de Stálin, qualquer soldado russo desaparecido em combate era supostamente culpado de passar para o lado do inimigo. Não importava se a última vez que fora visto estivesse se esvaindo em sangue ou atacando um tanque alemão, era culpado de traição e sua família, punida como cúmplice de um traidor. Viúvas perdiam suas provisões de comida, seus empregos e às vezes até os filhos. A família vivia sob suspeita por gerações. A reabilitação, mesmo sessenta anos depois, era melhor do que nada. No decorrer dos anos, disse o Grande Rudi, os Coveiros Vermelhos tinham identificado e enviado de volta para casa mais de mil russos recolhidos nos campos ao redor de Tver.

Ele perguntou a Arkady:

— Como você sabia sobre as botas congeladas?

— Não sei. Parecia uma possibilidade.

— Esse não foi o único caso desse tipo. — O Grande Rudi se aproximou para examinar Arkady detalhadamente. — Rudi disse que você não estava aqui em 1941.

— É verdade.

— Então deve ter sido seu pai. Ele falou para você sobre as botas.

— Ele nunca esteve aqui.

— Ele nunca me disse seu nome, mas me lembrei dele logo que vi você. Ele me impressionou muito.

Arkady não queria começar uma discussão com um velho veterano. Algumas pessoas idolatravam o General. Stálin elogiara sua iniciativa e disposição de derramar um rio de sangue.

— Você queria falar sobre alguma coisa — disse Arkady. Era sua parte no acordo.

— O contra-ataque foi muito confuso. Primeiro nós estávamos de joelhos e no momento seguinte estávamos pondo os Fritz de joelhos. Foi uma loucura.

— A sorte mudou.

— Certo. Foi exatamente isso.

Não exatamente, pensou Arkady. O velho parecia querer desabafar alguma coisa, mas Arkady não sabia o quê. O Grande Rudi olhava para os lados o tempo todo enquanto caminhava, como se quisesse se orientar, olhando para o céu num instante e para o chão no seguinte. De modo distraído, disse:

— Quando os Fritzs atolaram, eles congelaram. Estavam em uniforme de verão; não estavam preparados para o inverno russo. Seus cavalos caíram mortos. Os motores dos aviões dos Fritzs congelaram. — O velho parou. — Aqui! Havia uma fazenda bem aqui. Aqui estamos.

— Onde? — Arkady só via talos de trigo arrancados e alguns tufos verdes de grama.

— Cinco dias depois do contra-ataque, seu pai e eu nos sentamos na mesa da cozinha bem aqui, um diante do outro. Eu fui ferido lutando na linha de frente, mas fui detido e trazido até a retaguarda porque foram feitas acusações. Alguém disse que eu tinha passado para o lado dos alemães no dia anterior ao início do contra-ataque, quando as coisas estavam feias.

— E você passou?

— Foi isso que seu pai me perguntou.

— E?

— Na guerra, tudo vira de cabeça para baixo. Num instante você está cercado, seus camaradas mortos, e você caga nas calças, e no momento seguinte você está correndo atrás dos Fritz, fuzilando eles com a metralhadora, um após o outro. Então você está atrás das linhas deles, ele está atrás das suas. É uma confusão total.

Mais carros e caminhonetes chegaram pela estrada de terra e desembarcaram um exército que não carregava armas, e sim churrasqueiras portáteis. Rapazes marchavam com o rosto sombrio de recrutas participando de um rito secreto, os uniformes camuflados com o escudo dos Coveiros recém-costurado: estrela vermelha, rosa e capacete.

— Houve testemunhas?

— Não. Finalmente seu pai disse que havia uma chance em sete de eu estar dizendo a verdade e esvaziou o revólver, deixando apenas a sétima bala; girou o tambor e me entregou a arma. O que eu podia fazer? Eu tinha, como disse o General, mais chances do que teria diante de um pelotão de fuzilamento. Encostei a pistola na cabeça e apertei o gatilho. Errei porque o gatilho estava tão duro e o tambor recuou e só consegui romper um tímpano e queimar um lado da cabeça. Achei que seu pai ia cair da cadeira de tanto rir. Como ele ria. Ele me deu um cigarro e fumamos juntos. Depois, pegou o revólver, girou o tambor e mandou eu tentar mais uma vez, mantendo o tambor firme. Então encostei de novo a arma na cabeça e puxei o gatilho, decidido a fazer como ele tinha mandado, mas o cão bateu em uma câmara vazia.

— E então?

— O General era um homem de palavra. Mandou me soltar.

— Era isso que você queria me dizer?

— Sim, como ele salvou minha vida. Com um tímpano rompido eu não podia mais servir na frente de batalha. Quando você encontrar com ele, diga que fui o único do meu pelotão a sobreviver à guerra.

O velho estava errado em muitos aspectos, Arkady pensou. Primeiro, até onde ele sabia, o General não estivera na frente de batalha de Tver. Segundo, ele possuía um revólver Nagant, mas geralmente carregava uma pistola Tokarev, portanto não poderia haver nenhuma dramática roleta-russa. Terceiro, quando os soldados eram executados, geralmente tinham de se despir, para que o uniforme não tivesse buracos de bala e pudesse ser usado por outro soldado. Esse era um ponto que seu pai jamais esqueceria. Mas não havia nenhuma boa razão para corrigir o Grande Rudi. O que ele ganharia com isso?

Era verdade que o General desfrutava ocasionalmente de jogos de roleta-russa, especialmente no final. As pessoas diziam que ele devia ter ficado louco. Pai e filho estavam tão afastados que Arkady dizia que o General na verdade estava sofrendo de um ataque tardio de sanidade, que finalmente percebera o monstro que era.

Um movimento de organização estava acontecendo quando Arkady e o Grande Rudi voltaram à escavação. Um cartaz em um poste designava esquadrões de Coveiros por cores para seções do campo marcadas com estacas unidas com fitas da mesma cor; nenhuma das seções era perto das árvores. Algo curioso acontecia com as árvores: à medida que o dia ficava mais claro, elas se tornavam mais escuras e sólidas.

Os Coveiros Vermelhos pareciam ser ao mesmo tempo uma organização paramilitar e um clube social. Pelo que Arkady entendera, eles montavam suas barracas, caminhavam, cantavam e desenterravam os mortos. Quem poderia questionar uma organização como aquela? Havia mesas diferentes para separar os ossos e para colocar a comida, a vodca e a cerveja. O clima era de uma alegre reunião, uma bela compensação para uma escavação em um dia de inverno. Arkady reconheceu um dos candidatos menores do comício dos Patriotas Russos. Ele estava cavando furiosamente.

— Espere até amanhã, vai ser um espetáculo — o candidato disse para Arkady e chegou para o lado quando Rudi apareceu para despejar um carrinho de mão cheio de ossos junto a um cartaz que dizia "Alemães aqui".

O celular de Arkady tocou. Ouviu um bocado de estática quando atendeu, mas não se mexeu, com medo de perder completamente o sinal.

— Desculpe, mal posso ouvir você. Pode falar mais alto, por favor?

— Aqui é Sarkisian. Onde diabos está você?

Arkady disse:

— Desculpe, a ligação está horrível.

— O que é que você anda fazendo?

— Pode repetir?

— Onde você está?

— A ligação está caindo.

— Diabos, Zurin me disse que você faz esse tipo de truque.

— Desculpe. — Arkady desligou.

Mal deu um passo e o telefone tocou de novo. Agora a ligação estava alta e clara.

Uma voz decidida disse:

— Aqui é Agronsky. Seja lá o que você estiver vendendo, não quero, seja lá quem você for, não me importo — e desligou.

Arkady largou a pá.

Os ossos podiam esperar.

O major Gennady Agronsky, reformado, um homem redondo enfiado num suéter puído, inspecionava os narcisos que bordejavam sua horta.

— Ouro de tolos. Belos mas fugazes. Esse tempo enganador faz com que floresçam e uma geada os faz sumir. Mas é bom para os Coveiros, suponho.

— É sim. Major, o senhor é uma pessoa difícil de achar.

— Não atendo o telefone nem a porta. A maioria das pessoas entende o recado. Mas vi que você chegou numa velha cossaca. Que animal! Tocou direto no meu coração.

Uma cerca de estacas brancas marcava os limites de sua propriedade, um chalé em bom estado na frente e, no fundo, um pátio com lajotas de terracota e fileiras de horta de vegetais, vários troncos serrados, serragem e uma pequena cerejeira de casca acetinada. O quintal do vizinho era um ferro-velho.

— Eles não plantam nada, nem pepinos. No verão tenho picles, tomates, coentro, endro, o que você quiser. Esses jovens, esses inúteis, se queixam de que não têm trabalho. Peguem uma enxada e ponham o lombo para trabalhar. Pelo menos vão ter o que comer, é o que digo.

Arkady notou um pit bull que fingia estar dormindo do outro lado da cerca.

— E o que eles dizem?

— Dizem: "Enfie no rabo, seu bundão!" ou "Vá cuidar da sua vida!". A mesma coisa com o traficante do outro lado. Tem certeza que não quer um pouco de vodca, só um trago?

— Não, obrigado.

— Você faz bem. Os médicos dizem que, para mim, beber é a mesma coisa que dar um tiro na cabeça. Minha atitude? Tudo com moderação, inclusive o vício. — Agronsky levou Arkady até a mesa no pátio. — Sente-se.

— O senhor foi ao comício dos Patriotas Russos?

— Muito longe. Aqui estou quase fora da cidade. Vêm ursos atrás de lixo.

— Notei o rifle de caça pendurado na porta. Os ursos batem à sua porta?

— Ainda não.

O rifle era um Baikal Express de cano duplo. Arkady achava que aquilo desencorajaria até mesmo um urso.

— Eles ofereceram condução grátis até o comício.

— Vi o suficiente pela televisão.

— O candidato é alguém que deve conhecer, capitão Nikolai Isakov. Agora ele é detetive da milícia em Moscou, mas foi um Boina Negra de Tver. Nikolai Isakov é um homem em ascensão.

— Você está investigando ele?

— Só fazendo algumas perguntas. Por exemplo, o capitão Isakov era um oficial competente?

— Que pergunta. Mais do que competente: um oficial exemplar. Nós sempre fizemos dele um exemplo.

— Ele foi o herói da ponte de Sunzha, afinal. Assim como, suponho, foram todos os homens sob o comando dele naquele dia no rio. Todos heróis e todos de Tver.

— O povo de Tver é patriota — disse Agronsky.

— Seis Boinas Negras contra cinquenta rebeldes pesadamente armados, com um carro de combate e dois caminhões. E o resultado foram, 13, 14 terroristas mortos...

— Catorze.

— Catorze terroristas mortos, o carro de combate e os caminhões batendo em retirada e, em contrapartida, um Boina Negra ferido. Incrível. É o tipo de batalha que pode fazer a reputação de um oficial e ser motivo de promoção, especialmente em uma época de tão poucas boas notícias vindo da Chechênia. No entanto não houve nem uma condecoração sequer.

— Essas coisas acontecem na guerra. Às vezes é só questão de perder documentos ou as testemunhas sumirem.

— Razão pela qual existe um comitê para rever as condecorações. O senhor chefiou o comitê que negou qualquer medalha ou promoção aos Boinas Negras de Sunzha. Por quê?

— E você espera que eu me lembre? O comitê avaliava centenas de recomendações, e de maneira bem generosa. O exército regular é composto de recrutas, os mais pobres e mais idiotas, dos 10 por cento que não conseguiram escapar do alistamento e de 1 por cento de verdadeiros patriotas. Eles merecem condecorações. Se levam um tiro no rabo, recebem uma condecoração. Se roubam uma galinha para seu comandante, recebem uma condecoração. Se morrem, as partes de seus corpos vão para casa em caixões selados com uma condecoração.

— Então por que uma batalha de verdade não mereceu uma ou duas medalhas?

— Como vou saber? Isso foi há meses — Agronsky olhou para longe. — E não é que tenham permitido que eu trouxesse meus arquivos.

— Foi o seu último caso. Se aposentou uma semana depois de apresentar seu veredicto. Depois de trinta anos você de repente pediu a reforma.

— Trinta anos atrás, as coisas eram diferentes. Naquela época nós éramos um exército.

— Me conte sobre Isakov.

O olhar de Agronsky deixou de ser evasivo.

— O relatório fedia.

— Como assim?

— O capitão Isakov relatou troca de tiros entre os rebeldes de um lado da ponte e seus homens do outro. Os exames médicos revelaram que todos os rebeldes levaram tiros à queima-roupa, alguns nas costas, um ou dois enquanto comiam. Não havia sangue na vegetação no lugar onde os rebeldes supostamente foram atingidos. As folhas não estavam esmagadas, não estavam nem mexidas. Sem dúvida Isakov queria arrumar os corpos de maneira mais convincente mas um helicóptero se aproximava para pouso. Um jornalista que estava no helicóptero descreveu a cena para mim.

— Era Ginsberg?

— Sim.

— Houve alguma testemunha dos fatos?

— Apenas uma, civil, e não ajudou em nada.

— O que ela disse?

— Jamais saberemos. Ela era ucraniana. Voltou para Kiev.

— Qual era o nome dela?

— Kafka, como o escritor maluco.

Bem perto, pensou Arkady. Prendeu a respiração antes de fazer a próxima pergunta.

— Existem fotos da área de combate?

— Só as de Ginsberg.

— Do helicóptero?

— Seus colegas dizem que Ginsberg sempre levava uma câmera com ele, em uma bolsa. As fotos contradizem completamente os relatórios de Isakov e Urman.

— As pessoas de Tver sabem disso?

— De mim não vão ouvir nada. Já mencionei que duas semanas antes do incidente na ponte os rebeldes capturaram oito Boinas Negras e os filmaram, primeiro vivos e depois mortos?

As mães não conseguiram reconhecer os rapazes. Eram todos de Tver. Não espere nenhuma simpatia pelos rebeldes nessa cidade.

— Então, por que não promover Isakov?

— Porque ele não era mais um soldado; era um assassino. Para mim, existe uma diferença.

Arkady estava impressionado. Agronsky parecia mais um burocrata aposentado do que alguém capaz de enfrentar Isakov. O suéter do major tinha buracos e fios soltos, exatamente o que um homem desocupado usaria para fazer jardinagem, embora o brilho cromado na cintura traísse a arma escondida por baixo.

— Houve alguma investigação posterior?

— Foi o que sugeri, e por isso fui despachado e todas as provas, destruídas.

— E as fotos de Ginsberg?

— Queimadas.

— Destruídas?

— Viraram fumaça.

— Sem cópias? — Investigações geralmente eram inundadas de cópias.

— Minha decisão sobre honra e condecorações foi vista como uma nódoa para o Exército. Meus arquivos foram rigorosamente limpos e me mostraram a porta de saída.

— Você copiou, escaneou ou enviou as fotos por e-mail para alguém?

— Renko, quando entrei para o Exército eles me despiram completamente e quando saí fizeram a mesma coisa.

— E o escritório e a casa de Ginsberg?

— Seu escritório foi revistado e seus colegas, interrogados. Não havia mais fotos, e ele não era casado.

— Você destruiu sua carreira por conta disso.

— Para falar a verdade, na minha idade, se você não for pelo menos coronel, está desperdiçando seu tempo. Além do mais, o comitê de promoções era um trabalho exaustivo, que elevava alguns aos céus e chutava outros para o inferno. Sabe, não falei com ninguém sobre isso. Minha boca está seca. — O sorriso do major voltou. — Quando me alistei, o Exército dava a cada homem uma ração diária de 100 gramas de vodca. Deve fazer algum bem.

— Um copo.

Agronsky bateu palmas.

— Vamos confundir os médicos. Antes de morrer daremos um em nós mesmos, como o sargento Kuznetsov.

O major foi até a casa e voltou trazendo uma bandeja com uma garrafa de vodca, dois copos e um prato com pão preto e queijo porque, como declarou, "um homem que bebe sem alguma coisa para comer é um bêbado". Desatarraxou a tampa da garrafa e a jogou fora. Um começo agourento, pensou Arkady.

O primeiro copo desceu macio, meticulosamente seguido de pão. Arkady tentou lembrar se tinha comido algo durante o dia. Perguntou:

— Kuznetsov atirou em si mesmo?

— Não exatamente. Kuznetsov estava arengando, delirando, enquanto era transportado, gritando que o tenente Urman dissera que pelo bem da equipe eles precisavam de pelo menos uma baixa na OMON, e que ele não deveria levar aquilo para o lado pessoal. Ele atirou na perna do pobre Kuznetsov.

— Urman é impulsivo.

— É claro, e é preciso dizer que durante o voo Kuznetsov estava sob a influência de analgésicos. No hospital ele apontou corretamente para a foto do rebelde morto que tinha atirado nele.

— Como você sabe que ele apontou corretamente?

— O capitão Isakov disse. Um pouco mais?

— Só um pouco. E o que você disse ao capitão?

A vodca tremulava na borda. Agronsky pediu um cigarro e fósforo.

— Eu disse que não podia apoiar nem uma promoção para ele nem medalhas para um esquadrão da morte, porque no final dessa guerra era o que seríamos. Não um exército, apenas um esquadrão da morte.

Olhando para a caixa de fósforos, Arkady perguntou, sem pensar muito:

— Por acaso você conheceu algum dos oito rapazes de Tver que foram mortos?

— Fuzileiro Vladimir Agronsky. Vlad. Dezenove anos.

O rosto do major se abateu.

— Sinto muito — disse Arkady. — Sinto muito mesmo.

— Você tem filhos?

— Não.

— Então não sabe o que é perder um. — As palavras presas na garganta, ele as lavou com vodca. Sem pão. Suspiros profundos. Ele havia ultrapassado Arkady com a vodca e começava a ficar pálido.

— Perdão, isso foi indesculpável. Do que é mesmo que você falava? O que mais?

— O candidato está protegendo sua história oficial, eliminando as pontas soltas, qualquer um que saiba o que aconteceu na ponte, inclusive seus próprios homens. Kuznetsov e sua mulher estão mortos. Borodin e Ginsberg estão mortos.

— Tomei minhas precauções.

Arkady tinha notado a arma por baixo do suéter de Agronsky, o fuzil de cano duplo na porta, árvores recentemente cortadas para desobstruir o campo de tiro e o conforto da segurança de um laboratório de drogas de ambos os lados. A situação era estranhamente confortável e completamente enganadora. O major podia construir um bunker e não manteria Isakov e Urman longe.

— As fotos que Ginsberg tirou na ponte de Sunzha seriam de grande ajuda — disse Arkady.

Agronsky disse:

— Gostaria que elas ainda existissem.

— Talvez se procurasse de novo poderia achá-las.

— Sinto muito, mas elas foram destruídas.

Arkady deixou passar. Depois de uma última rodada, despediu-se, saiu e sentou na Ural. Os vizinhos de Agronsky, um jovem casal com casacos de pele de carneiro, passaram com os passos suaves de quem está realmente drogado. Ao norte, nuvens de algodão prometiam uma nevasca leve. Contradizem. Contradiziam. Uma diferença tão pequena, mas Arkady já tinha feito mais de mil interrogatórios. Às vezes ele simplesmente sabia. Desligou o motor e voltou até a porta de Agronsky.

— Meu amigo Renko, outro...? — O major levantou um copo imaginário.

— Estou tentando deter dois assassinos. As fotos de Ginsberg ajudariam.

— E?

— Você disse que as fotos de Ginsberg da zona de combate "contradizem" Isakov. Deveria ter dito "contradiziam". No passado, as fotos desapareceram. No presente, elas ainda existem e você está com elas.

Agronsky piscou.

— O que você é, um professor? "Contradizem". "Contradiziam". E daí? Isso dá a você o direito de vir até a minha casa, comer a minha comida, beber a minha vodca e me chamar de mentiroso?

Arkady deu seu cartão a Agronsky.

— Aqui estão meu endereço e o número do meu celular. Ligue antes de vir.

— Vou para o inferno antes. — Agronsky jogou o cartão fora e bateu a porta.

Ao voltar para a moto, Arkady não se sentiu completamente sóbrio. Tinha lidado mal com o major. Devia ter sido mais duro ou mais compreensivo ou, se necessário, convocado o filho morto para a argumentação. De qualquer maneira, uma oportunidade de ouro tinha aparecido e ele a deixara escapar por entre os dedos.

Zhenya estava animado.

— Vão mandar uma nova expedição ao lago Brosno para procurar o monstro. Um cassino está patrocinando.

— Bem, isso parece perfeitamente lógico. — Será que o abrigo de menores não tinha nenhuma regra sobre telefonemas tarde da noite?, pensou Arkady

— Se acharem o monstro vão capturá-lo vivo e colocar num tanque gigante no cassino. Não é fantástico?

— Pode-se dizer que sim.

— Se nós estivéssemos na equipe seria maneiro. Você já foi até o lago?

— Não.

— E por que não?

— Tenho uma ou duas coisas para resolver aqui antes. — Ele estava no apartamento, trocando o uniforme camuflado de Rudi por um paletó.

— O que você está fazendo agora?

— Vou até o Tahiti.

— Onde é isso?

— Acontece que é aqui em Tver.

— Tá bom. — O interesse de Zhenya voltou ao mínimo. Arkady perguntou:

— Já decidiram como vão pegar o monstro?

— Acho que querem atordoá-lo.

— Com o quê, um torpedo?

— Alguma coisa assim, e aí o monstro sobe para a superfície.

— E se ele afundar?

— Não sei. Quem vai saber?

— É uma questão de flutuação. Quanto mais gordo, mais flutua, e os mamíferos são animais gordos e cheios de gases. Nós flutuamos.

— Na água.

— Ou embaixo.

— Como assim?

— Bem, existe uma teoria que diz que em lagos muito fundos um corpo afunda só até um certo ponto, onde a pressão da água, a temperatura, o peso e a flutuação se equilibram e o corpo fica suspenso na água.

— Então pode ter dúzias deles lá embaixo, suspensos. A polícia podia ir até lá de submarino e resolver todo tipo de crimes. Isso é incrível. Como vocês chamam esse lugar?

— Não sei. É só uma teoria — disse Arkady, embora ele tivesse um nome para aquilo: memória.

21

O mural no bar do clube Tahiti cobria todo o período polinésio de Gauguin, copiando fielmente as pinturas do artista de ídolos fálicos e nativos em sarongues. Todos vestiam Armanis falsificados e gritavam em celulares, enquanto em uma grande tela de televisão dois pesos-pesados golpeavam um ao outro como martelinhos de despertador.

Arkady seguiu uma batida disco escada acima, passando pelo escrutínio dos fisiculturistas de black-tie e entrou em um cabaré onde os alto-falantes tocavam tão alto que a fumaça dos cigarros parecia vibrar com a batida. Deu uma olhada em duas dançarinas de *pole dance* no palco antes que a garçonete o abordasse.

— Quer um banco? Um banco na primeira fila, lá onde acontece a ação. A ação, você sabe.

— Não sei se estou pronto para muita ação.

— Uma mesa?

— Sim. Estou esperando uns amigos.

Ele pediu uma cerveja e perguntou se Zelensky ou Petya estavam por ali. Isakov e Urman provavelmente estavam em alguma reunião dos Patriotas Russos, mas acabariam sabendo que ele não tinha ido embora de Tver. Ele não podia provocar Isakov e Urman se ficasse o tempo todo escondido.

A garçonete perguntou:

— Você conhece Vlad Zelensky? É produtor de filmes?

— Crítico — disse Arkady.

As luzes faziam as dançarinas brilhar indistintamente. Elas se contorciam para cima e para baixo no palco, com sapatos plataforma e biquínis fio dental, em movimento constante como peixes em um aquário, enquanto a plateia masculina permanecia em animação suspensa. Quando uma dançarina parava e se esparramava na pista, os mais animados enfiavam notas no fio dental. Fora isso, como dizia o cartaz, era proibido tocar.

Arkady se acomodou em uma mesa com bancos de couro da cor de sangue arterial. Sobre a mesa havia dois cardápios. Um menu de comida exibia coquetéis tropicais, rolinhos primavera e sushi. O cardápio "Crazy" oferecia *lap dances* no Paraíso do Esportista, conversa pessoal com mulher nua, "uma hora íntima com uma adorável companheira na *jacuzzi* VIP ou uma noite inteira com uma beldade (ou beldades!!!) topa tudo, no luxuoso quarto Pedro, o Grande". O preço da aventura real era mil euros, uma pechincha em comparação com os clubes de Moscou.

A garçonete trouxe sua Baltika.

— Na verdade, devia ser quarto Catarina, a Grande. Ela construiu um palácio aqui e trepava muito mais que o Pedro. Comida?

— Apenas um pouco de pão preto e queijo.

— Mas você vai beber?

— Naturalmente.

O texto do menu "Crazy" informava que "as mulheres de Tver são lendárias por sua beleza. Atualmente, muitas das top models russas são filhas de Tver. Sua fama se estendeu mundialmente e solteiros dos Estados Unidos, da Alemanha, da Grã-Bretanha e da Austrália, para citar apenas alguns, viajam até Tver em busca da ajuda do Cupido."

Tanya e uma pequena e animada dançarina entraram no palco em seguida. A primeira vez que ele a vira, Tanya estava usando um vestido de noite branco e dedilhando uma harpa no Metropol. Agora, vestindo pouca coisa além da própria pele, ela estava ainda mais no controle, com um sorriso frio e passos longos que provocavam palmas rítmicas nas primeiras fileiras.

Do outro lado do salão, Arkady viu a garçonete que o atendera levar Wiley e Pacheco até uma mesa do lado oposto. Pacheco ajeitou a gravata enquanto Wiley tentava não olhar muito para Tanya. Eles não poderiam ter encontrado o Tahiti por conta própria, Arkady pensou, e, pouco depois, Marat Urman juntou-se a eles. Seu paletó amarelo-canário trouxe estilo ao cenário; um tártaro podia usar cores que intimidariam um russo. Urman jogou um beijo para Tanya, mas os olhos dela seguiram Arkady enquanto ele trocava de mesa.

— Olhem só o que o gato trouxe. — Pacheco abriu espaço para Arkady.

Urman disse:

— Você não pode estar falando sério.

— Tanya está ótima — disse Arkady.

— Ela está magnífica — corrigiu Pacheco. — Pele leitosa, corpo de dançarina, peitos fabulosos.

— O nariz parece bem — disse Arkady.

A música começou, um baixo vibrante que fazia a sala reverberar, e as dançarinas subiram nas barras.

— R-E-S-P-E-C-T. Amo essa música — disse Pacheco.

Arkady disse:

— Acho que não entenderam a ideia.

— É a batida que importa — disse Pacheco. — Você tem alguma boa canção de amor mongol? Que seu cavalo favorito goste?

Urman disse:

— Você devia tirar sua aliança de casamento.

— Por quê?

— Provoca impotência. É uma tradição eslava usar aliança não mais do que quatro horas por dia por razões de saúde. Pergunte a Renko.

— Isso é verdade? — perguntou Wiley.

— Alguns homens acreditam que sim. Outros acreditam que não se deve usar aliança nunca.

— É um fato científico — disse Urman. — O anel é como um circuito fechado e o dedo é um condutor de eletricidade.

Pacheco disse:

— Bem, o pau eslavo é um instrumento mais delicado do que pensei.

— Onde anda Isakov? — Arkady perguntou.

Wiley disse:

— Visitar um clube erótico não condiz com a imagem de um candidato da reforma.

— E ele está com ímpeto? — perguntou Arkady. — Pelo que sei isso é importante.

Wiley estava feliz por desviar o olhar do palco e se refugiar na política.

— Ímpeto é tudo o que ele tem. Não tem uma verdadeira máquina partidária por trás, de modo que basta um passo em falso e a campanha dele está acabada.

— Mas ele está em ascensão — insistiu Urman.

— Ele foi escolhido apenas para roubar votos da oposição — disse Wiley. — Ninguém esperava que sua candidatura crescesse.

— Mas agora ele tem uma chance — insistiu Urman.

— Se ele terminar com estrondo.

— Nos Estados Unidos a *pole dance* virou exercício — disse Pacheco. — Verdade.

Tanya estava sexualmente enroscada na barra, escorregando lentamente de cabeça para baixo e parecia estar engolindo o metal. A outra dançarina balançava ao redor da sua barra como um dínamo, o que parecia singularmente soviético.

— Tanya teve treinamento de balé clássico, mas cresceu demais para que os bailarinos pudessem segurá-la. — Urman voltou-se para Arkady: — Bem, você teve um corpo a corpo com ela, sabe disso.

As orelhas de Pacheco levantaram.

— Corpo a corpo? Parece interessante.

— Tivemos um momento especial — disse Arkady.

— Precisamos de um estrondo. — Wiley se concentrava no tampo da mesa. — Uma campanha que é um tiro no escuro tem de terminar com um clímax visceral, explosivo.

— Como o quê? — perguntou Arkady.

Wiley olhou para o alto.

— Há uma estátua da Virgem Maria em Tver. As pessoas daqui juram que ela chora. Eles acreditam sinceramente que veem isso.

— Você vai fazer a Virgem aparecer na escavação?

— Você tem Coca Light? — Wiley perguntou à garçonete. Pacheco disse:

— Ela toca harpa e faz striptease. Taí uma jovem talentosa.

— Se não for a Virgem, então quem? — Arkady perguntou. — Alguém em mente?

— As pessoas veem o que querem ver — disse Wiley.

A dançarina menor olhou para Wiley por entre as pernas. Tinha cabelos escuros e curtos e uma pinta. O nome dela era Julia; tinha 23 anos, era espiritualmente avançada e procurava por um homem com os pés no chão. Arkady sabia disso porque vira sua foto e descrição no álbum de garotas do Cupido.

— Renko não pode fazer nada — Urman tranquilizou Pacheco. — Está se escondendo do promotor aqui e desautorizado pelo promotor em Moscou. Além disso, ele é um homem morto.

— Você quer dizer que logo ele vai estar morto.

— Não, estou dizendo que ele está morto agora. Levou um tiro na cabeça. Se isso não for morto, o que é?

— Notei que Isakov nunca diz de fato o nome de Stálin — disse Arkady.

— E por que ele deveria dizer? — disse Wiley. — Por enquanto, tudo o que as pessoas sabem sobre Nikolai Isakov é que ele é um herói de guerra bonito. Tudo fica vago e genericamente patriótico. Se ele usar o nome de Stálin, Stálin passa a ser o assunto, o que tem alguns aspectos negativos. Nosso trabalho é ligar Isakov a Stálin sem falar disso diretamente.

— E como vocês fazem isso?

— Visualmente.

— Na nova escavação? Pelo que sei, uma vala comum de soldados russos foi descoberta. É um apelo visual forte, não é? Alguma chance de que um patriota chamado Isakov esteja lá, pá na mão, quando as câmeras de televisão chegarem?

Pacheco disse:

— Para mim, esse filho da puta não parece nada morto.

Aretha Franklin cantou: "R-E-S..."

Tanya deslizou para fora da pista, ignorou os clientes regulares das primeiras filas e sentou no colo de Arkady, onde respirou pesadamente e o carimbou com suor e talco. Ela o beijou como se fossem amantes reunidos e quando ele tentou afastá-la, ela se agarrou no pescoço dele.

— Onde está o buraco do qual ouvi falar? É do tamanho de uma rolha de garrafa?

Ela se apertou contra o rosto dele enquanto passava a mão por sua cabeça. Tudo que restava da operação eram cicatrizes, mas ela as encontrou. Se Arkady a humilhara, ela ia humilhá-lo também. No palco, Julia girava a meia velocidade.

Pacheco inclinou-se sobre a mesa e agarrou os cabelos dourados de Tanya com as mãos.

— Querida, se o assunto é dinheiro, está montando no sujeito errado. Meu amigo aí é pobre como um rato de igreja, enquanto eu estou colocando uma nota de 100 dólares no seu fio dental. Estou conseguindo sua atenção?

— Eu avisei que não era uma boa ideia — disse Wiley.

Tanya ficou onde estava.

Pacheco disse:

— Gosto de você e sou um grande admirador da harpa, mas você tem de soltar a cabeça do meu amigo.

Tanya virou o suficiente para dizer:

— Ponha 200.

— Droga, que mulher formidável. Lá vão 200.

Com um empurrão cavalheiresco, Pacheco mandou Tanya de volta para o palco. Os clientes aplaudiram seu retorno.

— Querem um pouco de sushi? — perguntou Urman.

— Não. — Wiley jogou dinheiro na mesa. — Vamos, vamos, vamos.

Do lado de fora, os americanos entraram em um Pathfinder preto enquanto Urman seguiu Arkady até a outra ponta do estacionamento. Arkady tinha vindo no Zhiguli porque pretendia ser visto.

Pacheco buzinou.

— Adoraria matar esse caubói — disse Urman. — Ameaçando arrastar Tanya pelos cabelos? Que tipo de comportamento é esse? Que bom que você se controlou.

— Sem problema.

— Olhe, faça um favor para todos nós. Saia de Tver. Vá embora e podemos esquecer que nossos caminhos se cruzaram uma vez. Ou será que ela já telefonou?

— Quem?

— Eva. Ela ia telefonar para dizer que estava voltando.

— Mas ela não está voltando, está?

— Não, receio que não.

— Mas vai ligar?

— Você acha que estou tentando foder com a sua cabeça? — Urman soltou um riso suave. — Francamente, gostaria que você a levasse de uma vez. Estou farto dessa puta radioativa.

Arkady pegou o caminho mais longo para o apartamento, observando se algum carro o seguia, quando viu Isakov na rua Sovietskaya. Eram 2 horas da madrugada, a hora entre os sonhos felizes e o negro desespero, momento de caminhar pela casa, não pela calçada. Arkady deu a volta no quarteirão, desligou as luzes e estacionou na esquina.

Uma fina camada de neve derretia no chão. Isakov podia ter continuado pela rua Sovietskaya e ter se abrigado no pórtico do teatro Drama, mas, em vez disso, ia e vinha junto a uma grade de ferro batido. Vestia um poncho com o capuz abaixado e, pela umidade em seu cabelo, devia estar ali fora fazia algum tempo. Arkady achou que Isakov podia estar esperando alguém, mas ele não dava sinais de olhar para um lado ou outro da rua.

Os prédios atrás da grade estavam obscurecidos pelas árvores, mas pareciam típicas mansões pré-revolucionárias transformadas em escritórios municipais. Paredes talvez amarelas, frisos brancos. O portão tinha uma guarita, mas o guarda noturno fora substituído por um sistema de câmaras de vigilância em circuito fechado. Nada especial, exceto que era o mesmo portão no qual Sofia Andreyeva tinha cuspido.

O celular tocou. Arkady atendeu rápido. Do outro lado da rua, em seu mundo particular, Isakov parecia não ter ouvido nada.

No telefone, Eva disse:

— Quero ver você.

Ele imaginara que haveria conversa, explicações, demonstrações de arrependimento.

Em vez disso, assim que ela passou pela porta do apartamento, ele tirou a jaqueta dela, imprensou-a contra a parede e achou o fecho da saia, uma volumosa saia cigana, enquanto ela desafivelava o cinto dele. Num instante ele estava dentro dela, além da pele fresca, no calor interno. Os olhos de Eva

estavam enormes, como se ela estivesse em um carro que ca-
potasse muitas vezes em câmera lenta.

— Tire a blusa.

Até o modo de como ela tirava a blusa por cima da cabeça
era gracioso, Arkady pensou. Suas cicatrizes de Chernobyl se
dissolveram e cada linha dela era perfeita. Ele a empurrou para
o chão. Ela conseguiu tirar o fio da lâmpada da tomada e, na
escuridão, segurou-se nele como se fosse uma corda salva-vi-
das. A cabeça dela batia no chão a cada metida, e quando a
raiva dele se esgotou, ela o manteve dentro até ele ficar duro
novamente, para que da segunda vez ele fosse mais gentil.

22

Arkady disse:

— Acho que Napoleão dormiu aqui. A cama é bem do tamanho dele.

— É perfeita — disse Eva. — Dormi como uma gata.

Ele sempre se surpreendia com a suavidade dela. Em comparação, ele era madeira, casca e tudo.

— Como está sua cabeça? — ela perguntou.

— Melhorou.

— Mas você não tem visto Stálin?

— Não.

— Ou o fantasma dele?

— Não.

— Você não acredita em fantasmas.

— Não voando pelo ar, mas esperando.

— Esperando o quê? — perguntou Eva.

— Não sei. Talvez consultores políticos. — Ele se abaixou e encheu mais duas taças com o bordeaux do professor. — Hoje é o último dia de campanha. Isakov está confiante?

— Está, para falar a verdade, mas não quero falar sobre ele. Este vinho é bom.

— Francês. Tudo aqui é francês. Na verdade, até a nossa situação é extraordinariamente francesa. Até alguém morrer, então passa a ser russa. Puchkin teve mais de cem amantes e morreu em um duelo defendendo a honra da esposa. Ela era namoradeira. Isso é ironia ou justiça?

Eva disse:

— Tivemos um seminário sobre Puchkin no hospital.

— Poesia no local de trabalho. Excelente.

— Disseram que a bala que o matou penetrou no osso pélvico direito de Puchkin e atravessou seu abdômen.

— Acho que ele preferiria uma que atravessasse o coração.

— Ele pousou sua taça e puxou Eva para mais perto, a fim de sentir o cheiro do seu pescoço. — Você já reparou que quando um amante deixa a cama o outro rola para esse espaço?

— Verdade?

— Totalmente verdade. — Alguma coisa passou pela cabeça dele. — Você sabia que Isakov levanta no meio da noite e anda para cima e para baixo na rua Sovietskaya?

Eva demorou um instante para se ajustar à mudança de assunto. Sua voz abaixou um pouco.

— Não sabia disso. Uma vez, quando passávamos pela Sovietskaya, Marat mencionou que o pai de Nikolai trabalhava ali.

— Onde era "ali"?

— Não notei. Você não gosta de Nikolai.

— A única coisa que sei com certeza sobre Nikolai Isakov é que ele é um péssimo detetive.

— Aqui ele é um homem diferente. Você não vê o verdadeiro Nikolai em Moscou ou em Tver; seu ambiente natural é o campo de batalha. Você quer saber como nos conhecemos?

Arkady não queria saber.

— Claro.

— Os russos estavam bombardeando uma aldeia chechena sem nenhum valor militar. Todos os homens da aldeia estavam nas montanhas e só tinham ficado as mulheres e as crianças, mas acho que a artilharia russa tinha uma cota diária de casas para destruir. Eu tirava estilhaços quentes de um bebê quando Nikolai e Marat chegaram com seu pelotão. Era uma situação que eu sempre temera, ser pega ajudando o inimigo. Em meio que esperava ser fuzilada. Em vez disso, Nikolai repartiu seus suprimentos médicos e quando os russos começaram a bombardear a aldeia novamente, ele pegou o rádio e mandou eles pararem. O coronel encarregado dos canhões disse que ordens eram ordens. Nikolai perguntou o nome dele para que pudesse pessoalmente quebrar todos os seus dentes e o bombardeio parou na mesma hora. Só o que posso lhe dizer, Arkasha, é que eu e Nikolai nos conhecemos em circunstâncias estranhas. Talvez estivéssemos nos nossos melhores momentos. Éramos pessoas que não podiam existir no mundo real. De qualquer maneira, isso foi antes de eu conhecer você. Não tem nada a ver com você. Não se envolva com Nikolai.

Alguma coisa farfalhou na porta da frente. Arkady levantou-se da cama, vestiu as calças e olhou pelo olho mágico. Não havia ninguém no saguão, mas no chão do apartamento havia um envelope amarrado com um cordão. Ele acendeu a luz.

— O que é isso? — Eva sentou.

Ele abriu o envelope e tirou duas fotos reluzentes. O major Agronsky tinha feito sua entrega e desaparecido.

— Fotos.

— Do quê? Deixe eu ver.

Ele levou as fotos até a cama. A primeira foto tinha sido tirada a uns 100 metros de altura, no ar, e incluía um riacho e uma ponte de pedra com uma caminhonete de um lado e um carro de combate do outro. Perto do carro de combate havia uma fogueira. A foto estava granulada e ampliada ao máximo, mas Arkady contou meia dúzia de corpos jogados ao redor da fogueira. Os chechenos vestiam suéteres, casacos de pele de carneiro, bonés de lã, tênis de corrida, botas. Espetos de carne, pão pita e tigelas de pilafe estavam espalhadas entre eles. Outros seis corpos estavam de bruços na estrada.

Os Boinas Negras tinham a barba crescida e vestiam uma mescla de equipamento russo e rebelde, mas seus rostos apareciam claramente. Urman segurava uma Kalashnikov e um espeto de kebabs, Borodin e Filotov acenavam para o helicóptero, Kuznetsov estava deitado, ferido, e Bora chutava cadáveres, sua pistola pronta para um golpe de misericórdia. As copas das árvores se inclinavam com a força do vento dos rotores. Em um canto, a câmera convenientemente marcava a hora: 13h43. A segunda foto, que marcava 13h47, era praticamente idêntica. Os corpos ao redor da fogueira estavam arrumados de modo ligeiramente diferente. Havia comida suficiente para boas-vindas, mas não para um banquete. A caminhonete desaparecera. Urman tinha derrubado o espeto e apontava o rifle para o helicóptero.

— A ponte Sunzha.

Eva disse:

— Achei que isso já estava superado.

— Eu tinha algumas perguntas.

— Você tem uma obsessão com Nikolai.

— Quero saber o que aconteceu.

— Para quê? Isso era guerra. Você vai investigar tudo o que aconteceu na Chechênia? Estou aqui na sua cama, mas você está apaixonado por perguntas.

Arkady queria abandonar o assunto, mas foi atraído por uma irresistível força gravitacional.

— Para que eu não tenha mais perguntas, me diga, do seu ponto de vista, o que aconteceu. Esqueça o relatório oficial. O que aconteceu na ponte?

— Sabe, Nikolai nem estava na ponte. Minha motocicleta quebrou e ele me levou de carro na minha ronda pelas aldeias, principalmente porque a gente nunca sabia onde estavam os postos de controle russos ou quão asquerosos ou bêbados os homens estariam. Se achassem que você estava com os rebeldes, eles estupravam e matavam você. Houve momentos em que isso teria acontecido se eu não tivesse a proteção de Nikolai. Por isso nenhum de nós aparece nas fotos.

— Isakov desertou de seu posto para servir como seu motorista particular?

— Acho que você pode colocar as coisas dessa maneira.

— Você reconheceu algum dos rebeldes?

— Eles já estavam dentro de sacos quando voltamos para a ponte.

— Você não viu nenhum deles antes?

— Não. Já disse que estavam nos sacos.

— Então quem estava no comando na ponte era Marat Urman? Ele liderou o combate?

— Suponho que sim.

— E todo esse tempo Nikolai ficou com o crédito pelas façanhas de Urman?

— Assumiu a responsabilidade, caso houvesse problemas.

— E por que poderia haver problemas?

— Não sei.

— Se os chechenos estavam atacando, por que os corpos na estrada tinham tiros nas costas? E por que os outros estavam comendo? Onde estão as armas deles?

— Não sei.

— Isakov não abriu os sacos para olhar os corpos?

— Não sei.

— Urman ficou ressentido por não levar o crédito?

— Marat venera Nikolai.

— Todos no pelotão concordaram com essa história?

— Todos veneravam Nikolai.

— E você?

— Eu também.

Arkady sentiu seu coração bater acelerado com o dela. Bem, eles estavam lidando com algo tão difícil quanto perverso, o assassinato do amor. Aquilo podia provocar suor.

— Mas tudo isso foi antes de eu conhecer você — disse Eva. — Se você quiser, podemos pegar o seu carro e ir embora. Podemos fazer isso agora, enquanto ainda está escuro. Vamos pegar o carro e voltar para Moscou.

— Não posso — disse Arkady. — Não posso perder Stálin.

— Você está louco?

— Não, estou chegando mais perto. Sinto que dessa vez conseguirei vê-lo.

— Sério?

— Ele conheceu meu pai.

— Por que de repente você ficou tão cruel?

— Eva, tenho uma testemunha confiável que coloca Isakov na ponte com corpos no chão imediatamente depois do combate. Na verdade, ela é tão confiável que está morta.

326

Eva levantou da cama e recolheu suas roupas sem olhar na direção de Arkady.

— Tenho de ir.

— Vejo você na escavação.

— Não vou estar lá.

— Por que não? É o grande acontecimento.

— Estou deixando você e Nikolai.

— Por que nós dois? Escolha um.

— Não tenho de escolher, já que um dos dois vai matar o outro. Não quero estar lá para ver isso. Eu não quero ser o prêmio.

Seu pai disse:

— Eu a amei, mas sua mãe era uma vagabunda. Veio de uma família esnobe. Intelectuais. — Ele dizia a palavra como se fosse uma espécie de inseto. — Músicos e escritores. Você e eu, nós vivemos no mundo real, certo?

— Sim, senhor — Arkady, 14 anos, vendado com seu próprio lenço dos Jovens Pioneiros, montava uma pistola. Era um jogo que seu pai tinha inventado. Enquanto Arkady corria contra o tempo, o General tentava distraí-lo, porque barulho e confusão eram comuns em uma batalha. Ou então movia as peças pela mesa, para que Arkady tivesse de encontrá-las pelo tato.

— Ela era muito jovem e queria saber sobre as mulheres, então contei a ela os detalhes. Permiti que ela tivesse uma visão do sexo que era muito mais animal do que suas amiguinhas de coração de manteiga estavam acostumadas. Uma noite foi dedicada a Puchkin. Era um salão. Todos trouxeram seus versos favoritos. Muito artístico. Eu levei o diário de Puchkin. Lá estavam todas as mulheres que ele comeu, em detalhes íntimos. O sujeito sabia escrever. Concorda?

— Sim, senhor.

— Você gosta dessa arma?

— Sim, senhor.

A arma, uma Tokarev, estava montada nas mãos de Arkady. Ele manteve o cursor virado para baixo, inseriu o cano na mola de recuo da montagem, uma ponta da mola solta, ajustou o quadro no cursor, virou a arma para cima e tinha quase terminado.

Seu pai disse:

— Conheci um sujeito que jurava pelas pistolas Walther. Esse sim era um especialista. Trabalhava à noite em uma sala especial, à prova de som, com uma porta forrada de feltro. Seus assistentes traziam um prisioneiro e ele atirava na nuca. Sem conversa e sem essa baboseira de últimas palavras. A noite toda, todas as noites, um de cada vez, cem execuções, duzentas execuções, fosse qual fosse a cota. A carga de trabalho era intensa e pelo meio da noite a sala parecia um abatedouro. Para continuar trabalhando, ele recebia uma garrafa de vodca. Toda noite, vodca e sangue. A questão é: a Walther nunca falhou um disparo, nenhum. — O General chutou a mesa. A mola de recuo e o cano voaram da mesa para baixo da poltrona onde ele estava sentado. Arkady ouviu a mola rolar pelo chão de parquete e sentiu que as botas de seu pai estavam no caminho.

— Com licença — disse Arkady.

Seu pai não se moveu.

— "Com licença"? É isso que você pretende dizer quando encontrar o inimigo? Falta um minuto. Seu tempo está se esgotando.

A punição por esgotar o tempo variava entre um olhar frio e ficar de braços abertos com uma arma em cada mão. As armas estavam carregadas e Arkady às vezes pensava que seu pai estava incitando sua fúria.

Arkady mergulhou por baixo da poltrona, achou a mola e tateou atrás da bucha que sustentava a mola. Estava na ponta de seus dedos, mas cada vez que a tocava, a bucha mexia. Do outro lado, o pai estava no caminho.

— Conheci esse especialista em armas porque peguei o trabalho sujo, as tarefas que ninguém queria cumprir. O próprio Stálin me chamava em um canto e dizia que havia um erro aqui ou ali que exigia correção, algo que quanto menos pessoas soubessem, melhor, e que ele se lembraria de mim quando os bastões de comando estivessem sendo distribuídos. Eu achava que era o elefante na parada. Na verdade, eu era o sujeito que seguia o elefante com uma pá e um balde cheio de merda. Dez segundos. Ainda não terminou de montar a porra da arma?

Arkady usou a arma para ampliar seu alcance e puxar a mola. Saiu do sofá, enfiou a mola, girou a bucha no lugar, enfiou o pente no cabo e arrancou a venda.

— Pronto!

— Será que está pronto mesmo? Essa é a pergunta. Passe para cá.

O General pegou a arma, encostou-a na testa e puxou o gatilho. O cão não se moveu.

— Está travada. — Arkady pegou a arma e puxou o cão mais um ponto. Devolveu a arma ao pai. — Agora está engatilhada.

Nos olhos de seu pai havia desolação.

— Tenho dever de casa — Arkady se dispensou.

Foi a última vez que jogaram aquele jogo.

Victor disse:

— Um novo russo entra em uma butique caríssima e pergunta ao vendedor o que pode comprar para dar de presente de aniversário à esposa. Preço não é problema. Ele já deu para ela uma Mercedes, diamantes Bulgari, um casaco longo de marta-zibelina.

Arkady perguntou:

— Quanto tempo demora essa piada? — Eram 6 da manhã, pelo seu relógio. Um pouco cedo para um telefonema.

— Não muito. O vendedor diz: "Não há nada mais que você possa comprar. Faça algo pessoal, algo íntimo. Dê a ela um certificado manuscrito, válido para duas horas de sexo selvagem, satisfazendo qualquer fantasia ou desejo." O novo russo diz, "Ótimo!" Para ele a coisa soou como ganhar pelos dois lados. Ele então paga mil dólares para um calígrafo preparar um certificado válido para duas horas de sexo, todas as fantasias satisfeitas, sem perguntas.

— Deus, por favor, mate o Victor.

— Tenha paciência. Um certificado para duas horas de sexo selvagem. Chega o dia do aniversário. Como sempre, ele lhe dá pérolas, um novo Mercedes, um ovo Fabergé e, finalmente, um envelope com o certificado dentro. Ela tira o certificado, lê e seu rosto fica vermelho. Ela sorri. Aperta o certificado contra o peito e diz: "Obrigada, obrigada,

Bóris. É o presente mais maravilhoso que já ganhei. Amo você, amo você!" Pega as chaves do carro e diz: "Vejo você daqui a duas horas!"

Escuro como breu. Arkady estava no apartamento, iluminado pela luz da rua, colocando-se no dilema clássico. Procurar cigarros no lugar mais provável ou ir para um lugar onde a luz fosse melhor. Alguns flocos de neve derreteriam no asfalto.

Victor disse:

— Então, quem é o "duas horas" em Tver?

— Sua habilidade para reduzir tudo a sexo é espantosa.

— É o melhor sistema que já encontrei.

Sorte. Arkady achou um maço no paletó, mas não havia fósforos.

Victor disse:

— Zurin ligou e perguntou onde você estava. Um promotor de Tver, um sujeito chamado Sarkisian, ligou e perguntou por que você não tinha aparecido no escritório dele. Isso me deu uma oportunidade para aperfeiçoar minhas habilidades antissociais.

— Por que você está acordado a essa hora? — Arkady se lembrou de ter visto fósforos na cozinha.

— Estou acampanado.

— Você me chamou para ficar acordado enquanto está montando guarda? — Arkady tateou, procurando fósforos na bancada e na mesa da cozinha.

— Quero meter esse cara em cana. Antes ele tinha companhia, mas agora está sozinho. Só queria que ele abrisse a porta da geladeira, desse uma mijada, acendesse um fósforo, qualquer coisa que eu pudesse colocar no meu relatório.

— O que ele fez?

— Desertor do Exército. Por mim tudo bem, mas o merdinha levou o fuzil com ele.

Arkady olhou para os abrigos de um carro do outro lado da rua. Um bom empurrão e uma fileira deles desabaria. Seu carro era o quarto da fila.

— As luzes estão apagadas? — perguntou Arkady.

— Em todo o apartamento.

— E por que você acha que ele está acordado?

— Porque ele não consegue dormir.

— Talvez alguém tenha telefonado para ele no meio da noite. — Arkady achou os fósforos no parapeito. — Você já esteve em Tver?

— Uma ou duas vezes. Você viu algum dos amigos de Isakov da OMON em Tver?

— Uma ou duas vezes.

Os carros fora dos abrigos estavam estacionados casualmente ao longo do meio-fio e na calçada. Todos pareciam frios, menos um: havia um para-brisa embaçado em um compacto azul, Honda ou Hyundai; Arkady não conseguia ver a placa. O mais provável era que o vidro estivesse embaçado pela respiração pesada de amantes procurando privacidade onde podiam. De qualquer maneira, decidiu que não precisava de um cigarro. Ele precisava era de uma arma e a deixara em Moscou, trancada a chave.

Victor disse:

— Aplicam um teste de inteligência na OMON.

— Isso é outra piada?

— Os Boinas Negras recebem dez blocos de madeira de diferentes formatos, para enfiar em buracos que correspondam aos formatos. Metade dos homens é reprovada e a outra metade aprovada, e a partir daí os pesquisadores concluem que 50 por cento dos Boinas Negras são abissalmente estúpidos e 50 por cento são realmente fortes.

— Isso é engraçado? — Arkady perguntou depois de algum tempo.

— Acho que depende da situação.

Arkady sonhou com um pequeno corcunda parado na porta aberta de um helicóptero em pleno voo. O vento tentava sugá-lo para fora ou fazer com que se soltasse, mas ele driblava isso com a calma de um atleta.

— Ginsberg! Cuidado! — Arkady gritava de um banco.

Ginsberg, enquanto isso, gritava para o piloto voar mais baixo. O ruído dos rotores era enorme e todo mundo tinha que fazer sinais com as mãos.

Pela porta era possível ver montanhas, aldeias, campos cultivados, um rebanho de cabras, o riacho de um vale com uma ponte de pedra, e uma fogueira e corpos no chão. Ginsberg se agarrava na fuselagem com uma das mãos e segurava a câmera com a outra. Ele começou a gritar o nome de Arkady e a apontar com a mão que segurava a câmera.

Arkady se levantou, foi até a mesa do professor e remexeu nas gavetas até encontrar uma lente de aumento. O que ele tinha deixado passar?

Às 13h43 os kebabs estavam assando na fogueira. No grupo que aparecia ao lado da fogueira, três corpos estavam do lado esquerdo, quatro do lado direito. Os corpos na estrada estavam de bruços porque levaram tiros pelas costas quando corriam em direção ao caminhão, do outro lado da ponte. Juntos, somavam 14, o que significava que não havia ninguém na margem mais distante do suposto campo de batalha. Nenhum sinal de Isakov. A foto estava borrada demais, por causa da poeira levantada pelo helicóptero e por sua própria vibração.

A foto das 13h47 foi tirada da mesma posição quatro minutos depois. Urman usava óculos escuros enquanto colocava o piloto na mira do seu rifle. Os corpos na estrada não tinham se movido um milímetro, mas todos os corpos ao redor da fogueira tinham sido rolados para a frente como se orassem à maneira muçulmana e os kebabs estavam queimando, metade pegando fogo. O que mais tinha mudado de uma foto para a outra? Alguma coisa óbvia demais para ser notada. Ele se desculpou com Ginsberg e voltou para a cama.

Então, ele manteria as coisas simples. Iria até a escavação e esperaria pelo fantasma. O que poderia ser mais simples que isso?

Seu celular tocou às 7 da manhã, de um número que ele não conhecia. Já estava vestido com o uniforme camuflado, pronto para ir à escavação antes do amanhecer. A noite já estava clareando para um cinza salpicado de neve. O carro azul tinha ido embora e Arkady não viu nenhuma movimentação fora do comum perto da garagem do Zhiguli. O telefone continuou tocando enquanto ele estava parado diante das prateleiras e da mesa do professor, inutilmente procurando alguma arma; só havia brochuras francesas, nada que fosse pesado.

Arkady finalmente atendeu.

— Alô?

— Sou eu, Zhenya. Vim de trem. Estou aqui.

23

Os mortos russos às vezes tinham cilindros de plástico, dentro dos quais havia rolo de papel com o nome, a patente e o tipo sanguíneo, mas, de outro modo, a natureza digeria tudo menos os ossos, e a identidade era uma questão de conjetura. O crânios aparentemente russos ficavam amontoados nas trincheiras e os alemães, em uma pilha central.

Os troféus do primeiro dia eram exibidos com tanta reverência quanto se fossem relíquias sagradas. As mesas estavam cobertas com destroços da guerra: cartuchos de latão, cintas de metralhadoras, cantis de alumínio, baionetas enferrujadas, marmitas, divisas de tenentes, uma corneta esmagada e rifles pela metade e destruídos.

Zhenya carregava uma mochila pesada com o tabuleiro de xadrez, roupas e botas de borracha para entrar no lago Brosno. Arkady o trouxera apenas porque não havia alternativa. Se colocasse Zhenya no trem para Moscou, ele pegaria o trem seguinte de volta para Tver. Até aquele momento Zhenya pareceu considerar a escavação um desvio variante que valia a pena, examinando fascinado cada monte, com o monstro do lago Brosno temporariamente longe de sua mente. Ele enfiou o dedo pelo buraco de bala em um capacete e olhou de soslaio para Arkady.

Equipes que cavavam desde o dia anterior expuseram uma rede de casamatas com 2 metros de profundidade e 50 metros de comprimento, tomando cuidado para manter íntegros os restos e não separar pés ou dedos. Dois esqueletos foram descobertos abraçados, um com uma adaga e outro com uma baioneta. Uma tenda com a lona da frente levantada estava sendo preparada para os exames patológicos.

Tudo isso era uma preliminar à abertura do terreno sob os pinheiros, marcados como fora do limite por uma fita vermelha enfiada em estacas a 30 metros do acampamento. O clima geral era de excitação solene, e caíra neve suficiente para adicionar um fulgor auspicioso ao dia.

O Grande Rudi puxou a manga de Arkady. O velho tinha polido suas medalhas e usava um gorro militar roído pelas traças em homenagem à ocasião.

— Meu neto Rudi mostrou a eles onde procurar, mas não vai aparecer na televisão.

— É tudo uma bosta. — Rudi apareceu do outro lado de Arkady. O toque de elegância do motociclista era um colete à prova de balas. — São amadores e se melindram com um profissional.

— Pensei que você fosse um Coveiro Vermelho.

— E eu pareço o tipo de punheteiro que sai por aí desenterrando cadáveres de graça? Se querem brincar perto de minas, problema deles.

— Você não gosta de minas.

— Elas são tão... Não consigo nem encontrar uma palavra para elas.

— Perversas — disse Arkady.

— É, é isso aí. Ou são pirantes. Uma mina terrestre fica tão feliz quando aleija como quando mata. Ou mais feliz ainda. Quando você vê seu camarada explodir e cair no chão sem uma perna, não presta atenção nos arames disparadores. Corre para ajudar, dispara mais minas e aleija mais homens. E também não dá para ser mais rápido que elas. — Rudi levantou a armadura e a camisa para mostrar suas costas, uma extensão de cores misturadas.

— E a colher alemã que você achou?

— Na internet, obrigado.

— Você viu Stálin? — Grande Rudi perguntou para Zhenya.

— Aquele de quem os *skinheads* ficam falando? Pensei que ele estivesse morto.

Grande Rudi deu umas palmadinhas na cabeça de Zhenya.

— Estava. Agora voltou.

Nikolai Isakov vestia uniforme camuflado com o emblema da cabeça de tigre e a estrela vermelha dos Coveiros Vermelhos no ombro. Ele não fez nenhum discurso mas contou histórias e batalhas ganhas e perdidas. Na guerra contra o terror, era preciso fazer sacrifícios. Mas quem os faria?

"Será que a Mãe Rússia abandonou seus filhos? Ou fomos desencaminhados por uma elite super-rica tão desprovida de valores espirituais que roubaria as moedas dos olhos de nossos heróis mortos? Os homens cujos restos estão nos campos ao nosso redor responderam com suas vidas à ordem de 'Não retrocede!'. A questão é quem não retrocederá agora para defender a Rússia?"

Cada palavra era gravada pela equipe de televisão que estivera no torneio de xadrez. Arkady se lembrava de que o nome da jovem e entusiasmada apresentadora era Lydia qualquer coisa. Pedaços daquele dia começavam a se encaixar, apesar de ele não se lembrar nada de quando levou o tiro. Com sua capa de chuva e seu sorriso inabalável, Lydia fazia Arkady pensar em uma boneca embrulhada em celofane. Zhenya estava paralisado diante de um tabuleiro de xadrez chamuscado e torcido e de peças feitas de latão. Não havia sinal de Eva.

Uma tenda para visitantes com conhaque, cubinhos de queijo e pistache fora montada especialmente para o pessoal da televisão. Pacheco acenou para Arkady e Zhenya entrarem.

— É uma combinação e tanto, a visita espectral de Stálin e uma nova atrocidade nazista. Uma oportunidade dessas não aparece todos os dias — disse Pacheco.

Ele e Wiley vestiam uniformes camuflados, mas sobressaíam pelas mãos brancas e imaculadas.

— Você se importa? — Arkady espetou o queijo com um palito tirado de um copinho.

— Vá em frente.

— Obrigado. — Arkady apresentou Zhenya e encheu as mãos dele de queijo.

Wiley disse:

— Daremos um pequeno golpe, notícias da véspera das eleições com um evento protagonizado pelo detetive Isakov. Podemos ter uma verdadeira virada aqui. Isakov pode ser realmente uma novidade.

— Bem, ele é o único candidato apoiado tanto pelos vivos quanto pelos mortos. Acho difícil você conseguir algo melhor — disse Arkady. — Apesar de ainda existirem algumas pontas soltas, um homicídio aqui e outro ali.

Wiley disse:

— Essas suspeitas parecem estar restritas a você. De qualquer maneira, uma imagem de força não é um problema. Fraqueza é o problema. Uma vala comum é o exemplo perfeito do que acontece quando se ignora uma ameaça.

— E boa televisão?

— Ele está começando a entender — disse Pacheco.

Arkady olhou ao redor.

— Onde está Urman?

— Quem sabe? — disse Pacheco. — Urman é como um gênio. Acho que ele se esconde em uma lâmpada mágica.

Wiley disse:

— Ele é impulsivo. Pode ser um problema mais adiante.

Estão pensando no futuro, pensou Arkady. Isakov realmente tinha uma chance.

— Hora de cortar o bolo — disse Pacheco.

Todo o trabalho parou enquanto Coveiros com detectores de metal cruzaram o campo até os pinheiros. Os homens se movimentavam no ritmo de colhedores de cogumelos e Arkady escutava um murmúrio sendo repetido: "Se um tesouro estiver escondido aqui, que o diabo o devolva sem que eu, servo de Deus, me envergonhe. Se um tesouro estiver escondido aqui..." Sempre que o detector disparava ou os fones de ouvido chiavam, os homens plantavam no local uma bandeirola de plástico vermelho presa em arame.

Zhenya se esgueirou entre os Coveiros para chegar até Arkady e lhe mostrar o tabuleiro e as peças de xadrez de latão.

Arkady disse:

— Sinto muito, mas vai ter de devolver isso.

— Nikolai disse que eu posso ficar com ele.

Zhenya apontou para Isakov, que olhava para eles.

— Você conhece ele? — Arkady perguntou.

— É um amigo de Eva de Moscou. Nikolai é famoso. Ele também é meu amigo.

Isakov acenou para Zhenya e o garoto se envaideceu. O detetive estava assumindo seu papel de herói da mídia. Lydia e a câmera se aproximaram para uma entrevista.

— O que espera encontrar aqui? — ela perguntou a Isakov.

— Vamos encontrar prisioneiros de guerra russos, assassinados por seus captores alemães no início da grande contraofensiva de dezembro de 1941.

— Então o espírito de Jossíf Stálin vai caminhar sobre a terra?

— Não sou eu que vou dizer isso. O que vai caminhar sobre esta terra é o espírito do patriotismo. Os heróis brutalmente assassinados e enterrados aqui simbolizam o sacrifício de milhões de russos.

Quando os Coveiros com detectores de minas saíram do bosque, não carregavam mais nenhuma bandeira vermelha. Um homem levava no ombro uma caveira pontuda que parecia um pedaço de madeira flutuante.

— Um alce! — ele gritou de longe. — O esqueleto completo está ali.

— Nossa primeira descoberta. Atingido por um caçador? — Lydia ficou instantaneamente empolgada.

O sujeito com a caveira de alce deixou que ela deslizasse do seu ombro até o chão. Os chifres estavam granulados, o crânio estava liso.

— Acho que não. Não há sinais de ter sido esfolado. Poderia estar ali há dez ou vinte anos. Ninguém vai até aquele bosque sombrio. Por que iria?

— Talvez tenha morrido de velhice — disse Lydia.

— Talvez tenha pisado em alguma coisa — disse Rudi.

Enquanto Coveiros com detectores iam com direção ao bosque, Arkady percebeu o quanto o dia estava ficando cinzento e como os pinheiros pareciam uma paliçada negra contra o céu.

— Por que você não vai para casa e senta na frente do computador para ganhar mais dinheiro à custa dos mortos? — um Coveiro perguntou para Rudi.

Rudi respondeu:

— Porque fui eu quem encontrou essa mina de ouro, imbecil. — Arkady o arrastou para longe de lá, embora se perguntasse por que Rudenko contara para outras pessoas; aquela poderia ser a sua mina de ouro particular. Rudi se soltou. — Amadores.

Um a um, os sondadores substituíram as bandeiras vermelhas por amarelas. Pacheco perguntou:

— Renko, por que o detetive Isakov parece querer enfiar uma adaga no seu coração? Quero meu candidato positivo e controlado. Você se importa de dar uma volta por aí? Por favor?

Arkady pretendia procurar por Eva, de qualquer modo. Enquanto caminhava pelo perímetro foi alcançado por Petrov e Zelensky. O cineasta estava furioso.

— Enrabaram a gente. Foi só um canal de televisão mostrar interesse e nos puseram no olho da rua.

Arkady perguntou:

— Como você armou aquela visão de Stálin no metrô?

— Deixa eu contar pra você uma coisa sobre a velhice: o pau envelhece primeiro, mas quando Tanya entra no trem com aquela roupa de venha-me-foder os velhinhos se assanham. E quando ela se levanta e diz que viu Stálin, os velhotes juram que também viram. Sem infringir nenhuma lei.

— Por que a estação Chistye Prudy?

— Porque é do tempo da guerra. Não podíamos ter Stálin aparecendo em uma estação cheia de lojas.

Petya disse:

— Por falar nisso, tome cuidado com Bora. Primeiro você quase deixa ele morrer afogado e depois joga spray na cara do irmão mais velho e quase deixa ele cego.

— O boxeador com dedos machucados? Família interessante.

Arkady livrou-se dos dois e voltou a procurar por Eva. Ela o procurara e tudo o que ele tinha de fazer era ser um amante agradável e guardar as perguntas para si mesmo e estaria com Eva em Moscou agora. As pessoas diziam que os bons casamentos se baseavam na honestidade. Arkady suspeitava que muitas relações sólidas se baseavam também em mentiras sustentadas pelos dois.

Depois que a camada superior de folhas de pinheiro e terra foi declarada segura, outros Coveiros entraram com carrinhos de mão e pás. Arkady completou seu circuito e viu que Zhenya tinha se aproximado de Isakov, que pousava a mão de leve no ombro do garoto. Zhenya estava honrado, como qualquer garoto estaria, embora Arkady tenha ouvido Wiley perguntar para Pacheco:

— Esse é o garoto mais fotogênico que conseguimos?

Um grito vindo das árvores indicava que um corpo fora descoberto. Lydia e o câmera seguiram os restos enquanto eles eram carregados em uma maca até a tenda de exames, que era um teatro ao ar livre. Espectadores disputavam lugares para observar uma patologista com jaleco de laboratório e máscara de cirurgião separar ossos, botas e o capacete em forma de pote. Ela virou o crânio e soltou um disco de metal — uma identificação da Wehrmacht — preso a uma corrente.

— Alemão! — declarou a doutora, e expressões de satisfação percorreram a multidão.

Marat Urman chegou e Isakov transferiu para ele a posse de Zhenya, que estava maravilhado com a atenção recebida. Os três abriram caminho até Arkady.

Isakov disse:

— Zhenya que ir ao lago Brosno procurar serpentes marinhas. Eu disse a ele que assim que a eleição terminar, eu e Marat o levaremos. Talvez possamos atirar no monstro e montar nele.

— Arkady não carrega uma arma — disse Zhenya. — Eu lembro a ele, mas ele sempre se esquece.

Urman disse:

— É porque ele faz parte do clube do buraco na cabeça. Qualquer coisa que você diga entra por um lado e sai pelo outro.

Zhenya deu uma risadinha abafada, apesar de seu rosto estar vermelho de vergonha.

A camada superior do solo perto das árvores exibiu alguns cartuchos enferrujados, latas de comida e marmitas. Correu o rumor, entretanto, de que, quando ajustados para camadas mais profundas, os detectores de metal obtinham mais respostas. Arkady ficou surpreso, já que geralmente as armas, os capacetes, os relógios e os anéis das vítimas eram retirados antes da execução, e depois as obturações de ouro eram arrancadas. O que mais poderia provocar respostas de detectores de metal?

Lydia estava um pouco mais pálida quando voltou com a equipe de filmagem da tenda de exames, mas se manteve firme.

— Nikolai Isakov e Marat Urman, detetives e ex-oficiais da OMON, as pessoas daqui estão comentando sobre a possibilidade de descobrir uma vala comum neste local. Como esse tipo de atrocidade foi posto em prática?

Isakov respondeu:

— As vítimas eram forçadas a cavar suas próprias sepulturas e depois metralhadas ou então mortas em outro lugar e transportadas para uma vala. Se encontrarmos prisioneiros de guerra russos, eles provavelmente foram mortos aqui pelos guardas alemães, com medo de serem esmagados pela contraofensiva.

Urman acrescentou:

— Dá para notar a diferença porque a metralhadora mastiga o corpo, ossos e tudo mais. Se você vai transportar cadáveres, quanto menos bagunça, melhor, então você simplesmente dá um tiro na nuca deles. Às vezes, é preciso dar dois tiros.

Era um momento de reflexão. Um coveiro esqueceu um CD player bem alto e o hino da época da guerra soou pela área da escavação:

> *Desperta, ó grande país*
> *Desperta para a luta final,*
> *Contra a negra força fascista,*
> *Contra a horda maldita.*

Todos cantaram. Zhenya cantou com Isakov e Urman. Arkady tinha certeza de que, quando a canção terminasse, o Grande Rudi apontaria para uma sombra ou um arbusto e veria Stálin. Antes de a canção terminar, entretanto, uma voz gritou do pinheiral:

— Um capacete! Um capacete russo!

— Hora do espetáculo — disse Pacheco.

Ao primeiro capacete juntaram-se outros capacetes, garrafas, botas, navalhas, todo tipo de sucata russa manchada, quebrada e em desintegração. Nenhuma arma. Os cadáveres, entretanto, estavam lá. Conforme o dia esquentava, a neve se transformava em uma chuva suave que revelava um crânio aqui, uma rótula ali.

— Um salto de dois pontos — Wiley comentou com Pacheco. — E se o tio Jossíf Stálin aparecer, dez.

O plano previa não recuperar nenhum corpo antes que todas as bandeiras vermelhas fossem checadas, mas a promessa de tantos heróis russos esperando para serem encontrados era demais. Coveiros Vermelhos não eram nem militares nem patologistas; quando um deles pegou um carrinho de mão e caminhou em direção às árvores, foi seguido por outro e mais outro.

— Numa irrupção de patriotismo, as pessoas se mobilizam — Lydia disse para a câmera. — Ignorando as bandeiras vermelhas de perigo, todos correm para exumar mártires perdidos da Guerra Patriótica.

Zhenya disse:

— Vamos com eles.

— Ninguém verificou as bandeiras — disse Arkady. — Não verificaram nada.

Wiley disse:

— As bandeiras são um teatro. Decoração. Qualquer munição aqui já tem pelo menos 60 anos. Não vai acontecer nada.

— Eu e minha equipe podemos nos aproximar? — perguntou Lydia. — Acho que os telespectadores gostariam de se aproximar.

— É melhor usar isso. — Rudi tirou seu colete à prova de balas e o entregou a Lydia.

— Não posso deixar você sem o colete.

— Por que não? — disse Rudi. — Eu não vou para lá.

Pacheco disse a ela:

— Um pequeno conselho. A qualquer momento e em qualquer lugar em que você tenha uma desculpa para usar um colete à prova de balas na televisão, pegue e use.

— Pronto, capitão? — disse Urman. — Não me decepcione.

Isakov se aprumou.

— Certo.

Um grupo de cinco — Isakov, Urman, Lydia e os dois câmeras — caminhava com esforço em direção às árvores, seguindo as marcas dos carrinhos de mão na lama. Apesar de Isakov estar na frente, Arkady achou que houve um momento em que o impetuoso comandante perdeu a coragem, e Urman teve que estimulá-lo a avançar.

Algo estranho acontecia lá na frente. Os coveiros que tinham chegado ao bosque com tanta pressa se espalharam pela periferia em vez de entrar.

Zhenya disse para Arkady:

— Você não é meu pai, não pode me dizer o que fazer.

Arkady ouviu, mas não prestou atenção. Estava intrigado com a hesitação de Isakov.

Wiley disse:

— As pessoas daqui devem ter se perguntado por que pinheiros foram plantados no meio de um campo produtivo.

— Desviavam com os tratores até as árvores se tornarem invisíveis — disse Pacheco. — As pessoas só veem o que querem.

Arkady observou Isakov guiar os cinco até a borda das árvores. Todos pararam e se benzeram.

Zhenya disparou. Com mochila e tudo, passou pela fita e correu pelo campo antes que Arkady tivesse tempo de detê-lo. Zhenya não ficou no caminho marcado pelos carrinhos, pegou outro rumo, brincalhão, dando voltas e sacudindo a mochila como se tivesse acabado de ser dispensado da escola. Tudo o que Arkady podia fazer era segui-lo.

Enquanto corria pelo campo, ele reavaliou Zhenya e como o garoto tinha transferido sua lealdade para Isakov e Urman num piscar de olhos. Até as cobras eram mais lentas em abandonar o ninho.

Arkady alcançou os pinheiros e se uniu aos Coveiros que permaneciam parados e mudos na periferia do bosque. Um carrinho de mão, que tinha trespassado, acentuava as colunas de árvores espaçadas de forma anormalmente regular, e a chuva que era filtrada pelas copas altas caía silenciosamente sobre uma fina camada de folhas de pinheiro. Não havia canto de pássaros nem barulho de esquilos.

Os corpos deviam ter sido jogados de lado, cabeça para a frente, pés para a frente, um em cima do outro; Arkady não conseguia avaliar quantos eram, apenas que pareciam parte de uma luta violenta. Uma cabeça se levantava aqui, um joelho ali. No decorrer dos anos, o desfile de animais carniceiros e micro-organismos tinha consumido toda a carne e os restos estavam não apenas reduzidos a esqueletos mas interligados num quebra-cabeças. Será que aquela caveira pertencia àquele pescoço? Será que essas duas mãos formam um par? Quando um simples puxão arrancava a ponta de um dedo, o dedo da mão, a mão do braço, por onde começar? A distância entre as árvores era de 5 metros anormalmente regulares, mas pisar no chão limpo significaria esmagar os restos enterrados, de modo que os Coveiros montavam corpos com o que conseguiam alcançar.

— Você não deve levar a coisa tão a sério — disse o Grande Rudi, que tinha a mania de aparecer ao lado de Arkady quando menos se esperava. — A guerra é um moedor de carne. Fazendeiros, médicos, professores? Carne moída. E se um Fritz não atirar em você, o comissário atira. Mas eu sinto falta da camaradagem. Na sua idade eu já fumava — disse ele para Zhenya, que se aproximava timidamente.

— Você matou alguém? — perguntou Zhenya.

Arkady enfiou um cigarro na boca do Grande Rudi e o acendeu. O velho deu uma tragada profunda e tossiu metade do pulmão.

Ninguém impediu o câmera Grisha de usar ossos como apoio para subir porque todos compreendiam que a televisão estava no comando. Aquele era o momento ao sol dos Coveiros. Melhor do que o sol, o olho da câmera. Wiley estava certo, Arkady pensou, era um grande visual.

O Grande Rudi disse:

— O coletivo tinha um belo campo de trigo aqui. Solo bom, arenoso, bem drenado.

— E por que o coletivo não arrancou as árvores?

O grande Rudi deu de ombros.

— Tinham de pedir permissão. Alguém negou.

— E por que alguém em Moscou iria se importar se uma fazenda coletiva em Tver cortava árvores?

— Quem vai saber? Eram os velhos tempos. Uma ordem de Moscou levava em consideração forças e perigos que desconhecíamos.

Arkady observou o avanço de Grisha pelas árvores. O câmera mantinha os movimentos suaves e lentos, um passo à frente havia uma linha marrom que levava até o que parecia um cone de pinheiro em pé.

— Posso ver o que...? — Zhenya começou a se mover em direção ao câmera.

— Não. — Arkady puxou-o para o chão e gritou: — Grisha, pare! Mina terrestre!

Grisha tropeçou, apontou para o chão e o solo explodiu. Quando a fumaça se dissipou, o câmera estava ensopado de sangue, de quatro, piscando e apalpando a virilha. Isakov ajudou Grisha a se levantar e sair do meio das árvores. Grisha podia andar, mas Isakov esvaziou um carrinho de mão cheio de ossos e o colocou dentro. Zhenya desapareceu. Os Coveiros ensaiaram um recuo que logo se transformou em uma retirada para as tendas.

Arkady ficou. Agora que sabia o que procurar, encontrou mais minas não explodidas. A mina terrestre POMZ era uma criação russa tão bem-sucedida quando o AK-47 e era ainda mais simples: 75 gramas de TNT em um cilindro de ferro fundido com hachuras diagonais para fragmentação e montada em uma estaca. Uma argola de arame enfiada no ignitor, um bastonete do tamanho de um cigarro que completava a mina. Havia um furo para o pino de segurança, embora o pino já tivesse sido retirado havia muito. Ele deitou-se de braços e pernas abertos no chão estudando como remover o ignitor e alcançar a espoleta.

Estava tentativamente manipulando a estaca quando notou um arame indo para o outro lado. Afastou para um canto as folhas de pinheiro podres e descobriu outra POMZ. Encontrou mais sete minas unidas pelo mesmo arame rodeando uma árvore, um colar de antigas POMZs, com os pinos de segurança e armadas como um cordão de luzes de Natal; se uma disparasse, todas as demais disparariam, espalhando estilhaços em um diâmetro letal de 4 metros.

Provavelmente todas fora de uso.

Arkady rolou de costas para meter a mão nos bolsos, encontrou suas chaves e as retirou do chaveiro. Como às vezes acontecia quando estava sob estresse, uma música alta e importuna começou a tocar na sua cabeça. Seu cérebro escolheu o "Trote taitiano", de Shostakovich. *"Chá para dois e dois para o chá, eu para você..."*

Apesar de não conseguir abrir e esticar a argola inteira, conseguiu à custa de um dedo ensanguentado dobrar uma ponta do arame. Rolou de novo de bruços, segurou fortemente a estaca com uma das mãos e com a outra enfiou o arame no buraco do pino de segurança e tirou o ignitor e a espoleta. Não precisou nem desparafusar a espoleta. O General sempre dizia que elas saíam com muita facilidade.

Arkady estava molhado e coberto de folhas de pinheiro da cabeça aos pés, não intencionalmente camuflado, caso Urman aparecesse. Arkady podia imaginar quanto o detetive se coçava para entrar em ação. Isso era o interessante a respeito de Urman, sua imprevisibilidade. Ele podia ser uma companhia afável em um momento e, no seguinte, ajudar você a engolir a própria língua.

Usando seu pino de segurança improvisado, Arkady desarmou rapidamente as duas minas seguintes. O buraco do pino de segurança da quarta estava enferrujado e exigiu muita pressão para abrir sem disparar o gatilho.

"Ninguém perto de nós, para nos ver ou nos ouvir..."

O que Arkady não compreendia era por que as minas estavam montadas em estacas de metal em vez de madeira. Era como se quem tivesse armado as POMZs quisesse que elas ficassem de guarda durante a guerra, depois da guerra, para sempre.

351

— O que você está fazendo? — Zhenya perguntou.

Arkady se assustou o suficiente para fazer tremer o arame do gatilho: não tinha escutado o garoto se aproximando.

— Tornando essas minas um pouco menos perigosas.

— Ah. Você quer dizer que está desarmando as minas.

— É.

— Então é isso que devia dizer: "Estou desarmando as minas." É simples. — Zhenya mudou o peso de sua mochila. Gotas de umidade pendiam de suas sobrancelhas. — Você está tirando tanta onda com isso. Todas estão fora de uso; Nikolai e Marat me disseram. Eles sabem mais que você.

— Então o que aconteceu com o câmera Grisha?

—Arranhões. A mina não tinha mais carga de verdade. Marat diz que Grisha ainda vai poder coçar o saco.

— Marat disse isso para você?

— Disse. Estou procurando por ele.

Arkady considerou a perspectiva de Zhenya vagando por um terreno minado e cheio de esqueletos. Ou pior, estar por perto se Arkady disparasse um gatilho.

— Acho que Marat estava procurando você perto da tenda dos patologistas.

—- Eu estava lá ainda agora — disse Zhenya. — É uma boa caminhada.

— Arranje uma mochila mais leve.

— Aposto que Marat consegue desarmar essas minas até dormindo.

— Pode ser.

— Estou entediado.

— Estou ocupado — disse Arkady com olhar correspondente.

As bochechas de Zhenya ficaram vermelhas, a única cor que Arkady já vira nelas.

Arkady achou o arame para seguir, mas quando se arrastou para a frente sentiu alguma coisa arranhar seu estômago. Rolou para fora de uma mina armada, uma armadilha separada. Depois de esperar sessenta anos, a bomba detonou com o suave estouro de uma rolha de champanhe.

Fora de uso.

Quando Arkady olhou para cima, Zhenya já tinha desaparecido, exceto por sua risada.

24

Uma garoa contínua não diminuiu a animação do acampamento. Embora as escavações tivessem sido canceladas pelo resto do dia, ninguém ia embora porque todas as equipes tinham trazido vodca e cerveja, salsicha e pão, toucinho e queijo. Além disso, vinte ossadas tinham sido levadas com sucesso para exame, o suficiente para a patologista declarar, assim que terminasse o exame, que as vítimas eram russas.

Na tenda de visitantes, Arkady ouvia Wiley elogiar Isakov.

— Um oficial que leva para casa seus homens feridos? Essa é exatamente a imagem à qual as pessoas respondem. A fita está sendo editada no estúdio enquanto conversamos. São apenas 16 horas da tarde. Se a patologista terminar sua função logo, teremos dois ciclos de notícias como matéria de abertura.

— E se os corpos não forem russos? — Isakov perguntou.

— Eles encontraram capacetes russos.

— E se não forem?

Wiley deu uma olhada para Lydia, que estava ocupada assinando autógrafos para admiradores diante da tenda. O câmera chamado Yura falava no celular com a esposa de Grisha.

— Se forem alemães? — Wiley baixou a voz. — Realmente, não vai ser tão bom, mas o salvamento de Grisha ainda vai vender bem você.

— É isso que eu quero ser, vendido?

— Com toda a sua alma e todo o seu coração — disse Pacheco. — Você atravessou esse rio no dia em que fomos contratados.

— Nada disso foi mencionado na ocasião.

— Nikolai, você está sofrendo de nervosismo pré-eleitoral. Relaxe. Essa escavação vai colocar você no topo.

— Eles estão certos — disse Urman.

— Tivemos sorte de trazer dois câmeras — Pacheco levantou um copo de conhaque. — A Grisha.

— De qualquer maneira — disse Wiley —, você precisava de algo assim. Seus números estavam começando a se estabilizar.

— Talvez devessem mesmo — disse Isakov. — O que eu sei sobre política?

— Não precisa. Vão lhe dizer o que fazer.

— Vou ser informado?

— Exato — disse Pacheco. — Não é um trabalho difícil, a menos que você complique.

— Você vai receber muitos conselhos — disse Wiley.

— E não se esqueça da imunidade — disse Arkady. — Deve ser um incentivo a mais.

Yura terminou sua ligação.

— Então você joga xadrez? — ele perguntou a Zhenya. Zhenya assentiu.

— Por que não jogamos enquanto esperamos? Você pode ficar com as brancas.

— D quatro.

— O que é isso?

— D quatro.

Yura franziu a testa.

— Espere um instante. Achei que você tinha um tabuleiro na mochila.

— Você precisa de um? — perguntou Zhenya.

Arkady levou Zhenya para uma caminhada.

Apesar da chuva, boa parte dos Coveiros armou churrasqueiras portáteis. Acampamento era acampamento. Nas tendas as equipes cantavam canções da época da guerra inundadas de vodca e nostalgia. Uma fila se formava diante de um garrafão de aguardente de cereais decorado com fatias de limão. Era uma experiência de união entre pais e filhos.

— Yura estava tentando ser amigável — disse Arkady. — Você podia ter jogado no tabuleiro.

— Ia ser uma perda de tempo.

— Ele poderia surpreender você. O grande mestre Platonov esteve aqui durante a guerra jogando com as tropas. Ele jogava com qualquer um.

— Como quem?

— Soldados, oficiais. Disse que teve alguns jogos muito bons.

— Com quem?

O sorrisinho afetado de Zhenya enlouquecia Arkady.

— Qualquer um — terminou debilmente.

Esbarraram no Grande Rudi com as orelhas em pé.

— Pode escutar ele chegando? — ele perguntou a Arkady.

Uma canhonada distante cresceu e sumiu.

— Acho que é trovão — disse Arkady.

— Então onde estão os relâmpagos?

— Estão longe demais para que possamos ver.

— Ah! Em outras palavras, você está supondo.

— Estou adivinhando — admitiu Arkady. — Você não gostaria de sair da chuva?

— O vovô não sai daqui. — Rudi se aproximou com uma cerveja na mão. — Está decidido. E não é o único.

Arkady olhou para as tendas e viu outras figuras paradas como sentinelas na chuva. Considerou que entre o patriotismo e a aguardente de cereais era bem capaz de Stálin aparecer.

Começou um grande alvoroço na tenda de exames, onde a apresentadora Lydia foi subitamente iluminada pelas luzes da televisão. A ela juntou-se uma mulher mais velha, de olhar agudo e sorriso sardônico. Arkady reconheceu sua corretora de imóveis, Sofia Andreyeva. Lembrou-se de que ela admitira ser médica e de que o advertira para não ser seu paciente. Ela vestiu um jaleco de laboratório limpo enquanto os Coveiros se amontoavam em volta da tenda, crianças nos ombros dos pais, celulares com as câmeras de vídeo ligadas e levantados bem no alto, como se uma saudação de boas-vindas aos heróis finalmente resgatados das garras da terra! Que chova. Todos os rostos brilhavam zelosos. Arkady aproximou-se de Wiley e Pacheco atrás da multidão. Zhenya achou uma cadeira na qual subir. Urman abriu espaço até a frente para Isakov.

Wiley disse para Arkady:

— No final da maioria das campanhas eu me pergunto que oportunidades perdi. O que poderia ter feito e não fiz? Mas isso aqui é como quebrar a banca em Monte Carlo. Você também deveria estar feliz. Agora que Nikolay, terá imunidade, ele certamente vai deixar você em paz.

Arkady decidiu que Wiley era mais estúpido do que parecia.

— Todo mundo pode me ouvir? Ótimo. Sou a doutora Sofia Andreyeva Poninski, patologista emérita do Hospital Central de Tver. Fui solicitada para assistir a essa exumação em massa e dar minha opinião sobre a identidade dos corpos descobertos. Não necessariamente individualmente, mas como um grupo. Poderia fazer um exame com muito mais detalhes no necrotério, mas me informaram que vocês precisam de uma conclusão aqui e agora. Muito bem.

"Examinei vinte restos, mais ou menos. Digo 'mais ou menos' porque é óbvio que muitos dos supostos corpos são uma mistura de ossos de dois, três e até quatro diferentes restos de esqueletos. Isso, é claro, é um dos riscos quando amadores tentam executar tarefas que seriam mais bem desempenhadas por técnicos forenses. Assim, só posso oferecer uma observação geral sobre restos mal manuseados.

"Primeiro, todos os vinte ossos pélvicos que examinei eram de homens.

"Segundo, pela densidade dos ossos e desgaste do esmalte dos dentes, suas idades na época da morte variavam entre 20 e 70 anos de idade aproximadamente.

"Terceiro, pelas variações de densidade óssea alguns eram ativos e atléticos e outros, sedentários.

"Quarto, que os esqueletos não sofreram outros ferimentos além de um único tiro na nuca. É possível que houvesse ferimentos na pele que não envolvessem trauma nos ossos. A ausência de traumas também indica que as vítimas não foram submetidas a abusos físicos. Em 12 casos, há sinais de carbonização do crânio consistentes com execução à queima-roupa ou a uma distância muito pequena e também consistente com a execução de uma vítima por vez, em vez de rajadas. O que indica que os mortos foram executados em outro lugar e transportados para cá. A localização dos tiros fatais — 12 graus abaixo do equador cranial, em outras palavras, abaixo e à direita da parte de trás do crânio — é notavelmente similar, sugerindo a possibilidade de que apenas um indivíduo destro tenha feito as execuções, embora ele sem dúvida tivesse cúmplices.

"Quinto, os dentes das vítimas mostraram ser, em geral, bem cuidados, e não havia obturações de amálgama alemãs.

"Sexto, um esqueleto apresentava um suporte ortopédico na perna. Consegui remover a ferrugem da chapa do fabricante, o que revelou um endereço em Varsóvia. Outros objetos encontrados no solo em volta dos restos incluíam um medalhão de prata, talvez escondido em alguma cavidade corpórea, que expressava sentimentos românticos em polonês; uma lupa de joalheiro onde estava gravado o nome de um negociante de selos de Cracóvia; uma caixa de pílulas com um desenho dos montes Tatra e moedas polonesas da época do pré-guerra.

"Em suma, ainda não temos ainda informações suficientes para tirar conclusões definitivas, mas tudo indica que as vítimas eram de nacionalidade polonesa..."

Onde há nostalgia há amnésia. As pessoas tendem a esquecer que quando Hitler e Stálin dividiram a Polônia, Stálin tomou a precaução de executar 20 mil oficiais do Exército polonês, policiais, professores, escritores, médicos, qualquer um que pudesse formar uma oposição política ou militar. Pelo menos metade dessas pessoas foi morta em Tver. Enterrada sob as árvores estava a elite da sociedade polonesa.

Os Coveiros exibiam desânimo e confusão. Esse não era o desfecho que os homens esperavam, não os louros por uma missão cumprida, não a ligação que tinham planejado. Definitivamente era um equívoco. Alguém os enviara para a cova errada e Rudi Rudenko, o Coveiro Negro, o suposto profissional, tinha subitamente desaparecido. Se o Grande Rudi dissesse de novo que vira Stálin, alguém ia acertá-lo com uma pá.

Sofia Andreyeva retesou-se e perguntou:

— Vocês me escutaram aí no fundo? Está bem claro para vocês? As vítimas são poloneses, mortos e enterrados aqui por ordem de Stálin. Compreendem?

Os chefes de equipes dos Coveiros se reuniram embaixo de um guarda-chuva. Compreender? Eles compreenderam que ela era uma porra de uma médica polonesa vagabunda. Deviam ter trazido uma russa. Também sabiam que o acampamento com chuva não tinha a menor graça. Os garotos fungavam em uniformes camuflados que tinham passado o dia inteiro na chuva e estavam completamente ensopados em uma noite fria, que ficava cada vez mais fria, quando um banho quente e vodca apimentada seria o que um médico receitaria. Não aquela médica. Um médico russo. Uma trovoada decidiu tudo. Eles iam levantar acampamento.

Numa rajada de feixes de lanternas as barracas foram desmontadas, equipes enrolaram lonas tiradas das trincheiras, rapazes enfiaram capacetes da Wehrmacht em fronhas. Objetos pesados como detectores de metal, refrigeradores e churrasqueiras eram amaldiçoados enquanto transportados no escuro, e amaldiçoados uma segunda vez, rodeados por veículos se

360

arrastando na lama e tentando dar a volta sobre sulcos da estrada de terra de mão única. O trovão e a fumaça das fogueiras faziam parecer que eles estavam batendo em retirada sob fogo.

Yura deu ré no caminhão da televisão até a barraca da patologia. Lydia entrou e sacudiu os cabelos. Uma Mercedes abriu caminho até Wiley e Pacheco.

— É isso, então? Estão desistindo? — perguntou Arkady.

Wiley disse:

— O filho da puta disse que temia isso. Ele sabia de alguma coisa.

— Quem?

— Detetive Nikolai Isakov, nosso candidato. Disse que há anos esperava por isso.

— Isso o quê?

— Alguma coisa sobre o pai dele. Acredite, não tem mais nenhuma importância.

Pacheco disse:

— Ninguém vai pôr no ar o que acabamos de ver. Uma atrocidade russa? Nos pendurariam pelas canelas antes.

— Diga adeus a Nikolai por nós — disse Wiley.

— Foi divertido — disse Pacheco. — Se Stálin aparecer, diga oi por mim.

O cabelo molhado de Zhenya estava emplastrado na testa, porque ele se recusava a subir o capuz, não importava o que Arkady dissesse. Juntos, eles ajudaram Sofia Andreyeva a colocar um esqueleto em um saco. Ela chorava e ria ao mesmo tempo.

— Viu como correram? Puf, o grande acampamento sumiu. Enfiados em seus carros com alguém, espero, sentindo náuseas. Que vergonha. Vieram para glorificar o passado e o passado lhes deu a vítima errada. Algumas vezes amaldiçoo Deus por me deixar viver tanto tempo, mas hoje valeu a pena. Todos têm uma fantasia. O professor Golovanov sonha com uma bela francesa. Eu sonho com um garoto polonês, estudante de medicina.

A chuva caía mais forte. Arkady estava a ponto de gritar apenas para ser ouvido.

— Você tem carona de volta para a cidade?

— Peguei um carro emprestado, obrigada. Só vou me sentar aqui um pouco com meus compatriotas. Tenho uma cadeira de acampamento. Tenho cigarros. Tenho até... — Ela mostrou um frasco prateado. — Caso sinta frio.

— A estrada logo ficará completamente enlameada, não espere demais.

— Vai virar neve. Prefiro a neve; tem mais classe.

— Onde está Isakov?

— Não sei. O amigo dele voltou até os abetos para procurar mais corpos. Ele alega que há restos russos e que vocês não cavaram fundo o bastante ou no lugar certo.

Zhenya disse:

— Aposto que ele está certo. Marat é um soldado; ele deve saber. Não vejo razão para não ir ajudar.

Arkady disse:

— Andar no meio de explosivos na escuridão não é uma boa ideia.

— Se você está com medo de cavar, poderia segurar a lanterna para alguém. Eu tenho uma lanterna na minha mochila.

— Você veio preparado para tudo.

— Alguém tinha de estar.

— Não. Nós vamos para casa. Vamos voltar para Moscou hoje à noite.

Arkady sentia como se fosse noite havia dias. Nada tinha acontecido como esperado. Em vez de ganhar Eva, a perdera. E em Tver não havia como escapar de Marat e Isakov.

Zhenya disse:

— Vou para o lago Brosno com Nikolai e depois vamos para o lago dos Cisnes.

— Lago dos Cisnes? Como o balé?

Sofia Andreyeva disse:

— É um mito local, um refúgio que não existe para cisnes que não existem.

— Cisnes, monstros, virgens chorando. E dragões.

— Sinto muito, sem dragões — disse Sofia Andreyeva.

— Você disse que havia dragões quando aluguei o apartamento.

— Para você tirar os sapatos, sim. E caminhar suavemente sobre um velho dragão.

Arkady demorou um pouco.

— É um tapete.

Uma sombra se movia pelo acampamento, levitando sobre embalagens de papel e garrafas vazias deixadas na apressada partida dos Coveiros. Ao se aproximar, a figura transformou-se em um fantasma negro e brilhante que ondeava e estalava na chuva. Arkady olhou para ver os bigodes cerdosos, capote e os olhos amarelos de Stálin. Em vez disso apareceu o Grande Rudi enfiado em um saco plástico com buracos para a cabeça e os braços e com um boné enfiado na cabeça. Rudi o seguia com o tipo de lanterna montada numa caixa que os mecânicos instalam em para-choques. A luz estava apagada.

— Vovô ainda está procurando Stálin. Está em seu próprio mundo.

Sofia Andreyeva deu um gole de conhaque para o Grande Rudi, usando a tampa do frasco como copo.

— Não quero vê-lo de manhã numa mesa do necrotério.

— Alguém tem vodca? — perguntou o Grande Rudi.

— Acho que ele voltou para o nosso mundo — ela disse para Rudi. — Notei você quando estava falando das ossadas. Você se sobressaía.

— Obrigado. — Rudi estava lisonjeado.

— Você é um Coveiro Negro, um profissional.

— Sim.

— Cava para ganhar dinheiro.

— Sou um negociante, sim.

— Imagino quanto cobraria para entrar naquelas árvores hoje à noite...

— Você não poderia pagar o meu preço.

— Por que não? — Arkady perguntou. — Você não acha que as minas são inofensivas?

— Todo ano uma mina "inofensiva" explode a perna de alguém.

— Mas um profissional como você veria a mina.

— Talvez.

Arkady virou para ver a reação de Zhenya, mas o garoto tinha desaparecido. Uma aba do fundo da tenda estava desamarrada.

— Pode me emprestar sua lanterna um momento?

Arkady saiu na chuva, ligou a lanterna e iluminou as trincheiras de uma ponta a outra, fogueiras que ardiam a fogo lento, latas de cerveja, montes de caveiras, pilhas de terra. Zhenya estava no campo, quase fora do alcance do raio de luz, a meio caminho das árvores. Tinha subido o capuz e com seu anoraque preto ficaria invisível se não fosse a fita reflexiva na mochila. O reflexo foi ficando cada vez mais fraco.

Ocorreu a Arkady que quando ele deixou Moscou abruptamente para ir para Tver, Zhenya podia ter se sentido abandonado. Todas as conversas ao telefone sobre monstros podiam ser um garoto implorando um convite que nunca foi feito. Arkady nem mesmo dissera quando voltaria. E quando Zhenya apareceu em Tver sua presença foi apreciada ou foi tratado como excesso de bagagem? Percepções valiosas, mas tardias.

À noite os pinheiros eram uma parede sólida erguendo-se no campo, e embora a chuva tivesse parado, os ramos pingavam e a cada passo Arkady enfiava a perna até o tornozelo em uma camada de folhas de pinheiro úmidas. Ele seguiu piscadelas de luz amarela até uma lanterna acesa no meio do grupo de árvores, uma clareira de uns 5 metros no centro da qual Urman cavava como um foguista, enquanto Zhenya observava atentamente. O detetive estava despido até a cintura e parecia um Buda musculoso exceto pelo coldre de braço e pela arma. Já tinha cavado um buraco de tamanho considerável.

— Alguma sorte? — perguntou Arkady.

— Ainda não — respondeu Urman. — Mas as coisas irão muito mais rápido agora que tenho um parceiro.

Zhenya manteve o rosto impassível. Arkady notou a blusa e o casaco de couro de Urman cuidadosamente dobrados em cima de uma raiz ao lado da mochila de Zhenya.

Arkady perguntou:

— Zhenya, você já notou que uma floresta de pinheiros cheira como um desodorizador de carro?

Zhenya encolheu os ombros, sem espírito para gracinhas.

Arkady perguntou a Urman:

— Onde está o seu parceiro?

— Nikolai foi trazer os americanos de volta. Eu vou desenterrar os restos certos e vamos filmar tudo para a televisão.

— Os americanos foram embora. Na verdade, Isakov também foi.

— Ele vai voltar e vai trazê-los de volta.

— O que você acha, Zhenya?

— Como Marat disse, se descobrirmos os restos certos...

Urman disse:

— Talvez você não tenha notado, Renko, mas tem um monte de corpos aqui. É uma vala comum.

Uma sepultura de onde os mortos saíam para respirar, pensou Arkady. Uma caveira, meio enterrada, olhava do fundo do buraco. Sob o brilho da lanterna, os ossos de uma perna pareciam velas.

— Também é um campo minado — disse Arkady. — Não vejo nenhum detector de metais ou sonda por aqui.

— Não temos tempo para isso. De qualquer maneira, não sobrou mais nada para explodir por aqui.

— Você simplesmente não encontrou.

— Você está tentando assustar o garoto.

— Talvez ele não devesse estar aqui. Eu fico. Se você quiser, eu cavo para você.

— E eu vou dar uma pá para você me acertar na cabeça?

— Como você quiser, desde que Zhenya vá embora.

— Ele não quer ir.

Arkady perdeu a paciência.

— Não há razão para ter medo de mim. Certo, você matou algumas pessoas, mas ninguém em particular se importou com isso, a não ser Ginsberg e eu. Ele está morto e eu estou em Tver, o que é praticamente a mesma coisa. Por que a pressa?

— As pessoas que matamos eram terroristas — Urman disse a Zhenya.

Arkady disse:

— Você atirou neles pelas costas e na cabeça. Você os executou. E os que você matou em Moscou eram seus colegas Boinas Negras.

Urman sacudiu a cabeça para acalmar Zhenya.

— Pobre coitado, aquela bala realmente desarranjou o cérebro dele. Olhe, Renko, o garoto está sorrindo.

Era um sorriso doentio.

Arkady disse:

— Zhenya, esqueça sua mochila, simplesmente corra.

Urman saiu do buraco.

— E por que ele deveria correr e abandonar seu jogo de xadrez? E o que mais? Por que essa mochila está tão pesada? — Urman remexeu na mochila e tirou uma arma de dentro. — A sua arma. Ele a trouxe para proteger você, mas nunca parecia ser o momento certo. Na verdade, acho que o momento veio e passou. — E jogou tudo dentro da mochila de novo.

Arkady sentiu que a conversa se acelerava. Ou talvez eles tivessem desperdiçado suas últimas palavras, como cartas não jogadas.

— Olhe só. — Urman girou casualmente a pá, não tanto para atingir Arkady mas para manobrá-lo para a beira do buraco.

— Corra — Arkady disse para Zhenya.

Urman lançou a pá na direção do peito de Arkady como uma lança, mas Arkady abaixou logo que Urman firmou o pé, e quando a pá passou voando, Arkady se ergueu e deu um soco no queixo de Urman que fez a cabeça dele se projetar para trás. "Bata primeiro e continue batendo." Não eram más instruções Arkady atingiu Urman na traqueia e continuou batendo até Zhenya se meter entre os dois e segurar o braço de Arkady.

— Parem de brigar!

— Zhenya, solte.

— Não quero mais briga — disse Zhenya.

— Não vai ter mais briga. — Urman sacou sua arma. — Não para você, velho. Esta é por Tanya. — Urman atingiu Arkady no rosto com a parte chata da pá; Arkady engoliu um dente e sentiu o sangue escorrer do queixo.

— Agora vocês estão quites — disse Zhenya.

— Ainda não. — Urman apontou a arma para Arkady e mandou ele se ajoelhar. — Mãos nas costas. — Ele algemou Arkady e o chutou de cara para baixo no buraco. — Esta é por mim. — A pá passou longe do alvo, entretanto, e Arkady ouviu o barulho de luta acima. Urman disse: — Agora você está me atacando? Quer ir com ele, seu merdinha?

Um corpo caiu sobre Arkady. Em seguida terra, o cheiro dos pinheiros e o calor de sangue.

Urman disse:

— Desenterro vocês dois daqui a umas duas horas, tiro as algemas e vamos procurar um belo pântano para você e seu amigo. É esse o plano. Além do mais, sabe o que odeio? Explicações complicadas. Blá-blá-blá.

Zhenya gemeu mas não parecia estar consciente. Ele podia ficar inconsciente até os dois estarem cobertos de terra, Arkady pensou. Ele virou a cabeça para respirar e encolheu os joelhos por baixo de si da melhor maneira que pôde.

— Vá em frente — disse Urman. — Se contorça como um verme, mas ainda assim vai ser enterrado vivo.

Urman jogava terra vigorosamente. A pá vinha cheia; a terra caía em torrões.

— Zhenya, não, por favor — disse Arkady.

— Quem vai sentir falta dele? É um favor que estou fazendo.

A terra cobriu a cabeça de Arkady. Quando não havia mais terra solta, Urman virou-se e começou a cavar para tirar terra de outro buraco. Apesar da terra em seu ouvido, Arkady ouviu uma trovoada, uma motocicleta subindo pela estrada e um clique mecânico.

Urman parou. Olhou para três enferrujados pinos de pressão que tinham permanecido imperturbados em uma cama de velhas folhas de pinheiro até a última pazada. Ele respirou fundo quando os pinos e um tubo do tamanho de uma lata de café saltaram do chão até a altura de sua cintura, quase perto o suficiente para tocar. O tubo estava abarrotado de TNT, bilhas e metralha, e tudo que ele conseguiu dizer para sintetizar sua vida foi:

— Merda!

25

Eles voltaram para Tver, Arkady na motocicleta, Sofia Andreyeva e Zhenya no carro dela. O garoto tinha sofrido uma concussão quando Urman o atingiu e estava alerta mas silencioso. Zhenya tinha sido obrigado a procurar a chave das algemas no que restara de Urman. Uma mina saltadora provocava uma explosão lateral; de perto, podia cortar um homem. Quando a temperatura caiu, a chuva virou neve. Zhenya agarrava sua mochila e olhava pela janela os postes que passavam, os flocos de neve que dançavam na janela, qualquer coisa menos as imagens em sua mente.

Arkady e Sofia Andreyeva concordaram em contar uma história simples: o detetive Marat Urman imprudentemente fora até a escavação sozinho no escuro, enfiara a pá no chão e atingira uma mina terrestre. As provas de que qualquer outra pessoa estivesse lá estavam despedaçadas em 1 milhão de pedaços.

O plano de Arkady também era simples. Era o momento de ele e Zhenya encerrarem suas perdas e tratar a experiência de Tver como uma febre alta ou um pesadelo. Arkady podia fazer as malas em um minuto e Zhenya levava tudo em sua mochila. Fazendo um balanço, Arkady tinha perdido Eva, traumatizado Zhenya e acabado com sua pouco ilustre carreira. Que outros danos um homem podia provocar?

Arkady entrou na rua Sovietskaya, a principal via da cidade. A neve derretia quando chegava ao chão e a rua tinha uma quietude fotográfica, um contraste com os bondes prateados, o brilho do asfalto molhado e um casal caminhando ao lado de uma cerca de ferro fundido.

Um quarteirão mais adiante, no teatro Drama, Arkady fez sinal para o Lada parar e caminhou até Sofia Andreyeva enquanto ela abaixava a janela.

— Você geralmente cospe em público?

— É claro que não, que pergunta.

— Nós acabamos de passar por um prédio. Sempre que você passa por ele, cospe.

— Não é cuspe. É proteção contra o diabo.

— O diabo mora na rua Sovietskaya?

— Claro.

— Acho que acabei de vê-lo. — Arkady entregou a chave do apartamento para Sofia Andreyeva. — E não está sozinho.

Eles caminhavam ao lado da cerca de ferro fundido, Eva de casaco e cachecol, as mãos de Isakov enfiadas nos bolsos de um sobretudo da OMON. Não pareceram surpresos quando Arkady os alcançou, apenas olharam longamente para o machucado que coloria metade de seu rosto.

Arkady explicou em uma palavra.

— Urman.

— E como está Marat? — perguntou Isakov.

— Estava cavando um buraco quando atingiu uma mina. Era uma mina saltadora. Está morto.

Eva perguntou:

— Onde você estava?

— Estava no buraco. Zhenya também. Ele está bem.

Ninguém estava de serviço na guarita do número 6, embora Arkady visse, através das grades, um BMW preto no pátio com um motorista cochilando ao volante. Câmaras de circuito fechado estavam instaladas dentro do portão e Arkady percebeu holofotes no telhado.

Isakov perguntou:

— Você matou Marat? Acho difícil acreditar.

— Eu também — disse Arkady. — O que é esse prédio?

— Era o quartel-general da segurança durante a guerra.

— Era aí que o pai de Nikolai trabalhava — disse Eva. — A Lubyanka de Tver.

A Lubyanka em Moscou era o bucho do inferno, um monolito da cor de sangue seco. Em comparação, o edifício no número 6 era um bolo confeitado.

— Ele era agente do NKVD? — perguntou Arkady.

— Fez a parte dele.

— Conte a ele — disse Eva.

Isakov hesitou.

— Eva faz questão da verdade. Então, meu pai. Eu sempre me perguntei como ele podia estar no NKVD e ser tratado com tanto desprezo por seus colegas. Já era velho quando nasci e, àquela altura, um bêbado, mas pelo menos tinha sido espião durante a guerra, eu pensava, e ele agia como se guardasse segredos do Estado. Tinha um problema de pele de tanto lavar as mãos e, quanto mais bebia, mais vezes saía da mesa para lavar e secar os dedos. No seu leito de morte meu pai disse que havia mais uma sepultura polonesa. Quando perguntei sobre o que ele estava falando ele me contou que era um carrasco. Nunca tinha feito espionagem, simplesmente matava pessoas. Não apenas os matava, como registrava para onde iam. Esse foi seu presente de despedida para mim: mais uma sepultura polonesa. Dois presentes — ele se corrigiu. — Ele também me deixou sua arma. Eu a achei hoje de manhã dentro de um saco de veludo, ainda carregada.

Arkady perguntou a Isakov:

— Por que está me contando isso?

— Acho que está a salvo com você.

— Estou com frio — disse Eva. — Vamos caminhar.

Uma caminhada civilizada sob a neve fina no meio da noite. Com bonomia.

Isakov pôs o braço sobre os ombros de Arkady.

— Marat devia ter comido você vivo. Você não parece tão forte e, francamente, não parece ter muita sorte.

— Não fui eu; ele desenterrou uma mina.

— Marat não seria idiota de fazer isso. Era um Boina Negra.

— A elite?

— Quem mais? Nos mandaram para a Chechênia para endurecer as tropas. Os oficiais do Exército andavam bêbados além da conta até para saírem das barracas, e os soldados estavam assustados demais. Pediam suporte aéreo se vissem um rato. Só saíam para pilhar.

— E o que havia para pilhar na Chechênia?

— Não muito, mas temos uma mentalidade de pilhadores. Por isso fui candidato. Quero reviver a Rússia.

— Você tinha planos políticos? — perguntou Arkady. — Além da imunidade, quero dizer. Você admirava Lênin, Gandhi, Mussolini?

Enquanto Eva cruzava a rua em direção ao teatro Drama, cantava uma velha cantiga, *"Stálin voa mais alto do que qualquer um, derrota todos os nossos inimigos e brilha mais do que o sol"*. Arkady não soube dizer quem ela estava gozando. Flocos de neve em seu cachecol o fizeram perceber que mais neve estava caindo, o que era um retorno à normalidade. Para o inferno com a temperatura agradável.

Eva voltou a seu lugar entre os homens e colocou seus braços entre os deles, os três compondo uma troica.

— Dois homens dispostos a morrer por mim. Quantas mulheres podem dizer isso? Cada um de vocês vai reivindicar sua metade ou vão fazer turnos?

— O vencedor leva tudo, receio — disse Isakov. Notou a motocicleta no pórtico do teatro e colocou as mãos sobre o motor. — Ainda quente. Eu me perguntava como você se movimentava sem ser visto. Esperto.

O bairro não era residencial; àquela hora da noite apenas alguns carros estavam estacionados na Sovietskaya e ninguém mais caminhava ao longo dos escritórios e das lojas às escuras. Uma fantástica galeria de tiro.

A mente de Isakov devia estar indo na mesma direção porque ele olhou por cima de Eva e perguntou a Arkady, com uma nota de curiosidade despreocupada:

— Você está armado?

— Não.

Na verdade, daquela vez uma arma não seria uma má ideia. Uma Tokarev bastaria, mas ela estava desmontada dentro da mochila de Zhenya.

— De qualquer maneira, nenhuma arma se compara com a sua — disse Arkady. — Se você pensar bem, a pistola do seu pai deve ter o recorde de arma portátil que matou mais pessoas. Cem? Duzentas? Quinhentas? Isso a torna no mínimo um bem de família.

— É mesmo?

— Sinto por ele. Imagine atirar em pessoas uma após a outra, cabeça após cabeça, hora após hora. A arma fica quente como um ferro de passar e duas vezes mais pesada, e devia haver algumas vítimas pouco cooperativas. Deve ter sido bem sujo; ele devia usar macacão de trabalho. E o barulho.

Isakov disse:

— De fato, meu pai usava tapa-ouvido e ainda assim ficou surdo. Às vezes ele tentava deixar a sala e então lhe enfiavam vodca goela abaixo e o empurravam de volta. Ele só conseguia ficar sóbrio o suficiente para puxar o gatilho e recarregar.

— Ele deu os tímpanos pela causa. A arma falhou alguma vez?

— Nunca.

— Deixe-me adivinhar. Uma Walther?

— Bravo. — Isakov sacou uma pistola de cano longo de um saco. — Meu pai gostava da engenharia alemã.

Mesmo sob a luz dos postes de rua era possível ver que a arma estava em bom estado. Também parecia ávida.

Uma caminhonete azul e branca da milícia patrulhava a Sovietskaya e diminuiu a marcha ao passar por Arkady, que esperava pelo menos uma verificação de identidade. Isakov enfiou a pistola no cinto, mostrou OMON impresso em sua jaqueta e dobrou o braço numa saudação que imitava um brinde. A caminhonete ligou as luzes do teto e continuou, ronronando.

Eva disse:

— Ele reconheceu você. Ganhou o dia. Para eles você é um herói.

Sem mencionar assassino, Arkady pensou. As pessoas são complicadas. Quem poderia dizer, por exemplo, para que lado Eva se inclinaria? Era como jogar xadrez e não saber de que lado sua rainha estava.

Arkady disse:

— A batalha da ponte Sunzha soa como uma grande vitória.

— Suponho que sim. O inimigo deixou 14 corpos e nós não perdemos ninguém. Houve um ataque a um hospital de campanha do Exército mais cedo naquele dia. Graças a Deus recebemos a mensagem a tempo.

— Você estava na ponte quando o ataque começou?

— É claro.

— Você recebeu uma mensagem que dizia que em alguns minutos metade dos soldados russos na Chechênia cruzaria a ponte perseguindo os rebeldes. Você se preocupou com o que eles pensariam se vissem seu esquadrão de Boinas Negras comendo uvas e vadiando com o inimigo?

— Havia alguns chechenos na ponte. Eles foram pra cima de nós, mas estávamos prontos.

Uma resposta cheia de humildade. Escolha errada, pensou Arkady. Ultraje e um soco na cara eram sempre uma resposta mais segura. É claro que Isakov estava se comportando como um homem racional em benefício de Eva. Arkady também. Eles eram os atores e ela, a plateia. Era tudo por ela.

Quando eles voltaram para a grade de ferro fundido, a neve começava a se grudar nas barras, estreitando-as.

— Conversei com Ginsberg — disse Arkady.

— Ginsberg? — Isakov diminui o passo se esforçando para lembrar.

— O jornalista.

— Conversei com muitos jornalistas.

— O corcunda.

— Como você pode esquecer um corcunda? — perguntou Eva.

Isakov disse:

— Agora me lembro. Ginsberg estava frustrado porque não permiti que pousasse no meio de uma operação militar. Acho que ele não entendia que um helicóptero no solo não passa de um alvo.

— A operação militar era o combate na ponte.

— Essa conversa está aborrecendo a pobre Eva. Ela já ouviu essa história uma centena de vezes. Vamos falar sobre a reconstrução da Rússia.

— A operação era a luta na ponte?

— Vamos falar sobre o papel da Rússia no mundo.

— Ginsberg tirou fotos.

— É mesmo?

Arkady parou bem embaixo de um poste de luz e abriu a japona. Dentro havia um envelope, de onde ele tirou duas fotos, uma atrás da outra.

— Ambas do ar, da ponte, corpos espalhados ao redor de uma fogueira e Boinas Negras caminhando em volta com armas portáteis.

— Nada fora do comum — disse Isakov.

Arkady mostrou a outra para comparação.

— A segunda foto é da mesma cena, quatro minutos depois, pelo relógio da câmera. Há duas mudanças significativas.

Urman está apontando sua arma para o helicóptero, e todos os corpos ao redor da fogueira foram para a frente ou movidos para um lado. Nesses quatro minutos o mais importante para você e seus homens foi mandar para longe o helicóptero e tirar alguma coisa que estava sob os corpos.

— Tirar o quê? — perguntou Eva.

— Dragões.

— O sujeito pirou — disse Isakov.

— Quando a mulher de Kuznetsov disse que você tomou os dragões dela não compreendi sobre o que ela estava falando.

— Era uma bêbada que assassinou o marido com um cutelo. É essa a sua fonte de informações?

— Eu não estava pensando na Chechênia.

— A Chechênia acabou. Nós vencemos.

— Não terminou — disse Eva.

— Bem, já ouvi o bastante — disse Isakov.

Eva perguntou:

— Por que, ainda tem mais?

Arkady disse:

— O restante do mundo coloca dinheiro nos bancos. Esta parte do mundo coloca o dinheiro em tapetes, e os tapetes mais valorizados têm dragões vermelhos tecidos no desenho. Um tapete clássico com um dragão vale uma pequena fortuna no Ocidente. Ninguém quer manchá-los de sangue, e, como você disse, não há muito mais de valor para ser roubado na Chechênia.

— Os mortos eram ladrões?

— Sócios. Isakov e Urman estavam no negócio de tapetes. Eles abriram os tapetes para os sócios e depois os enrolaram novamente.

Flocos de neve se agitavam sobre a superfície brilhante das fotografias, sobre os carvões da fogueira do acampamento, por cima das passadas largas de Marat Urman, ao redor dos corpos espalhados na areia ensanguentada.

— *Agora* percebo — disse Eva.

Isakov percebeu a nuance.

— Você já viu essas fotos antes?

— A noite passada.

— Você me disse que ia até o hospital. Vi você pegar os cassetes.

— Menti.

— Renko estava com você?

— Estava.

— E?

Eva respondeu a Isakov com um seguro e enfático "Sim". Isakov riu.

— Marat me avisou. Cuidado com Renko, fique de olho nclc, o cara não parece nem um pouco morto.

Arkady disse:

— Me sinto surpreendentemente bem, considerando o que aconteceu.

— Você não se importa se está vivo ou morto? — Isakov perguntou.

— De certo modo, sinto que já estive das duas maneiras.

A Walther reapareceu nas mãos de Isakov.

— OK, vamos nos comportar como adultos. Marat e eu realmente negociamos com os tapetes. E daí? Na Chechênia todo mundo fazia alguma coisa à parte, principalmente drogas e armas. Duvido que salvar preciosas obras de arte de uma casa em chamas seja contra a lei. Os negociantes e colecionadores certamente não fazem perguntas e os chechenos, se você os trata com respeito, são parceiros confiáveis. Mas naquele dia, quando recebi a mensagem do comboio do Exército russo de que estavam a minutos da ponte, simplesmente não havia tempo para terminar o almoço, enrolar os tapetes e dar adeusinhos. Às vezes é preciso tirar o melhor possível de uma situação ruim.

Eva riu. Quando ela queria demonstrar desprezo fazia isso muito bem.

— Você é um traficante de tapetes? Quatorze homens mortos por causa de tapetes?

— E em Moscou, assassinando membros de seu próprio pelotão.

— Pontas soltas. — Isakov fez sinal para que Arkady ficasse parado e o revistou. — Você realmente não está armado. Sem arma, sem caso, sem provas.

— Ele tem as fotografias — disse Eva.

— O promotor Sarkisian as rasgaria. Zurin faria o mesmo. — Isakov apontou a Walther diretamente para Arkady, ultrapassando certo limite. — Eles provavelmente me mandarão conduzir a investigação. Você não tem uma arma? Talvez esta sirva. Talvez tenha encontrado esta velha arma na escavação. Principalmente, você não tinha um plano. Viu Eva e pulou da moto. Será que isso valeu a pena só para tê-la de volta?

— Valeu. — Ele compreendeu que fora por ela que ele voltara do lago escuro em que mergulhara quando levou o tiro.

Parte dele, porém, pensava de modo profissional. Isakov atiraria nele primeiro, depois em Eva, e depois colocaria a arma na mão de Arkady para forjar um assassinato seguido de suicídio, tudo executado na rua, à queima-roupa e rapidamente. A Walther era uma pistola pesada de dupla ação com um percurso de gatilho longo e um enorme coice. Estava ajustada na mão de Isakov. Sem pressa mas também sem hesitação. Arkady lembrou-se da admiração de Ginsberg pela calma de Isakov sob fogo.

Será que havia alguém acordado olhando nos monitores de segurança?, pensou Arkady. Na BMW? Ouviu ruídos distantes de motores, mas onde estava a caminhonete da milícia? Será que os padeiros já não estariam nas ruas àquela hora, a caminho de seus fornos? A rua Sovietskaya estava tranquila como uma tumba.

— Sem arma, sem promotor, sem caso, sem provas. — Isakov não deu um passo para trás para atirar em Arkady; encostou o cano bem embaixo do queixo dele em uma posição impossível de errar. — E depois sua amante o abandona. Não é de admirar que esteja deprimido.

— Não é de admirar que esteja deprimido — a voz de Isakov foi repetida de dentro do bolso do casaco de Eva.

Ela tirou o gravador do casaco, abriu a tampa e segurou uma fita. Isakov observou incrédulo enquanto ela a jogava por cima da grade. A fita era branca e desapareceu no gramado nevado. As luzes brilhantes do detector de movimento se acenderam e se apagaram.

Isakov manteve a arma apertada contra Arkady.

— Vá pegar.

— Há uma câmera no portão.

— Não dou a mínima se você vai por cima, por baixo ou através do portão — Isakov soltou Arkady e lhe deu um empurrão. — Vá pegar.

— Ou? Não acho que essa fita vá ser fácil de achar. Você nunca terá tempo de achá-la depois que atirar esse canhão velho, e tem de achá-la, pois é uma confissão completa. Em xadrez isso se chama "imobilizar".

Um rangido anunciou a aproximação de limpa-neves limpando a rua. Os caminhões se moviam devagar mas majestosamente em um resplendor de luzes que Arkady e Eva acompanharam. Da motocicleta, viram Isakov ainda diante do portão, imobilizado.

26

Dirigindo até o apartamento, Arkady estava alegre e exausto, como se ele e Eva tivessem cruzado um deserto de traições e incompreensões e sobrevivido. Ele sabia que mais tarde conversariam sobre aquilo tudo e as palavras iriam atenuar a experiência, mas enquanto isso, andavam na motocicleta em um entorpecimento de felicidade.

Apenas uma vez ela falou por cima do barulho da moto:

— Tenho um presente para você. — Tirou uma fita de dentro do casaco. — A fita verdadeira.

— Você é uma mulher maravilhosa.

— Não, sou uma mulher terrível, mas é com essa mulher que você está. Enquanto esperavam o elevador falaram de trivialidades, preservando a bolha do momento.

— Você ainda é investigador?

— Duvido muito.

— Ótimo. Podemos viajar para algum lugar com uma praia ensolarada e palmeiras.

Quando as portas do elevador começaram a se fechar um gato de pelos arrepiados entrou, arqueou o dorso, surpreso, e correu para fora.

— E Zhenya? — perguntou Arkady.

— Devemos levar Zhenya conosco — disse Eva.

Por que não, Arkady pensou. Para areia dourada, água azul e surras regulares em um tabuleiro de xadrez. Se isso não fossem férias, ele não sabia o que era. Eva tirou o cachecol e sacudiu a neve quando saíram do elevador no andar de Arkady. Ser feliz era como estar bêbado. Ele não carregava o lastro de sempre.

Na porta do apartamento, ele perguntou:

— Você gostaria de ver um dragão?

— Vamos simplesmente pegar Zhenya e ir embora — ela sussurrou.

Eva entrou na frente. Quando acendeu a luz, Bora saiu do banheiro. Arkady reconheceu a mesma adaga que não conseguira encontrar no gelo em Chistye Prudy. Tinha lâmina dupla e era afiada como uma navalha e Arkady a agarrou apenas para ter a palma da mão cortada. Bora se virou, enfiou a faca em Eva, na lateral, e a carregou para trás, por cima do corpo de Sofia Andreyeva. A garganta de Sofia Andreyeva tinha sido cortada, seu rosto estava branco sob a máscara berrante de rouge. As paredes e os pôsteres estavam borrifados com sinais de luta. Zhenya estava barricado atrás de uma mesa de centro em um canto da sala, com uma faca comprida na mão. Na mesa havia uma Tokarev parcialmente montada, esperando a mola de retorno e a bucha.

Bora usava luvas de borracha e um abrigo esportivo fácil de lavar. Perguntou para Arkady:

— Está rindo agora?

Quando ele tirou a faca da barriga dela, Eva escorregou para o chão tentando recuperar o fôlego.

No canto, Zhenya se atrapalhou ao pegar a mola, que rolou para o chão. Não era justo, pensou Arkady. Eles tinham sido tão espertos, principalmente Eva.

Bora tinha a pose confiante de um açougueiro, pronto para abrir uma barriga mas querendo começar trinchando um braço ou uma perna. Nos filmes esse era o momento em que o herói enrolava uma capa no braço como escudo, pensou Arkady. Aparentemente não havia capas disponíveis. Em vez disso, Arkady tropeçou no tapete e caiu. Num instante Bora estava sobre ele, apertando o lado machucado do rosto de Arkady contra o assoalho.

O hálito de Bora era quente e úmido.

— Há uma sala de musculação no seu pátio. Eu estava saindo e quem vejo, tirando um capacete de motociclista, senão o cara de Chistye Prudy? Lembra-se de como você se divertiu lá no gelo? Você riu do homem errado.

Bora era todo músculos, enquanto Arkady ficava sem fôlego ao subir as escadas de um estádio. Além disso, tinha apenas uma mão boa para resistir a Bora. Tudo estava errado. O anel vermelho ao redor do pescoço de Sofia Andreyeva. O desespero de Zhenya quando a mola de retorno da pistola escapou e rolou para fora de seu alcance. O esforço rouco de Eva para respirar.

Bora colocou mais peso na faca.

— Está rindo agora? — Bora enfiou a faca no ouvido de Arkady, fazendo cócegas nos pelinhos enrolados.

Devagar, relutante, o braço de Arkady cedeu. Ele se lembrou de um sonho no qual falhava com todo mundo. Não se lembrava dos detalhes, mas a sensação era a mesma.

Um tabuleiro de xadrez quicou na cabeça de Bora. Ele olhou para cima e Zhenya disparou.

Não haveria um segundo tiro porque o garoto puxara o gatilho sem a mola de retorno.

Não precisava haver um segundo tiro. Bora estava no chão, um buraco negro do tamanho de uma queimadura de cigarro na cabeça.

Com o vento e a neve mudando sempre de direção, era difícil dizer se a ambulância estava avançando ou não.

Arkady e Zhenya iam com Eva e uma paramédica, uma moça com uma lista de conferência. Eva estava amarrada em uma maca, com cobertores até o pescoço, uma máscara de oxigênio cobrindo seu rosto e fios que a conectavam a uma bancada de monitores. Em um banco retrátil, Zhenya abraçava os joelhos.

— Ela está com a respiração ofegante — disse Arkady.

A paramédica assegurou a Arkady que embora as vítimas de facadas pudessem morrer de choque e perda de sangue em questão de segundos, vinte minutos depois de ter sido atacada Eva ainda estava consciente, os olhos focados em Arkady, e quase não tinha sangrado. Arkady tentava parecer confiante, mas a experiência era como estar em um elevador em queda livre. Via os andares passando, mas não podia sair.

Eva levantou a máscara de oxigênio.

— Estou com frio.

Ele puxou o cobertor e rasgou o vestido para ver melhor a ferida, um corte com as bordas roxas entre as costelas. O corte não estava sangrando, a menos que ele pressionasse, quando então escorria um sangue cor de vinho.

Esperando.

Arkady e Zhenya sentaram-se em um banco do lado de fora da sala de desinfecção, tentando ver Eva sempre que a porta do centro cirúrgico para onde a tinham levado se abria. Arkady mediu o corredor em passos várias vezes. Ele olhava para os cartazes de "Proibido fumar" e "Proibido celulares" na parede. No fim do corredor uma porta "Apenas para emergências" levava ao telhado; lá fora, a neve cobria o chão e soterrava pontas de cigarro e maços vazios. Folheou brochuras comerciais em cima da mesa sem realmente lê-las: "O que fazer em Tver", "Lojas de luxo na Sovietskaya" ou "Como ganhar na roleta". Sentiu-se petrificado. Zhenya estava enfiado no casaco de Eva, duas pernas esticadas para fora, até que Arkady pôs os braços em volta dele e lhe agradeceu por salvar a todos. Todos estariam mortos se não fosse por Zhenya.

— Acho que você é o garoto mais corajoso que eu conheço. O melhor de todos.

O choro de Zhenya debaixo do casaco soava como madeira quebrando.

Elena Ilyichnina saiu, vestindo um avental roxo-escuro de suor e falou com Arkady em um tom suave e especial que não oferecia nenhuma falsa esperança.

— Drenamos uma boa quantidade de sangue. A doutora Kazka apresentava pouco sangramento externo, mas internamente estava se afogando. São tantos órgãos que uma faca pode atingir... pulmões, fígado, baço, diafragma e, é claro, o coração.. depende do alcance da lâmina. Uma laparoscopia completa e a reparação podem levar horas. Sugiro que vá até a emergência para medicar adequadamente sua mão.

Arkady podia imaginar a emergência e sua população noturna de bêbados e drogados disputando atenção. Nada além de vampiros.

— Vamos ficar aqui.

— Claro. Que bobagem minha sugerir cuidados médicos.

Arkady não sabia por que ela estava sendo tão brusca.

— Por favor, pode me dizer onde posso usar o celular?

— Não neste andar. Nossos instrumentos não gostam deles.

— Então onde?

— Lá fora. — Ela percebeu o olhar dele na direção da porta "Apenas para emergências". — Nem pense nisso.

Farto de olhar para o chão, Arkady voltou para as brochuras em cima da mesa. Eram folhetos brilhantes que ofereciam apartamentos, manicures, restaurantes íntimos, a oportunidade de conhecer homens estrangeiros. Um deles dizia: "Tapetes Sarkisian. Um belo tapete persa, turco ou oriental é um belo investimento! Tapetes de dragão, em especial, só aumentam de valor. Nas casas de leilão de Paris e Londres os tapetes de dragão são avaliados em 100 mil dólares ou mais!" A foto ilustrativa mostrava um homem bem-vestido, de cabelos brancos, apontando um dragão vermelho imbricado no desenho intrincado de um tapete. Arkady pintou os cabelos do homem com uma caneta e a semelhança familiar com o promotor Sarkisian tornou-se completa.

Victor e Platonov chegaram de Moscou com copos de chá de papel.

— Sua médica me ligou. Eu liguei para Platonov.

Platonov disse:

— Você e Zhenya não pensaram que seus amigos iam abandoná-los, não é?

— Você tem alguma relação com Elena Ilyichnina? — Arkady perguntou a Victor.

— Mais ou menos. Ficamos acordados juntos quando você estava no hospital. Compartilhamos a vigília.

— Você estava bêbado.

— Mero detalhe. Beba seu chá.

O chá parecia fraco e estava frio. Arkady bebeu um gole e quase cuspiu.

— Um toque de etanol. — Victor deu de ombros. — Há chás e chás.

— É horrível.

— Não tem de quê. — Ofereceu uma pistola e um pente extra para Arkady.

Arkady recusou.

— Não acho que Elena Ilyichnina chamou você para ter um tiroteio no hospital.

— Ficaríamos famosos. Seríamos os terroristas do noticiário da noite.

Zhenya e Platonov jogavam xadrez às cegas, exatamente o que o garoto precisava para manter a mente ocupada. Um catálogo de lingerie feminina mantinha Victor totalmente absorto.

Arkady cochilou e sonhou que saía para comprar cigarros. Encontrou uma máquina no porão, perto da lanchonete, que estava fechada, e uma exposição de desenhos de crianças. Havia uma boa quantidade de princesas, patinadores, jogadores de hóquei no gelo e Boinas Negras.

Confundiu-se na volta, perdeu-se e tomou o elevador errado para outra área do hospital. Agora, ele estava mais quente, suando, e era o meio do dia. Ouviu o barulho de motores de popa, remos mergulhando, bolhas de peixes e a preguiça de um bote de alumínio à deriva. Mosquitos nasciam de ovos chocados na água, libélulas se alimentavam deles, andorinhas agarravam as libélulas pelas asas e mutucas mordiam Platonov. Ele usava um boné estilo Afrika Corps para proteger o pescoço e a cada cinco minutos tinha um frenesi de tapas que balançava o barco.

— Sanguessugas! Vai ver que é por isso que essa criatura fica nessas profundezas lamacentas.

Platonov colocou os remos novamente na água e conseguiu dar uma remada. Ele era o remador porque colocar seu peso na popa ou na proa desestabilizaria o bote. Zhenya estava sentado na frente, de camiseta e calção, remexendo em uma caixa de fogos de artifício. Estava levemente bronzeado e tinha até engordado um pouco. Uma câmera estava pendurada pela alça no seu pescoço.

— Só temos mais uma bomba — disse Zhenya.

— Como estamos com os sanduíches? — perguntou Platonov.

Arkady deu uma olhada na cesta.

— Temos bastante. Alguns estão um pouco molhados.

— Não existe isso — disse Platonov —, sanduíches que estejam apenas um pouco molhados.

Zhenya inspecionava a água olhando pela câmera.

— Você sabia que alguns corpos mortos não afundam nem flutuam, ficam simplesmente em suspensão na água?

— Parece maravilhoso. — Platonov mergulhou o boné na água e o pôs de volta na cabeça, desfrutando o frio que escorria.

— Me conte o plano novamente — disse Arkady.

Zhenya disse:

— Jogamos uma bomba, na verdade um foguetão bem forte. O monstro é curioso, sobe, e eu tiro uma foto.

— Bom plano.

— Vai aparecer na capa de todas as revistas científicas — disse Platonov.

Uma libélula dardejou pelo bote, desenhando oitos no ar e dando voltas tão perto de Platonov que ele perdeu o equilíbrio. Quando o bote deu um solavanco, ele e Zhenya ficaram dentro. Arkady mergulhou na água e afundou. Estava confortável sob a superfície, derivando à sombra do barco, quando uma sombra maior atravessou seu campo de visão. Um esturjão com centenas de anos de idade, com cracas e costelas couraçadas, passou nadando e arrastando um véu branco na mandíbula. O peixe gigante era de um cinza metálico e cada olho era grande como um prato. Arkady seguiu o véu até o fundo escuro do lago, onde encontrou Eva, presa por uma enorme rocha que ele não conseguia mover. Arkady olhou para o bote e viu Zhenya jogar algo na água. A bomba! Uma enorme bolha emergiu, criando uma onda que encheu a superfície da água de peixes e, embaixo, deslocou a rocha. Arkady pegou a mão de Eva e os dois subiram sem esforço até que Victor o sacudiu para acordá-lo.

— Ela está saindo.

A Eva que saiu da sala de cirurgia era uma versão desinflada dela mesma, molhada de suor, anestesiada e surda para o barulho do suporte de soro que rolava a seu lado. Então, as portas da UTI se fecharam atrás dela.

— A doutora Kazka passou por um momento difícil — disse Elena Ilyichnina. Ela mesma parecia esgotada, com olheiras e a marca da máscara cirúrgica correndo como uma sutura por seu rosto. — A lâmina se moveu em arco depois de penetrar, de modo que tivemos vários lugares para consertar. Um pulmão foi lacerado e o diafragma foi perfurado. Entretanto, não houve danos ao coração. Normalmente, eu insistiria em interná-la para observação, mas compreendo a necessidade de voltarem para Moscou e providenciei uma ambulância. Podem arranjar tudo com o motorista.

— Mas ela está fora de perigo? — perguntou Arkady.

— Não enquanto estiver com você — Elena Ilyichnina observou, examinando o lado roxo do rosto dele. — Você está cuidando direito do meu delicado trabalho manual? Tomando cuidado quando atravessa a rua?

— Eu tento.

— Sabe, devemos denunciar qualquer crime violento para a milícia. Eu gostaria de denunciar um homem que recebeu um milagre e o jogou fora — Elena Ilyichnina disse, e marchou para fora da UTI, deixando Arkady com a sensação de que sua cabeça estava girando.

Victor disse:

— Nossa "necessidade especial"? Nossa necessidade é dar o fora desta cidade de merda. Cidades como essa, você pode encontrar em qualquer lugar. Na Rússia, há cidades como Tver por toda parte, como milhares de filhas feias. Não importa o tamanho, são sempre iguais. Os mesmos prédios lúgubres, as mesmas praças vazias, até as mesmas estátuas, porque já nem notamos quanto são feias. O que acham, cavalheiros?

— Acho que você já bebeu chá suficiente — disse Arkady.

— Temos de levar Zhenya para algum lugar seguro — Platonov de repente tinha virado uma galinha choca.

Arkady disse:

— Vá para a saída da ambulância. Arranje alguma coisa com o motorista.

— Você não vem? — Victor perguntou.

Arkady observou a última das enfermeiras deixar a sala de desinfecção.

— Me dê cinco minutos.

Arkady foi até a porta de emergência do quinto andar e subiu por uma escada de metal até o telhado.

Viu-se em uma ilha sombria rodeada por pálidos jatos de luz e povoada por dutos de ventilação cobertos de neve. A cobertura espiralada de um respiradouro rodava como um dervixe. Ventiladores zumbiam. Um duto com um cata-vento girava nervosamente. Lugar alto, perfeito para celulares.

Telefonou para Moscou.

O décimo primeiro toque foi atendido com:

— Quem diabos está falando?

— Promotor Zurin, aqui é Renko.

— Cristo.

— Estou voltando. Há dois cadáveres no meu apartamento em Tver. Uma mulher mais velha com a garganta cortada, uma mulher muito boa chamada Sofia Andreyeva Poninski, e seu agressor, Bora Bogolovo, em quem atirei e matei. — E deu o endereço para Zurin.

— Espere, espere. Por que está ligando para mim? Você trabalha em Tver, no escritório do promotor Sarkisian.

— Sarkisian estava envolvido com Bogolovo. E também com os detetives moscovitas Isakov e Urman em assassinato, crimes de guerra e recepção de bens roubados. Tenho a confissão de Isakov gravada em fita.

— Cristo.

— É chocante. Quem sabe até onde isso poderá ir?

— O que está insinuando?

— Apenas que essa investigação não pode ser conduzida em Tver. Tem de ser conduzida por um promotor de fora cuja reputação esteja acima de qualquer suspeita. Deixei a chave para você em cima da porta do apartamento.

— Seu filho da puta, você está gravando esta conversa? Onde você está?

Arkady desligou. Era o bastante para começar.

Sentiu-se revigorado pelo telefonema. Descansou os braços no parapeito, respirou fundo e deixou que um tremor de alívio o sacudisse.

Do telhado do hospital, via o percurso negro do Volga e as luzes sinuosas do tráfego ao longo do rio. A praça Lênin era uma piscina de luz, mas longe do centro as luzes dos postes estavam suavemente cobertas. Enquanto a neve caía, a cidade afundava e levantava. Havia um ritmo na neve assim como havia ondas no mar, e a ilusão, enquanto a neve caía, de que Tver renascia.

— Nada mal — disse Arkady.

A neve caía. A neve caía sobre um herói em um portão na rua Sovietskaya, imobilizado, ainda pensando em seu próximo movimento. A neve caía sobre ossos que tinham saído do esconderijo. Caía sobre Tanya e as noivas russas. Caía sobre a coragem de Sofia Andreyeva.

Ele pensou que a médica tinha se enganado quanto ao milagre. O verdadeiro milagre era que o povo de Tver despertaria para descobrir sua cidade transformada em algo puro e branco.

Quanto aos fantasmas, eles enchiam as ruas.

AGRADECIMENTOS

Agradeço a Ellen Irish Branco, Luisa Cruz Smith, Don Sanders e Annie Lamott por terem lido *O fantasma de Stálin* várias vezes, e a Sam Smith por compartilhar sua pesquisa no Museu do Metrô de Moscou.

Também quero agradecer aos doutores Nelson Branco, Michael Weiner, Ken Sack e Wayne Gauger por suas respostas sobre questões médicas, e a George Young pelas informações sobre armas de fogo. Na Rússia, fui ajudado por Nina Rubashova, casamenteira; Carl Schreck, repórter; coronel Alexander Yakolev, detetive; Lyuba Vinogradova, intérprete; Andrew Nurnberg, cúmplice, e pelos Coveiros Vermelhos de Tver.

Primeiro e por último, claro, agradeço a Em.

Este livro foi composto na tipologia Agaramond,
em corpo 12/15, e impresso em papel off-white
$80g/m^2$ no Sistema Cameron da Divisão Gráfica
da Distribuidora Record.